文春文庫

乱　紋

上

永井路子

文藝春秋

乱紋　上

目次

乱紋

上

裲襠《うちかけ》

そのひとは、いつも前ぶれなしに疾風《はやて》のようにやって来た。やって来るなり、

「皆、変りはないな」

せかせかと姉妹を眺めまわして、また疾風のように去ってゆく。

ところが、今度は、

「明後日《あさって》ゆく」

前もって意味ありげな予告があった。

「折入って姉妹たちに話がある」

と言う。その上、知らせをもって来た使までが、

「姫さまがたのお身の上についてのお話であられますそうな」

気になる一言をつけ加えた。

そのひと――とは羽柴秀吉。織田信長を弑《しい》した明智光秀を倒し、同僚柴田勝家を倒し、

いま一歩で天下人《てんかびと》になろうとしている男である。

天正十三（一五八五）年の新春――

ここ安土《あづち》の城から見える紺碧の琵琶湖に、風が渡るたび銀の針のように小波《さざなみ》がきらめく。そしてその銀の針は、たちまち城に住む人の肌に容赦なく突き刺さって来る。

本能寺の変の折に焼かれて以来、安土の城は見る影もない。応急のつくろいはしたものの、白亜の壁に黄金の瓦を輝かせて外国人宣教師をも驚かした昔日の姿からはほど遠く、何やら場ちがいに生きのびている感じがないでもない。

そういえば、ここに住む人々も、どうやら場ちがいに生きのびたような人間ばかりだ。

その一人は信長の孫、三法師。表向きは六歳のこの幼児が城のあるじだが、父信忠が信長とともに死んでしまった以上、この苛酷な戦国の世を、どうやって生きてゆくことか。

同じことは、ここにいる三人姉妹にもいえることだ。

お茶々十八歳、お初十六歳、おごう十四歳。

彼女たちの不幸は、十数年前、小谷《おだに》城の城主であった父浅井長政を失ったことから始まる。このときの攻め手は、皮肉にも、母のお市の兄にあたる織田信長であった。

落城のとき、三姉妹は母とともに、攻め手の伯父、織田信長にひきとられた。彼女たちが城を出てまもなく、父は城と運命をともにした。

それから約十年間、彼女たちは、伯父の清洲《きよす》の城で無為の歳月をすごした。母も娘たちも、それは全く、誰のために生きているというのでもない日々であった。

天正十年、伯父が本能寺で明智光秀に殺されたあと、保護者を失った母は、柴田勝家と再婚し、これに従って越前北庄《きたのしょう》に行ったが、半年ほどのうちに羽柴秀吉に攻められて、ここも落城した。

このとき、母は新しい夫の勝家とともに死に、姉妹だけが攻め手の秀吉にひきとられて、安土城に住むようになったのである。

それだけに、上の二人は、自分たちの運命については、かなり敏感になっている。秀吉からの伝言を聞くなり、

「姉さま、私たちにお城から出てゆけっていうのでしょうか」

そう言ったのは次女のお初である。

「そうかもしれないわ」

お茶々は美しい眉をひそめてうなずいた。

「もしそうだとしたら？　私たち、どこへゆけばよろしいのでしょう」

ああか、こうか——語りあっていた姉妹の口がそのうち、突然、ぴたりととまった。一座に坐りながら、全く話に加わって来ないおごうの表情に気づいたからである。

「おごう、聞いているの？」

たしかに——

おごうのそのときの表情は、二人の姉のお気に召すようなものではなかった。

美しい姉たちが、肩を寄せあって、行く先を案じているというのに、おごうはひとり、ぼんやりと蒼い湖面を眺めていたのだから。

「おごう」

もう一度、お茶々のきびしい声が飛んだ。

「どこを向いています」

「……」

お初も姉にならって、眉をしかめた。

「ほんとうに、大事なお話だっていうのに……。いったい、何を見ているの、おごうは」

その間に、おごうは、ゆっくり坐り直していた。それから、黙って二人の姉の顔を見上げた。

が、美貌の姉たちにくらべて、なんと見劣りする目鼻立ちであることか。上二人のぬけるような色の白さとはまるきりちがった浅黒い肌、ちんまりした鼻、分厚い唇、決して小さくはないのだけれど、眠たげな瞼《まぶた》に蔽われて印象のはっきりしない瞳――。何よりももどかしいのは、その動作の遅さであろう。

今もゆっくり時をかけてまばたきをし、ごくりと唾を呑みこんでから、おごうは口許《くちもと》にかすかな微笑《ほほえみ》をうかべた。

いや、微笑ではない。何か言おうとして口許をほころばせたのだが、それが、またもや、お茶々を興奮させるたねとなった。

「笑っているときではありませんよ、おごう」

すかさず、お初も叫ぶ。

「ほんとに、この子ったら……」

でも、おごうは黙っている。姉たちのように、すぐには言葉が出て来ないのだ。微笑に似たものは、頬の上に、にやにやしているような、それでいてべそをかいているような、歯ぎれの悪い表情を作ってからゆっくり消えた。

「笑いごとじゃないのよ、おごう」

お茶々はもう一度言った。

「あの秀吉が、あさってここへ来るというのよ。それも、わざわざ前ぶれをして……」

「……」

「そんなことは、今までになかったことよ」

「そうだわ、お姉さまのおっしゃるとおりよ」

お初も側から口を出した。

「もう、私たちは頼る人なんかいないんですからね」

お茶々の美しい切れ長な眼がつりあがった。小さく整った鼻筋、ひきしまった口許。

絶世の美人といわれた母親、お市の方によく似た顔立ちである。

が、お市が、きびしさを裡《うち》に秘めながらも、むしろもの静かな美女だったのにくらべて、少女のころから苦労したせいか、お茶々は鋭さが先に立つ。しかも、おもしろいことに、こんなふうにずけずけ物を言うときに、その美しさは、かえってきわだつのだ。

それでもおごうは黙っている。お初は、ほとほと呆れた、というふうに叫んだ。

「ほんとうに、この子ったら、いつもこうなんですものね」

お初には、お茶々のような凄みはない。ひとつひとつの造作がたっぷりしていて、見ばえのする顔立ちである。大ぶりの牡丹《ぼたん》の花のような華やかさは、お姫さまとして上段の間に据えられたら見ばえがするであろう。表情のめりはりの鮮やかなお初は、大げさに顔を振って、溜息をついた。

お茶々は蔭では秀吉のことを呼びすてにしている。

従三位、権大納言——

明智光秀を倒して以来とんとん拍子に出世している彼ではあるが、できることなら伯父同様に、

「猿」

とでも呼んでやりたいくらいなのだ。

なぜなら、この十数年来、彼女たちが不幸に直面するとき、必ずこの男がかかわりを持って来ているからだ。

「あなたは、まだ小さかったから、憶えていないだろうけれど」

お茶々は、おごうに、彼女たちの父、浅井長政が、伯父の信長に攻められたときのこ

とを話して飽きることがない。

あのときの攻め手の先鋒には、まだ木下藤吉郎と呼ばれていた「猿」がいた。

「御落城ときまると、お父さまは、お母さまにおっしゃったのよ。信長はそなたの兄だ、よもや粗略には扱うまい。姫たちを連れて、いますぐ城を出るように、って」

お初が、しゃくりあげたのは、その瞬間だった。お茶々が話しはじめたとたんに、じつに要領よく、大きな眼いっぱいに、涙を溢れさせてしまっていたのである。

「憶えてますわ、そのときのこと。ああ、お姉さまはお六つ。私は四つでした」

が残念ながら、たった二歳の幼女だったおごうには、逆さに振っても、そのときの記憶は、ひとかけらもない。そしてこのときのお初の、これ見よがしのしゃくりあげ方には、

――ほうれごらん。

とでもいうような、女の子特有の意地悪が含まれていなかったとはいえない。浅井滅亡の記憶に関するかぎり、お茶々とお初は、おごうに対して絶対優位を誇る立場にあった。

特別な宝物を持っている子供たちが組になって、それを持たない連中に見せびらかすことはよくあるが、共通した不幸の体験も時として、女の子にとっては、「宝物」になり得るものだ。

それかあらぬか、

「あなたは憶えてないだろうけれど」

お茶々はもう一度くりかえした。

彼女たち姉妹の間には、二人の兄弟があった。兄は万福丸、弟は異腹の万菊丸。万菊丸は長政の側室の所生で、つい三か月前に生れたばかりの嬰児だった。

そのころ――すなわち戦国時代は、女子は非戦闘員とみなされていたから、落城のときも命は助けられるのがふつうだったが、男の子は、いくら幼くとも殺されることになっていた。

そこで、二人の男の子には、それぞれ供をつけてひそかに逃がしたのだが、万菊丸のほうはすぐ消息不明になった。生後三か月の嬰児では育つ力もなかったのだろうか。兄の万福丸も、その後まもなく捕えられて殺された。そしてこのとき、彼をさがし出して殺したのが、藤吉郎秀吉なのである。

「だから、お母さまは、あのひとのこと、とてもお嫌いだったのよ。それに」

天正十年信長の死後、お市が柴田勝家に嫁ぐと、またもや秀吉が攻めて来た。そして母は死に、彼女たちは孤児になった。秀吉はだから、姉妹にとっては疫病神《やくびょうがみ》のような存在である。その彼が来るというのは、ろくなことではあるまい。

こう言いかけて、またもやお茶々はきびしい顔付になった。

「聞いているの？　おごう」

おごうは、またもや失敗をやらかしたのだ。お茶々の話を聞いているのかと思ったら、いつのまにか、庭のほうへ視線を遊ばせていた。

「あなたは、まあ、なんて子なの」

「この大事なお話の最中に……」

ゆっくり唾を呑みこんでから、返事をしようとしたおごうを姉たちはもう待っていなかった。

「もう、いいわ、お退《さが》り」

「ここにいたって何の役にも立ちゃしない」

が、追いたてられて幸いだったかもしれない。もしも姉たちがその返事を聞いたとしたら、二人はさらに躍りあがって妹を叱りとばさなければならなかったろうから。

「犬かしら、それとも……」

おごうは、そう言うところだったのだ。

庭の隅の枯れた草むらの中で、ゆらりと黄色い尾のようなものが揺らいだのだ。

――狐だったら、もっとすてき！

あるいはそう思っていたのかもしれない。が、少なくとも、今のおごうには、そのほうが興味がある。いくら二つで記憶がないといったって、これまで三日にいっぺんぐらいの割合で、小谷落城の話は聞かされている。なにも今度がはじめてではないのである。

「お退り」

姉たちにそう言われたおごうは、一礼すると部屋を出た。それを待ちうけたように、すり寄って来た人影があった。

侍女のおちかである。

「姫さま……」

おごうは立ちどまった。ゆっくり唾を呑みこみ、おもむろに口許をほころばせた。今度はそのまま、無邪気な笑顔になった。決して美人ではないが、その口許に愛嬌がある。

──お姉さまがたは、姫さまがこんなお顔をなさるところまで待ってはくださらない。

それがおちかには残念でたまらない。

──どうして姉君さまがたは、おごうさまをいたわってくださらないのか……

これは、一つには、おごうの不器量さによるものらしい。口にこそ出さないが、二人の姉は自分たちの美貌に自信がある。そして時折、彼女たちが極端に見劣りするおごうを、まるで階級のちがう人間のようにみつめることを、おちかは知っている。今日もその身を案じて、ひそかに縁外にしのんでいたのだが、おごうははたせるかな、のけものにされてしまった。

おちかには、誕生以来ずっと付添って来たこのおごうを、姉たちが思うほど、まぬけではないと思っている。ただ困るのは動作が遅く、口が重いことだ。

「姫さま……」

自分の部屋に戻りながら、おちかは後ろから、そっと小声で言った。

「ああいうときは、何でもようございますから、お早くお返事をなさいませ」

おごうは立ちどまった。

「だって……」

はじめて、ゆっくり口を開いた。

「あさって、お話を聞いてみなければ、お返事なんかできないわ」

正直すぎて、どこか調子のあわない答である。

が、気のまわりすぎる美貌の姉たちと、ちょっと抜けたような、このおごうの言い分と、どちらが当を得ていたか、それは神のみの知ることであった。


いよいよ秀吉が来るというその日は、寒さのせいか、城から見える湖は、さらに蒼さを増した。風も一段と激しさを加え、湖面いっぱいに白波を蹴立てながら、城に向って吹きつけて来た。

湖をみつめるお茶々の瞳も、朝から何となく落着きがない。何度か部屋を出たり入ったりしているのは、秀吉のもたらす話が気がかりなのであろう。

もっとも、お初のほうは、一昨日《おととい》のことはけろりと忘れてお化粧に余念がない。姉妹の中で、いちばんおしゃれな彼女は、何はともあれ、美しく装うことがうれしいのだ。

この正月には、とりたてて城を訪れて来る客もなく、鴇《とき》色地に白梅を散らせた自慢の小袖を着る折がなかった。秀吉がいかに招かれざる客であろうとも、ともかく晴れてお化粧をし、あの小袖を着られるというだけで、お初はいそいそとしてしまうのである。

では、おごうは？

彼女の姿は見えない。朝から湖に面した障子は閉じられたまま、おおかた部屋の中のおごうは、何もせずに、ぼんやりと部屋の一隅を眺めているのだろう。

秀吉がやって来たのは昼すぎだった。どたどたと廊下を踏み鳴らして来るなり、

「おお、安土のお城は、やはり、いちばんみごとじゃな」

波騒ぐ湖面をちらと見たあと、

「三法師さまに御挨拶せねばならぬ」

出迎えたお茶々たちに、ろくに会釈もせず、本丸に姿を消した。

あとに残ったお茶々は軽く唇を嚙んだ。

——嘘つき。このお城がいちばんみごとだなんて……

たしかに信長のいたころは天下一のお城だったかもしれないが、焼かれたあと、秀吉は修理費をけちって、ろくな手入れもしてくれない。表面は、お跡継の三法師さまのお城、などと言ってはいるが、大坂に、これより数倍豪華な自分の城を作っていることは、すでにお茶々の耳にも入って来ている。

——臣下の分際で、ここよりりっぱなお城を作るなんて……

三法師さまを立てているけれども、そのじつは、自分が天下をものにしたいのではないだろうか。

お茶々の推測はどうやら当っていたらしい。いま本丸へいったばかりの秀吉は、もう

お茶々たちの曲輪《くるわ》のほうへ戻ろうとしていた。おそらく、三法師君への拝謁は、形ばかり、ごくお手軽にすませたものと思われた。

「おう、待たせたな」

近づくなり、秀吉はそう言った。まるで自分の居間にでも入るように、さっさとお茶々の部屋に入ると、どっかとあぐらをかき、次々と入って来る三人姉妹を見上げて頭を振った。

「ふむ、ふむ、よい娘になられた」

お茶々が新年の挨拶をするのを聞こうともせず、その顔をまじまじと見た。

「姉君はいくつか」

「十八になりました」

「次は」

「十六でございます」

お初は気どってしなを作った。

「次は」

ああ、またしても、このとき、おごうは、後れをとった。やっと唾を呑みこみ、ぼそぼそと、十四と言ったそのとき、秀吉はなぜかにやりとしたようである。

「十八、十六、十四か……」

秀吉は呟《つぶや》くように言った。

「よいお年頃になられた。それも、揃いも揃って美しい」

笑うと歯ならびの悪い歯がむき出しになる。

――まあ、いや……

というふうに、かすかにお茶々は顔をしかめた。母からの影響もあって、彼女はこの男をあまり好きになれない。近くにいると、何かこう下賤なもののみの持つ体臭が匂って来る感じなのだ。

しかも、この男は、妙に御機嫌をとるような笑いをうかべている。

――揃いも揃って美しいですって？　なんて見えすいたお世辞！

その何よりの証拠は、おごうのことだ。姉妹から見たって、ひとつもきれいだとは思えない、この子まで、「美しい」というのか。

おごうといっしょに褒められたことだけでも、お茶々はひどく自尊心を傷つけられたような気がした。

――こんな見えすいたお世辞を言うからには、どんな魂胆を持っているか、わかりゃしないわ……

お茶々の心の中を知ってか知らずにか、秀吉は、眼を細めてにやにやしている。が、まもなく、その笑いをひっこめると、ちょっと言葉を改めた。

「早いもので、北庄の落城から、二年近くになる」

つとめてものやわらかに言おうとしているようだったが、その口調には、どこか押しつけがましいところがあった。

「そのみぎり、修理《しゅり》（柴田勝家）の申し出のままに、三人の姫をひきとったは、ほかでもない。故右大臣家（織田信長）に連なる御縁があるからだ」

お茶々もお初も、息をつめて秀吉の顔を見守っている。

「もし、そうでなければ……。たかが修理の継娘《ままむすめ》、命だけは助けもしようが、それ以上のめんどうは、誰が見ようぞ、なあ」

秀吉はここでちょっと笑ってみせた。歯をむき出したその顔は前と変りがなかったが、何やら底に薄気味悪さが漂っている。

——まあ……

というように、お初はからだをびくりとさせた。

——やっぱり私の思ったとおりだわ。

華やかな顔立ちから血の気が失せていった。

が、秀吉はなかなか本心をあかさない。

「わしは右大臣家には深い御恩がある。それを思えばこそ、三法師君もここでお守りしているし、姫たちも、このお城にお迎えした」

「………」

「世の波風にあてるにしのびなかったからだ」

「………」

「右大臣家がわり、いや父がわりのつもりであった」

「……」

「が、姫たちも、もう、りっぱに成人した。十八から十四……。十四といえばもう子供ではない」

――だ、だから、ここから出てゆけって言うんだわ。

が、息をつめたお初の耳に響いて来た秀吉の言葉は、およそ思いがけないことだった。

「その大人になられた娘御を、だな。右大臣家の娘に準じて迎えとりたいという話がおこった」

わかるか、というふうに秀吉は三人の顔を眺めたとき、娘たちは、少しちがった反応をしめした。

――右大臣家の娘なみに迎えるっていうと、じゃ、私たち、行く先の心配はしなくてもいいのね。

現金に愁眉をひらいたお初にくらべて、お茶々は、ますます眼差をきつくした。

――ていのよいことを言ってるけど、つまりは、ここを出てゆけってことじゃないの。

秀吉は笑っている。世の辛酸をくぐって、もうそろそろ五十に手が届こうというこの男には、多分若い娘の胸のうちなどは見通しなのであろう。さんざん相手を焦《じ》らすようにしてから、する、と気を抜くように言った。

「なあに、つまり嫁に欲しいということなんじゃよ」

――まあ……

姉たち二人は、あきらかに虚を衝《つ》かれたようだった。

――まあ、私たちをお嫁に……

まず、そわそわと落着かない顔になったのは、お初である。それをちらとながし目で見やりながら、秀吉は続けた。

「いや、わしも、ほんの子供を預かったつもりでいた。それが嫁入り話とは驚きもしたが、いま年を聞けば、これでは何のふしぎもない。しかも打ち見たところ、いずれ劣らぬ美しい姫君だ」

お茶々は、またもや、びくりと瞼を動かした。

「それに――」

秀吉は膝をくずし、からだを乗り出すようにした。

「その話というのを聞いて、わしも気が動いた。こなたたちにとってまたとない話なのだ」

「………」

二人の姉たちの眼は、じっと秀吉の口許にそそがれている。

「なにしろ、家柄がいい。右大臣家には甥にあたる若武者だ。その母御のお犬さまは、姫たちの母御、お市さまの姉君だ」

お犬という伯母の名には聞きおぼえがあった。

「お市さまと並んで、評判の御器量よしであられたが――」

はじめ尾張大野の城主、佐治八郎信方に嫁いだが、彼が伊勢長島の一向一揆と戦って討死したので、摂津の細川昭元へ再嫁し、本能寺の変の数か月後、にわかに病死した――と秀吉は語り、

「そのお犬さまが、佐治家に残してゆかれた与九郎一成――つまりこなたたちには、いとこにあたるわけだが」

と花婿の名をあかした。

「願ってもない話だと思う。年は十八、故右大臣家に生きうつしだそうな」

伯父信長の面差なら姉妹たちもよく憶えている。色白で細面の鋭くひきしまった美貌であった。その伯父に似ているというなら、さわやかで凛々《りり》しい若者にちがいあるまい。

――十八なら私と同い年……

お茶々がそう思った瞬間である、ひょいと秀吉が顎をあげて、

「おごうどの」

二人の姉の後ろに隠れるように坐っていた彼女に声をかけた。

おごうは黙っている。

とっさに返事のできるたちではないのだ。それに秀吉の声のかけ方は唐突で、お茶々もお初も、なぜ彼が急におごうの名を呼んだかわからなかった。

おごうは緩慢に厚い唇を動かしかけた。そしてその瞬間、姉たちは、秀吉の口から、

思いがけない言葉を聞いたのである。

——聞きちがいではないか。

二人の姉たちの、そのときの思いはそれであった。

——そんなことがあってよいものか……

秀吉とおごうの顔を改めて見くらべようとしたとき、もう一度、秀吉が口を開いた。

お茶々もお初も今度こそは、いやおうなしに、その声を耳の底に刻みつけることになった。

「おごうどの、なんと似合いの婿とは思われぬか」

——なんですって！　おごうにその与九郎どのとやらのところへ嫁《い》けというの？

思わず飛びだしそうになる言葉を、お初は懸命に押しとどめた。

——まあ、私という姉がいるのに、四つも年下のおごうが、なぜ先にお嫁にゆくの？

お茶々は鋭い一瞥をおごうに投げた。

が、誰よりも秀吉の言葉に仰天しているのは、おごう自身であろう。もっとも彼女の反応は例によってきわめて鈍い。開きかけた唇をそのままにして、じっと秀吉の顔をみつめている。もしかすると、彼女はまだ秀吉の言葉を理解していないのではあるまいか。

言葉は一つ一つ、彼女の耳から入り、ゆっくりとからだをめぐって頭に達してやっと組み立て直されているところらしい。そしてそれが彼女の胸をゆさぶり、その衝撃が外に向って一定の形をとるまでには、かなりの時間がかかりそうである。いや、これは言いすぎだが、少なくとも、まわりにそんな思いを抱かせるようなおごうであった。

――いったい、この話を、おごうは喜んでいるのかどうなのか。

さすがの秀吉も、その反応を計りかねたらしい。

「いや、めでたい。初春早々めでたいことだ。似合いの夫婦ができることじゃろうて」

その場に不似合いなくらいな高っ調子でそう言い、しきりにめでたさを押しつけようとしたのは、そのせいであろうか。

そのくせ、彼は、なぜ二人が似合いなのか、なぜ三人のうちからおごうを選んだかはとうとう言わずじまいだった。

「いずれ輿《こし》入れは春ということになろう、それについては、また……」

そそくさと言って座を起《た》ったあと、残された三人姉妹の間には、白々しい沈黙が流れた。お茶々は切れあがった瞳の底から、銀の針に似た視線をすうっと投げて来たなり、そのまま横を向いた。

お初は大きな瞳で、じっとおごうをみつめ、何か言おうとしたようだが、日頃は形のよい唇が、奇妙にひきつっただけで、声にはならずじまいだった。

が、もし、そのとき――

声がその唇から飛びだしていたら、どんなことになっていたか、そのことは、おそらく、お初自身が最もよく知っていたのではないか。

このとき、この奇妙な沈黙を破ったのは、おごうだった。もそもそと要領の悪いからだの動かし方をすると、黙って一礼してその場を起った。結局、このとき、おごうは一言も口をきかなかったことになる。

部屋を出たおごうが、そろりと障子を閉めたとき、中から激しくしゃくりあげる声がした。声の主は多分お初と思われた。それを聞きつけてか、小走りに近づいて来る足音があった。

おごうは、足音のほうを見透かすようにした。近づいて来たのはおちかだった。

「姫さま……」

その姿をたしかめると、ほっとしたように言った。

「どうかなさったかと思って飛んでまいりました」

「いえ、何でもありませぬ」

かぶりを振って、おごうはゆったりと口を動かす。

「でも……」

中の声が、と眼配せすると、

「お初姉さまです」

それだけ言った。

「どう遊ばしたのです」

「何でもありませぬ、お嫁入りの話です」

事情を知らないおちかは、それがおごう自身のことだとは気がつかない。もともと慌

てものと来ているから、

「まあ、ではおめでたいことではございませんか」

てっきりお初のことだと思いこんでしまっている。

「それなのに、なぜお泣きになるのでございます」

「………」

「お相手がお気に召さぬとでも」

「尾張の大野の、佐治というお家だそうです」

「佐治？」

「お犬伯母さまの、お嫁《とつ》ぎになられたところの御子息……」

「まあ、では、おいとこさまではありませんか」

「与九郎という方だそうです」

「けっこうなお話です。なのになぜ、お初さまは、お泣きになるので……」

おごうは、にこりとした。

「お嫁にゆくのは、お初姉さまではありませぬ」

「あ、そうでございますね。お年の順からすれば――」

「いいえ」

はれぼったい瞼を持ちあげるようにして、おごうはゆっくりかぶりを振る。

「お茶々姉さまでもありませぬ」

「え？」

「私が、嫁《い》くのです」

しずしずと言った。

「姫さま……」

おちかはあっけにとられておごうの顔を見守った。

「なんでそれをはじめにおっしゃいませぬ」

はれぼったい瞼の下の、おごうの眼は溶けるように細くなった。

——呆れるばかりのこの要領の悪さ。これでは姉君たちが歯がゆがるのも無理はない。

——こんなことでは、行く先どうなることか……

が、おごうは、まだ無邪気に、にこにこしている。どうやらその顔は、

——でも、おちか、私はそなたの聞いたことには、ちゃんと返事をしていますよ。

と言っているようでもある。てっきりお初の縁談だと思いこんだのはおちかの早とちりであったらしい。

いずれにしても——

——姫さまの前途は容易でない。

とっさにお初の泣き声の意味を理解した。

おちかは、その夜をほとんど眠らずにすごしてしまった。

本来なら、めでたかるべき輿入れである。生れて以来、父を失い、母を失い、城を失

い、不運だけにつきまとわれて来たおごうに、もし、運がひらけて来るとしたら、このときしかない、とつねづね思いつづけて来た。

が、いよいよそのときがやって来てみると、いっこうに胸は晴れないのだ。

小谷落城のとき、おちかはよちよち歩きのおごうに従って城を出た。

このとき彼女は十四、浅井家の家臣だった父は、これに先立つ姉川の戦いで討死し、つづいて母親にも先立たれた。小娘だったおちかを哀れがって手許で使ってくれたのがお市の方で、まもなくおごうが生れたので、何ということなく、おごう付きの侍女のようになった。嬰児のころの、小動物のように軽くて生温かったおごうの記憶は、今もおちかの背中にある。

お市が後に柴田勝家に嫁いだときも、おちかはおごうについて北庄へ行った。そしてまもなく落城を経験し、ふたたびおごうの手をひいて城を出た。

自分よりもさらに幼いときに父を失い、ついで母を失ったおごうの宿世を、おちかは他人事《ひとごと》とは思えない。似たような不幸の翳を曳いて歩いてゆく幼い女あるじに自分の分身を見るような痛みを感じてしまうのだ。

そのおごうさまが、いよいよ輿入れをする。

——ほんとによかった。これで世の中の余計者のような立場からはぬけだせる。

と思うのだが、何となくすっきりしないのは、話のきまり方があまりにもだしぬけで不自然な感じがするからだろうか。

不自然といえば、いちばん年下のおごうに嫁げという秀吉の言葉が第一おかしい。おかげで、二人の姉たちは、すっかり気持をこじらせてしまった様子である。

——気の強いあの二人に、どうとりなしたものか。おごうさまにも、よほど気をつかっていただかねば……

が、ああ、当のおごうは、そんなことを進んでやる娘ではない。その証拠に、耳を澄ませば、隣の部屋からは、規則正しい寝息が聞えてくるではないか。彼女の分身をもって任じるおちかが、とつおいつ思い悩んでいるというのに、当の御本人のほうは、いともやすらかにおやすみのていなのだ。

——ああ、これだから……

この先が思いやられる、とひとりでやきもきしているうちに、いつのまにか夜があけた。

朝になってみると、ちょっとばかりふしぎなことがおこっていた。

お初の機嫌は、けろりとなおっていたのだ。まるで昨日泣いたことが嘘だったかのように、

「おはよう」

むしろ愛想よくおごうやおちかにまで挨拶した。

——おや……

おちかは眼をこすりたくなった。

――これはいったい、どうしたこと？　私の思いすごしだったのだろうか。もしそうだとしたら、あれこれ眠りもせずに考えあぐねたりして、とんだ骨折り損をしたものだ。狐につままれたように、お初のはでやかな顔を見守った。

その日、終日、お初は上機嫌だった。おごうの嫁入りと聞いただけで顔色を変えた昨日とは打って変って、むしろ、いそいそとしてそのことを話題にするのである。

「お嫁入りは春、っていう話だったわね。じゃ、もういくらも日がないじゃないの。お支度を急がなくちゃあ」

にこにこしながら、おごうを見て、そう言う。

「お嫁入りのときのお裲襠《うちかけ》、間にあうかしら。幸菱《さいわいびし》は、なるべく大きい柄のほうがいいわねえ」

人が聞いたら、お初自身が嫁入りでもするかのようなはしゃぎ方である。

お茶々はさすがに、それほど浮き浮きした様子は見せないが、適当にお初の相槌は打っている。

おごうの身辺は、にわかに慌しくなった感じである。大坂に帰った秀吉からは、まもなく嫁入り支度が届けられた。このときも、真っ先に立って、その荷をあけたのはお初であった。当のおごうは、例によって、はれぼったい瞼をゆっくり持ちあげるようにして微笑しただけだった。

送られて来た衣裳つづらの中には、片身頃は緋、片身頃は藍地に桜の花を散らせた、はでな小袖もあった。

「まあ、こういうのが都でははやっているの？」

そのときだけ、ちらりとお初はうらやましそうな顔をしたが、次の瞬間、つづらの中をのぞいて、ふと、声の調子を変えた。

「これが、その日のお裲襠？」

指先でつまみあげたのは、白地に幸菱《さいわいびし》を織り出した裲襠――当時の武家の娘が輿入れの折にまとううきまりの衣裳である。

お初は口をとがらせた。

「ちょっとお粗末すぎると思わない？」

たしかに、それはさほど上等なものとは言いかねた。

「お母さまが柴田へお嫁ぎになるときは、もっと上等なものでしたわ。模様だっておはでだったし……。ねえ」

お初は、お茶々に同意を求めるように言った。

「そうねえ」

うなずきながら、お茶々は、おごうのほうをちらと見た。

「なのに――」

気おいこんでお初は言う。

「まだ若いおごうが嫁くのに、これじゃあ、かわいそうだわ」

しかし、当のおごうはといえば、例によって、ぼうっとした眼付で、その裲襠を眺めているだけだ。さしたる感動もなく、お嫁にゆく姉君のお衣裳拝見に来たといった趣である。

そのじれったさに、お初はおごうになりかわって、文句をつけている……

少なくとも、よそ目にはそう見えた。いや、その場に居あわせたおちかでさえ、危うくそう思いかけたところだった。もし偶然の機会がなかったら彼女も、

——さすがは御姉妹《きょうだい》……

一生そう思ってすごしてしまったかもしれない。

ところが——

その夜、思いがけなく、おちかは、お初の本心をのぞいてしまったのである。

夜中にふと眼がさめて、手水《ちょうず》に立ったとき、お茶々の寝所から、かすかなしのび笑いのようなものが聞えたのだ。

——空耳《そらみみ》か……

おちかは立ちどまった。

焼けてからの安土城はさして広くはない。しかし、今は孤児になりはてた三法師にかしずく人々がいるだけなので、ていのいい居候の三姉妹も、部屋だけはゆったりあてがわれている。

いちばん奥の広い部屋がお茶々、その隣がお初、次がおごう。それぞれ侍女たちの詰

める次の間もついている。

なのに、その日の夜中、廊下に立ったおちかは、お茶々の部屋のあたりで、しのび笑いを聞いたのだ。お茶々の部屋には誰かが来ていて、この夜ふけ、眠りもせずに何かひそひそと語りあっているらしい。

――こんな夜ふけ、お茶々さまの部屋にいるとすれば？……

それはお初のほかはあり得ないことであった。そういえば、いくら声をしのばせても、かすかな含み笑いの中に、あのお初の艶めいた、はでやかな声音《こわね》が聞きとれるような気がする。

暗闇で耳を澄ませると、さらに含み笑いにからんで、かすかな人声が聞えた。

「……そうね、そうかもしれない」

少し冷たい静かな声はお茶々のものだ。

「そうですとも」

答える声が少し高くなった。まぎれもないお初である。

「やっぱりね」

「そうですとも、お姉さま、五万石じゃあね」

「………」

「あのくらいの袮襠でちょうどいいのよ」

おちかは胸が凍りつくような思いでそれを聞いた。あの日以来のお初の笑顔の謎が、瞬時に解ける思いがした。

――そうだったのか……

おごうに縁談のあったとき、あれほど取り乱したお初は、妹の嫁ぐ相手が、信長の甥とはいえ、たった五万石の小領主にすぎないことを知って、にわかに態度を変えたのだ。妹の縁談を喜んでいると見えたのは、じつは、

――ふん、そんなところ、私だったら嫁くもんですか……

奇妙な優越感の裏返しだったのである。いつの世の中でも、女はいち早くお嫁にゆく仲間に羨望や嫉妬を感じるとはかぎらない。ときには、友達のきめた相手がたいした人間でないのを知って、ひそかに胸を撫でおろし、急に陽気になることだってあるのである。

そのころの輿入れには、自然と格式のようなものがあった。お初は、自分でおごうの裲襠を手にとり、妹の嫁ぎゆく相手が五万石の小身大名にほかならないことをたしかめたのだ。

お初の囁きは、まだ続いている。

「それに、なんでしょう、あの片身がわりの小袖。近ごろのはやりかもしれないけれど、おごうに似合うはずはないじゃないの……」

――ああ、おごうさま。

おちかは叫び声をあげそうになった。が、ここでは、絶対に立っている気配さえも覚《さと》

られてはならないのだ。

お茶々の部屋の前の廊下から、どうやって自分の部屋まで帰って来たか、おちかはよく憶えていない。が、もし、その姿を見た人があったら、操り人形でも歩いていると思ったのではないだろうか。

一歩一歩、誰にも気づかれないように足音をしのばせて歩く。しかも心はすでにおごうの枕辺に飛んでいる——となれば、どうしてもそんなぎごちない格好になってしまう。

自分の部屋に転がりこむなりおちかは、夢中でおごうの寝ている奥の間の襖を押しあけていた。

「ひ、姫さまっ……」

部屋は暗い。

まだおごうは何も知らず、軽い寝息をたてている。

——姫さま。お聞きくださいまし。あなたさまの姉君がたは、こういうお方でございますよっ。まあ、これでほんとの御姉妹だなんていえるんでございましょうか。かりにもお二人は姉君じゃございませんか。母君亡きあと、姫さまのごめんどうを見るのがあたりまえ、それをお嫁ぎ先が、たったの五万石だといってお笑いになるなんて……

おごうの嫁ぐ尾張の佐治家が小身であることは、おちかも知らないわけではない。

たしかに家柄は悪くはないが、近江一円を領有した浅井の姫君の嫁ぎ先としては小身すぎる。もちろん浅井は滅んでしまったから、昔の格式は望むべくもないが、もし継父の柴田勝家でも生きていれば、もう少しましな相手と縁組できたかもしれない。が、いま、この乱世に、彼女たちは後楯もなしに放りだされているのだ。せいぜいこのくらいのところで妥協しなければならない。姉たちにしても、ささやかな出発をせざるを得ない年若なこの妹を慰めこそすれ、その運のなさを嗤《わら》うときではないはずではないか。

——それを姫さま、あの方たちは……

寝息をたてているおごうをゆすぶろうとして、おちかは手をとめた。

——やすらかに眠っていらっしゃる……

もうあとわずかしかこの安土の城にいないおごうである。ここでがたがた騒ぎたてるにも及ばないではないか。こんな姉妹は、はじめから姉妹だと思わなければいいのだ。そうときまれば長居は無用。ともかく今はここからぬけ出るきっかけを作ってくれた秀吉に感謝すべきかもしれない。

——そうでございますとも、姫さま。いくら五万石でも大名は大名。姫さまはそこの奥方におなりになるのでございますから……

襖をしめようとして、もう一度おちかは耳を澄ませた。

おごうの寝息は、まだ規則正しく続いている……

いよいよ、輿入れが近くなったある日、秀吉がまた突然姿を現わした。

「今日は坂本から舟で来た」

湖の匂いはすっかり春だな、と柄に似合わない風流なことを言って鼻をぴくぴくさせたかと思うと、慌しく嫁入り支度を見てまわって、

「うん、揃っている」

ひとりでうなずいた。

湖の見える座敷に、おごうが呼びよせられたのは、その直後である。おちかが後について行くと、すでに、お茶々とお初が膝を揃えて坐っていた。

おごうの顔を見るなり、秀吉は、

「やあ」

軽く手をあげて迎え入れ、二人の姉とは少し離れたところへ坐らせた。

「いよいよ輿入れだな」

肩を叩かんばかりな親しさでそう言う。

「支度は十分念を入れて選んである。幸菱の裲襠などはみごとなもんじゃろうが」

お初がちらりと眉を動かしたのに気づかないのか、

「みごとでございます」

おごうはしずしずと言った。

おちかはひそかに胸を撫でおろした。何もおごうに言わないでおいてよかった。あの夜のことを知っていたら、これほどすなおな答はその口から出なかったかもしれない。

秀吉は上機嫌である。

「そうか、そうか、片身がわりの桜の小袖もみごとであろ。あれはわしが見立てたんじゃ」

ふと、その言い方におちかはひっかかった。上機嫌のあまりと言ってしまえばそれまでだが、何となく、言葉づかいがぞんざいになっている。

――前はこうではなかった。

少なくとも北庄の城から出された直後は、亡き信長の血筋をひく姫君として、敬意をこめた言葉づかいで対していたはずだ。それが顔をあわせるごとに少しずつ言葉がくだけて来た。

――そして今日は、完全に五万石の小身の大名の奥方に対する言葉づかいになっているではないか……

おそろしく頭の回転の早いこの男、無駄には口をきいていない。ひとつひとつの言葉にも、ちゃんとした計算が隠されている。

そこへ行くと、おごうはのどかなものである。今度も、

「みごとでございます」

判で押したように短い答をした。

「そうか、そうか」

と言いはしたが、秀吉にはその答が少しものたりなかったらしく念を押すように言っ

た。

「大野へいったらな、これを着て自慢してやれ。これは俺の見立てだと言ってな」

おごうは微笑した。

「聞かれたらそのように申しましょう」

秀吉の表情がちらりと動いた。まわりに物を与えなれている彼は、

「ありがたきしあわせ」

というような、大げさな感謝の言葉が返って来るのを期待していたのだろう。

——ちと、あっさりしすぎているな。

そう思ったのではあるまいか。

秀吉はこのあと話題を変え、お茶々やお初に都の話などをしていた。都がいまどんなに賑やかか、そして自分がどんなに忙しいか、といったような、自慢話が続いたかと思うと、ひょいとおごうのほうを向いた。

「——というわけでな、もう輿入れまでに来るひまもあるまい」

そこで折入って話をしたい、と、お茶々とお初を目顔で退らせた。おちかも座をはずそうとすると、

「そちは残れ」

押しとどめるようにした。

——そうれ、おいでなすった。

文句の一つも聞かねばなるまい、と覚悟をきめたとき、秀吉は、思いがけないことを口にしたのである。

「さすが、お市さまの娘だな」

おちかは秀吉の言葉の意味を計りかねた。

みなし児のそなたに、これだけの支度をしてやったのに喜びもしないのか、と嫌味の一つも言われるかと思ったのだが、それにしては言葉つきまで浮き浮きしている。とっさには返事もできずにいると、秀吉はさらに晴れ晴れとした口調で言ったものである。

「どうやら秀吉の眼力、狂いはなかったらしいな」

「は？」

「その口ぶり、気に入った。並みの娘にはできぬこと、第一、物をもらって、ちっともうれしそうな顔をしておらぬ」

「あ、そ、それは……」

おちかは慌てふためいた。

「姫さまは、お口が重いほうでございまして、どうも、それが……」

「いやいや、それでいい」

「は？」

「無用の口はきかぬほうがいい。いや、そこを見こんで、じつは、白羽の矢を立てた」

それから秀吉は声を低くした。

「お初ではつとまらぬ。あの娘は、悧発で器量もいいが、ちょっと口が多すぎる。言わんでもいいことまで口にする。つまり口をあけば、はらわたの底まで見せてしまう、なあ、そうじゃろうが」

このごろのお初の行動を見透かしたようなことを言って、さらにおちかを慌てさせた。

「そこへ行くと、おごうは口が堅い。お市さまも口数の少ないお方であられたから、おおかたその血を享《う》けられたのであろう」

上機嫌でいるところを見ると、まんざらあてつけではないらしい。

「なにしろ、お市さまと来ては、一言もおしゃべりにならずに、兄君の一命を助けられたこともあるのだからな」

「まあ」

「いや、それだけではない。わしも命を助かったし、それが出世のいとぐちにもなった」

「………」

「そうさな、あれは姉川の合戦より二月《ふた》ほど前のことだから、まだおごうは生れていなかったはずだな」

いつのまにか、秀吉はおごうを呼びすてにしていた。

そのころ織田信長は朝倉義景を討つべく、三万の軍勢を率いて越前に進出していた。天筒《てづつ》山、金《かな》ケ崎《さき》城を降し、作戦は順調に進んだが、そのとき背後で思いがけない異変がおこった。信長の妹、お市をもらいうけている浅井長政が、突如朝倉方に寝返ったのだ。

もともと浅井と朝倉は縁が深い。信長がお市を長政に嫁がせたのは、ここに楔《くさび》を打ちこむためだったのだが、長政は妻を無視して、長年親交のある朝倉に加担したのである。

「そのとき、わしは金ケ崎城にいた」

秀吉は遠い眼付をした。信長軍は敵陣深く突入している。そこを後ろから浅井勢に襲われたら、逃げ場もない。

「もちろん、浅井どの——そなたの父は、お市さまに内緒で隠密裡にことを運んだ。ところが、お市さまは、勘の鋭い方だからな。怪しげな動きを知ってしまわれた」

「……………」

「さて、どうする？　知らせるといっても、まわりは浅井の家来ばかり、文《ふみ》を書くこともできぬ」

信長の命は風前の灯である。

が、うかつにそれを知らせようとすれば、浅井の家臣どもに知られてしまう。

そこまで語って、秀吉はおごうの顔をのぞきこむようにした。

「もし、おごうだったらどうするかな？」

例によっておごうは答えない。重たげな瞼をあげて、にこにこしている。しかたなしに秀吉は、また話を続けた。

「そこでだな、お市さまは一計を案じられた。袋の中に小豆《あずき》を入れて信長さまの陣中に届けられたのだ。それも、袋の両端をぎりぎりとしばってな」

わかるか、というふうに彼はおちかをちらりと見た。

「小豆を、でございますか」

「そうとも」

「……………」

黙っていると、秀吉はぐっと胸を反《そ》らせた。

「これがわからぬようでは、大名の奥方はつとまらぬぞ。つまりだな、お市さまは、兄君に、今あなたさまは袋の小豆のようなものです、とお知らせしたのよ」

口上は、平凡な陣中見舞で、「小豆がゆにでもなさいませ」ということだったらしいのだが、もらった信長は、妹の心づかいがピンと来た。

「総員退却！」

とっさに命令を下して、自らはわずかの部下をひきつれて、湖西の朽木《くちき》越えをして命からがら都に帰って来た。

「このとき、殿軍《しんがり》を承ったのがこのわしでな」

迫る敵を打ち払いながら退却するのが殿軍の役目だが、これは合戦の中で最も至難のものとされている。まだ木下藤吉郎と名乗っていた彼は、このときまで、さしたる戦功もなかったのだが、この殿軍をみごとにやりおおせたおかげで一躍男をあげた。秀吉のめざましい出世は、これを契機にして始まったといっても過言ではない。してみれば、お市さまの袋の小豆は、彼の運命をも左右したわけだ。

話を終りまで聞かないうちに、おちかには、秀吉の言おうとしていることがピンと来た。

――嫁入りとは、つまりそのようなものなのだぞ、おごう。

彼は十四歳の少女に向ってこう言っているのであろう。

――が、そのようなお役目は、おごうさまには荷が勝ちすぎる。この無口でぼんやりしたお姫さまに、お市さまのような気働きは望むべくもない……

と、その心を見透かすように、秀吉は、にやりとした。

「いや、なに、心配には及ばんよ。お市さまは、はじめから敵の本拠に乗りこんだようなものだったが、おごうが嫁ぐのは血のつながったいとこの佐治与九郎だ。なあに、この安土の城にいるのと変りがあるものか」

もっとも、その言い方には多少のわざとらしさがないとは言えなかった。

「ただ、欲を言えばだ、なるべく口の堅いほうがいい、おしゃべりはいかん。だから、この際、お初よりおごうをまず選んだだけのことだ。ただし――」

言いさして、

「おちかにちょっとたずねておきたいことがある。おごうには席をはずしてもらおうか」

鼻の頭をこすり、秀吉は妙に眩《まぶ》しげな眼付をした。

おごうは座を起つと、ほとんど足音もさせずに廊下を歩いていった。動作はのろいが、そのかわり、猫のように音をたてないのはおごうの特技でもあった。だからいくら耳を澄ませていても、人々は、おごうが部屋を出たとたんに、ふっと姿を消してしまったのではないか、というような錯覚をおこしてしまう。目の前の秀吉が、はて、といった面持でしきりに首をかしげているのは、どうもそのためらしい。

しばらくしてから、秀吉はふと眼配せをした。

——もういいな。行ってしまったろうな。

という合図である。それから、やおら口を切った。

「十四か、ふうむ……」

改めておごうについて何か考えているらしかったが、

「年よりは、なりも大きい。いい腰つきをしている」

言いかけて、にやりとした。

「女になったのは、いつか？」

「去年でございます」

答えながら、まるで自分のからだを改められたようにおちかはもじもじした。

「ふうむ、さりとは、思いのほかおくてな……。したが——」

声をひそめると、顔を寄せて来た。

「男と女の道は、ちっとは心得ておろうな」

「はっ！」

不意を衝かれて、思わずおちかは身を退いた。髪の毛の薄い、皺だらけな秀吉の顔が、目の前に迫って来ている。

鼻をひくひくさせながら、秀吉は歯をむき出しにして笑っている。その歯がいやに黄色い。奇妙な黄色い毒気を吹きかけられるような気がして、鳥肌が立った。

「さ……それは……」

「嫁に行くということがどういうことか、よもや知らぬはずはあるまい」

「………」

「ふつう大名の家では、年頃の娘には、諸芸のたしなみのほか、そうした心得を、母御や乳母《めのと》が、それとなく教えこむものだ。お市さまは、それをなすっておかれたろうか」

「いいえ」

おちかは慌てて首を振った。

「私の知るかぎりでは——」

「なかったというのか」

むしろ呆れたというふうに彼はおちかをみつめた。

「なにしろ、そのころの姫さまは年よりもお小さくていらっしゃいましたし……」

「まだ女のしるしを見なかったからな、なるほど」

言いかけて、彼はおちかをじろりと見た。

「とすれば、女になったその日になぜ、そなた教えなんだ」

「……」

「いや、嫁入りがきまってから今までだって日数《ひかず》はあったのに、それになぜ気づかなんだ」

「……」

「知っているか、知らぬか、それを待つか待たぬかで、女の肌の息づかいは変って来るもの」

――まあ、いやらしい、この男……

おちかは目を伏せた。奇妙にねばっこいその口調には、彼女自身を素裸にし、指の腹で逆撫でしているような響きがあったからだ。

が、このときがらりと秀吉は語調を変えた。

「おい、おい、ちか、思いちがいはしてくれるなよ」

おちかがどぎまぎしているのをおもしろそうにみつめている。これで完全に自分のペースに巻きこんだ、と思ったようだ。

「そうか、俺の話を聞いてどんな気になろうと、そりゃ勝手だが……」

そういう言葉の効果をひとつひとつ試してみるかのように、彼はおちかをのぞきこみ、それから急に真顔になった。

「が、わしは、たちの悪いからかいをやっているわけじゃないぞ」

「………」

「おごうの行く末のしあわせを思えばこそよ」

「………」

「なあに、今度の輿入れは、大して辛いことはない。お市さまのように、敵陣に乗りこむ覚悟はいらぬ」

「………」

「それに、おごうは口のききようも心得ている。それだけでもう十分だ」

「………」

「とすれば、あとは夫婦仲むつまじく暮すことだ。いや、しょせんは男と女、行きつくところはそんなところだろう」

「………」

「ところが、大名の姫君の中にはそのあたりの心得の足りぬのがいる。母親や乳母から一応の手ほどきはうけているのだろうが、つまり、その教え方の呼吸が悪いんじゃな」

また、秀吉は鼻をひくひくさせた。

「そんな女にぶつかると、何かこう、大ぶりの人形でも抱いているようでな、何とも興の乗らぬものよ。これでは男は楽しめぬ」

思いあたることでもあるのか、しきりに自分でうなずいている。

「まして、おごうには、母がいない。おおかたそんなことではないかと思ったら、はたせるかなこのしまつだ。まあ、今からでもおそくはない。そちから手をとって教えてやるのだな」

「………」

「そちだって、まんざら知らぬ道ではあるまい」

もじもじするおちかに、秀吉は、皺くちゃな顔を押しつけるようにした。

「何人ほどじゃ、そちは？」

「………」

「若いのか、年寄りか」

「………」

かすかにかぶりを振ると、秀吉は驚いたように顔を引き離し、仔細にそのからだを点検するように、まじまじとみつめた。

「よもや、そなた、この年になるまで、男を知らぬわけでもあるまい」

「は、はい……」

ないといってしまっては嘘になるであろう。が、その記憶は、ごく淡いものでしかなかった。小谷城が落ちて、お市やおごうともども清洲の城にひきとられてからまもなく、つけ文をされ、ひそかにしのびあった侍はいた。

が、打ちつづく合戦に遮られて、逢瀬《おうせ》も数えるほど、そのうちに彼の姿が忽然と消えた。

討死したのである。

もう、今となっては、からだのどこをさがしても、彼との記憶は、かけらさえも残ってはいない。

おちかは自分の過去について、そのとき秀吉に一言もしゃべったわけではない。しかし人の心を読みとることにかけては、ずばぬけて鋭い勘を持つこの男は、答えしぶっている物腰から、ほぼ見当をつけたとみえて、

「はあん……ふん、ふん」

犬のように鼻を鳴らして、ひとりでうなずいた。

「してみると、しんそこの味わいも知らぬうちに、縁が絶えたというところか。そりゃ気の毒な」

「……」

「いや、気の毒ばかりではない。それではおごうの傅役《もり》はつとまるまいな」

大げさに困ってみせ、

「なんなら急場しのぎに、わしが手ほどきをしてやってもいい」

「な、何と仰せられます」

「どうされれば愉しいか、またどう歓んで見せれば男が喜ぶか、離れられなくなるか」

「あれっ」

皺だらけの手がのびないうちにと慌てて飛びすさると、秀吉は天井を向いて、あは、あは、と笑いだした。

「なんの、本気にするな、ちょっとからかったまでよ」

「………」

「が、それにしてもだ」

ふときまじめな表情になって、

「いかんな、それでは」

「は？」

「わしがちょっとからかったら、すっ飛んで逃げおった。それではいかん、というのよ」

「………」

「そんなとき、それではお手合せを、と言うくらいでなければ、おごうの指南役にはなれぬ」

「………」

「まあ、そこまでわしにもめんどうは見きれぬ――そうよな」

ちょっと考えこむ様子だったが、

「よほど思案にあまる様子だったら、そなたに適当な指南役をさしむけよう」

「まあ……」

「万事その指図に従うように」

「いや、これにかぎらず――」

秀吉は、ひどくきまじめな顔をした。

「大事の折には、ひそかにそちに連絡をとらせる。万事その指図に従うように」

「――と申しますと？　どのような方が――何というお方が、上さまの御内意を持っておいでになるのですか」

「今は言えぬ」

即座に秀吉はぴしゃりと言った。

「が、とにかく、そのことだけは心得ておくように。いや、心得た上で、忘れてしまえ」

と、妙なことを言った。

「おちか、いまそなたがしなければならぬことは、おごうが与九郎と仲むつまじく暮してゆけるように、蔭から力を添えることだ。女にとってのしあわせは、つれそう男と、一生仲むつまじく添いとげることだからな。ふむ、そうではないか」

「は、はい……」

「さしあたっては、それだけ考えておればいい」

言いきると、笑顔も見せずにそっぽを向いたのは、用事は終ったという合図なのであろう。

一礼しておちかは部屋を出たが、廊下を曲ったとたん、あっ、と声をあげて立ちどまった。おごうが、そこに、ひとりぽつんと立っているではないか。

「ひ、姫さま……」

よもや、こんな近くに、おごうが立っていようとは、秀吉だって思いもかけはしなかったろう。

とっさに頭に浮かんだのは、

——秀吉に見つけられてはまずい！

ということだった。

——こ、こちらへ、お早く……

目顔でそう言い、手をひっぱるようにして、おごうの部屋に連れこんだ。

それから、あたりを見まわすようにして、

「あの……ずっと、あそこに立っておいでだったのでございますか」

声をしのばせて聞いた。おごうの頬に、ゆっくりと、人なつこそうな笑みが浮かんだ。

「あまり湖がきれいだったから」

「………」

「もうこのお城から、湖を見ることもないだろうと思って」

たしかに、そのとおりである。尾張の大野へ行ってしまえば、ふたたびおごうがこの城に戻って来る日はないだろう。

でも、ほんとうに、それだけのために、おごうさまはあそこに立っておられたのか。

ふっと疑問が胸をかすめたそのとき、もう一度、ゆっくりおごうの口が動いた。

「とても静かで、鳥の声がよく聞えました。あれは何かしら……」

そんなに静かだったのなら、あるいは、秀吉との話は、手にとるように、おごうの耳に入っていたかもしれない。

――では、姫さまは……

言いかけておちかは口を噤《つぐ》んだ。

改めてたずねたところで、答えるおごうでないことはわかっているからだ。長年身辺にあって世話をして来た彼女にさえ、ぱっとあけっぴろげに心を開いてしまわないようなところがおごうにはある。下手にたずねてみても、かえって来るのは、せいぜい、のどやかな笑顔ぐらいなものであろう。

おちかはそっとおごうの顔をぬすみ見た。おっとりと笑っている二つの瞳は、何も知らぬげでもあり、

――あんたが何を話していたか、ちゃんと知っているの。

と言っているようでもあり、また、さらには、

――男と女とのことを、私が何も知らないでいるとでも思っているの？

そう言っているようでもある。気のせいか、おちかの眼には、おごうが今までとは打って変った存在のようにさえ見えて来た。今までは、おくてな、のんびりやの少女だと思っていたのだが、その底には、どうやら、てこでも動かぬ「女」が根を据えだしたよ

うでもある。

が、ともあれ――

この輿入れは、おごうにどういう運をもたらすのか。やきもち焼きで、気位ばかり高く、手前勝手な姉たちと別れられることはありがたいが、行手は必ずしも楽観はできない。

いま、もう一度秀吉の言ったことを思い出してみると、その言葉の一つ一つが、手に負えない重さでおちかの上にのしかかってくる感じがする。

お市さまのことをほのめかしたり、わざとそれをはぐらかすように、夫婦の交わりのことを口にしたり――秀吉はいったい、何を考えているのだろうか。

清洲にて

安土の城を発つ日が来た。

その日城内の馬場には、桜吹雪がしきりだった。信長が在世中はその桜吹雪を浴びながら馬を責める侍の姿が絶えなかったものだが、今はひっそりと人影もない。

輿入れ——といっても出てゆくのは居候の姫君である。彼女の輿を守る大げさな行列があるわけでもなし、ささやかな荷物を担ぐだけの、最小限度の人数だけはどうにか揃えてはあるはずなのだが、がらんとして大きい城の中のどこに待機しているのか、その人影も見えない。

おごうはその日、秀吉から送られて来た片身がわりの桜の小袖を着た。安土を出たら、信長の息子の信雄《のぶかつ》の住んでいる清洲城に立寄り、ここで二、三日休んでから大野へ行くことになっている。

藍と緋色の綾織地に、桜の花を散らせた小袖は、しかし、おごうには気の毒なほど似はでごのみの秀吉の選んだだけあって、さすがに眼を奪われるような美しさだが、それだけに、色の浅黒い、ぼうっとした顔立ちのおごうが着ているのを見た者は、

――うっ！

思わず魚の骨でも喉にひっかけたような声を出し、慌てて眼を逸《そ》らせるよりほかはないのであった。

――もし、この首から上をすげかえたら、どんなにひきたつことか……

しかも、すげかえるべき相手はごく近くにいる。

お茶々、お初……

美貌の姉たちのどちらが着てもぴたりではないか。お茶々が着ればすっきりと、お初が着ればよりあでやかに、いずれにしても一面に散らせた桜の花が匂いたつばかりに、その白い頰に映えるであろう。

が、残念なことに――

お初はその座にいない。嫉妬と軽蔑の混りあった複雑な心境で毎日「やさしいお姉さま」ぶりを発揮していた彼女は、さすがに根もつきはてたのか、二、三日前から寝こんでしまっている。もっとも、癪に障るおごうの花嫁姿などを見ないですんだということは、かえってしあわせだったかもしれないが。

そこへゆくと、お茶々はさすがに長女である。

「からだに気をつけてね」

通りいっぺんながら、嫁ぎゆく妹に声をかけるのだけは忘れなかった。

口の重いおごうは、このときも、

「はい」

しずしずとそう言って一礼しただけ。まるで二、三日の小旅行にでも出るような手軽さで安土の城をあとにした。

——これが、いったい、お輿入れなんだろうか？

おちかも何となくちぐはぐな思いで後につづく。

——姫さまのお輿入れの日は、もっと賑やかで晴れがましいものを想像していたのに……

人生の門出にしては、あっさりしすぎている感じなのだ。

ところで、めざす清洲は彼女たちにとってなじみのない所ではない。父に死に別れ、母が柴田へ嫁ぐまでのほぼ十年、おごうたちは、この地で育っている。

その清洲の町へ近づいて来たとき、おちかは、何やら輿の外にいつもとちがう気配を感じた。と、

「その輿、とどまりませい」

ものものしげな声が響いた。

人の気配というものは、ふしぎなものだ。

そのとき輿の中からのぞき見したわけではなかったが、ざっと四、五十人はあろうという人数が、まわりをとりまいているらしいことをおちかはその肌に感じとった。

と、輿の外で、ふたたび声がした。

「おごうさまのお越し、お待ち申しあげておりました」

続いて、

「遠路、お疲れもあらせられず……」

しかつめらしく挨拶をする声が聞える。急いでおちかが輿を降りて答礼しようとすると、

「そのまま、そのまま」

鄭重に押しとどめられた。

「いざ、御案内つかまつります。城内では殿がお待ちかねでござれば……」

ひたひた、ざわざわ、という音がひとしきりして、侍たちは、輿の前後に整列したようである。安土からついて来た小人数の供人たちは、その行列に、すっぽり呑みこまれた形になった。

輿の歩みは一段とおそく、ものものしげになった。沿道の人々は眼ひき袖ひきしてその有様を眺めている様子である。

「女乗物だけれど、いったい、どなたかしらねえ」

「お城へお輿入れじゃあないの」

「まさか。お殿さまにはもう何人もお側にいらっしゃるじゃないのさ」

「いくらいたって、これでいいってもんじゃないだろ。ほれ、こんなにお侍衆がお供をしてゆく。ただごとじゃないよ」

「それもそうだけれどねえ。でもちょっと変だねえ」

たしかに、人々にそんな疑問を抱かせるほど、その行列は、ものものしかった。

清洲の城に入るとすぐ、城主の信雄は、自分のほうから、おごうたちの部屋にやって来た。

「おお、おごうどの、ちょっとの間に、見ちがえるように、大人になったな」

さすがに秀吉のように「美人になった」と言わなかったのは、それだけ人間が正直なのかもしれない。

おごうはその顔を見ると、重たげな瞼をあげて、無邪気に微笑し、頭をさげた。例によって、挨拶は口を動かしただけの姫君に代って、おちかは慌てて言葉を添えた。

「お久しゅうございまする。一段と御機嫌うるわしく……。またこの度は、御昇進おめでとうございます」

風の便りに、この二十六歳の青年が、先ごろ権大納言に任ぜられたばかりなのを知っていたので、そう言うと、はたせるかな相手は、胸を反らせた。

「うむ、それについてな、都へ行き、戻って来たところよ。いや、公家《くげ》どもに引きとめられたが、ぜひともおごうどのに会わねばならぬと思って戻って来た」

信雄はそのとき、伊勢を本拠にしていたので、いったん伊勢の長島に戻り、それから大急ぎで清洲へ飛んで来たのである。

「なにしろ、公家のつきあいなどというものは、しちめんどくさくてな。まともに相手になっていてはいつ埒《らち》があくかわからぬ。それでいいかげんに切りあげて来た。ほかならぬおごうどのの輿入れだからな」

ひどくなつかしそうに、彼は言った。
二、三日といわずに、もっと泊っていってほしいのだが……
信雄はこうも言った。

「おごうどのが、佐治に輿入れをしてしまえば、もうなかなか会えぬからな」

織田一族の中では、彼のものの言い方はいちばんおだやかだ。その彼の声が、とりわけ、今日はやさしい。

「それにな、その前に、ぜひとも会って話したいことがあってな、それで、心待ちにしていたというわけよ」

それから、彼はちょっと言葉を改めた。

「おごうどの」

「……はい」

例によって、おごうの返答はおそい。

「そなたや、そなたの姉君たちには、気の毒なことをしたと思っている」

「……は？」

いぶかしげに、おごうは瞼を持ちあげた。

「そなたの母御、お市さまのことだ」

――おや、またお市さまのお話が……

おちかは妙な気がした。数日前秀吉がおごうを呼びつけたときに話題にしたのもお市のことだった。ここでもまた同じように、お市の名が出ようとは……

おごうがきょとんとした顔付でいとこをみつめているのも、おおかたそのせいであろう。

が、信雄がお市について言ったことは、全く別のことだった。

「いやぁ、全くお市叔母君には気の毒をした。今だから言うがな、おごうどの」

「……」

「叔母君は、信孝のために命を落されたのよ」

と自分の弟の名を口にした。

「あいつも、おろかなやつでな」

じつはこの信孝は二年前、信雄と戦って敗れ、自殺している。が、そういう羽目に陥ったのも、信雄に言わせれば、お市さまを死に追いやった彼の、いわば自業自得だ、というのである。

「何となればだ」

信雄は、ゆっくり膝を乗り出した。

「柴田へ嫁がせようとした張本人はあいつなんだ。なぜそうしたか、わかるか、おごうどの」

おごうは黙って首を振った。

「あいつめ、柴田と組んで、天下を取ろうとしたのだ。それで、叔母君に柴田へ輿入れをすすめたってわけよ。なにしろお市さまは絶世の美人だからな。柴田は一も二もなく飛びついた。それにしても、根性のきたない話じゃないか。おのれの野望のために、叔母君を使おうというんだからな」

「……」

「俺は反対した。かりにも叔母君にそんなことをおさせしてよいものか、ってな」

それがきっかけになって、信雄は勝家に対抗していた秀吉と組み、この二組の間に戦いが行われたが、結果は周知のとおりになった。

秀吉と勝家が戦っているころ、信雄は信孝の岐阜の城をかこんでいる。

「おろかなやつでな」

もう一度信雄はそう言った。

「柴田が滅んだときに、俺はあいつに言ってやったんだ。勝家も死んだし、叔母君も亡くなられたぞ。お前は、取りかえしのつかないことをしてしまったんだぞって。なあ、そうではないか、おごうどの」

勝家が敗れて、孤立無援になった信孝に、信雄は降伏をすすめた。

「いいかげんでやめておけ、って言ってやったのよ。いや、なに……」

信雄はこのとき、ひどくばつの悪そうな顔をした。

「もちろん、そのときは助けてやるつもりだった。俺の領地の内海《うつみ》にひきとったのも、そのためだったんだが、頑固なやつでな。途中で自害しおったのよ」

「………」

「が、考えてみれば、因果応報だ。叔母君をおのれの野望のために使おうなんてやつなんだからな。あいつさえいなかったなら、叔母君があんなふうに命を落されるはずはなかった」

「………」

「そう思うと、俺はおごうどのが気の毒でならぬ」

「………」

「まあ、せめてもの弟の罪の償いに、おごうどののことは、この俺がめんどうを見ようと思っている。これからも父がわり兄がわりだと思ってくれ」

——まあ、なんと安土のお城での話とはちがうことか。

さすがに血を分けたおいとこさまだ、とおちかは胸をつまらせた。

——今のおごうさまに、いちばん欲しかったのは、こうしたお言葉なのだ。

みなし子である年若い女あるじのために、千万の味方を得たような気がした。

――安土の姉君さまたちは、こうではなかった。みんな自分だけがよければいいので、おごうさまのことなど、かまいつけてもくださらなかったではないか……

信雄のやさしい心に、いくらかおごうの口も軽くなったらしい。

「北庄へ行かれたのは、おいくつのときか」

たずねられると、

「十一のときです」

今度は間をおかずに答えた。おまけに口許には、微笑さえも浮かんでいる。

「そうか。ではあまりくわしい事情は知らなかったろうな」

「はい」

「ほんとうに叔母君は、お気の毒であられたよ。あんなにお美しかったのになあ……」

おごうは微笑したまま、信雄の口許をみつめている。信雄は兄弟の中では、いちばん父に似ていない。色は白いが、あの剃刀《かみそり》のような鋭敏さをむき出しにした細面ではなく、下ぶくれのたっぷりした顔立ちで、その割には眼が小さく、話している最中鼻をひくひくさせる癖がある。

「が、おごうどの」

またもや信雄は鼻をひくひくさせた。

「世の中には、油断のならないやつもたくさんいる。気をつけることだな」

「はい」

にこにこして、彼の口許をみつめている。

「いつでも、この信雄が兄がわりになってやる。何でもまず、この俺に相談してくれ」

「はい」

「言っておくがな……」

急に声をひそめた。

「秀吉が安土で何と言ったか知らぬが、そんな言葉には耳を傾けることはないぞ」

話題が急に変った。

しかし、おごうの微笑は消えない。今までと同様、彼の口許をみつめながら無邪気に笑っている。

秀吉と信雄は、じつはいま微妙な状態にある。ほんの二年ほど前までは協力して柴田勝家を倒した仲だったが、そのうち、信雄は、秀吉が、しんから、自分のために働いてくれているのではないことを知ったのだ。

——猿め、天下を狙っているな。

以来、信雄は秀吉を警戒し、これに対抗する勢力として、東海の雄《ゆう》、徳川家康に接近した。そこでおこったのが、例の小牧・長久手の戦いである。

この戦いは、どちらが勝ったともいえない妙な終り方をした。有力な部将を何人か殺されたところを見ると、秀吉側が一歩踏みこまれた感じだが、家康側もそれ以上積極的に勝負を決しようとはしなかった。

協定ができて兵をひいたとき、だから、どちらも「勝ったのは俺のほうだ」と思ったらしい。中でも、すっかりその気になっているのは、この信雄である。

——なにしろ負けたことがないと豪語している猿めをへこましたのだからな。

その証拠に、あれ以来、猿めは膝を屈して、こちらの機嫌をとるようなことばかりしているではないか。

「このたび権大納言に御推挙申しあげました」

と言って来たのもその表われである。どうやら秀吉が公家の間を走りまわって根まわしをしたらしく都へいって任官の挨拶をすると、どこの家でもぺこぺこして出迎えてくれたし、もちろん秀吉のいる大坂城では、下へもおかぬもてなしだった。

しかし信雄とて戦国武将である。親父ほどの器量はないが、そのくらいでころりとまいるほど呑気ではない。

「油断のならないやつだからな、あいつは」

と彼はおごうに言った。

「お世辞をつかいながら、隙を狙って、味な手を打って来た。それがすなわち、おごうどの、そなたの輿入れさ」

やっと話の核心に触れて来た感じである。もっとも聞かされるほうのおごうの表情はいたってのどかだ。今までと全く変らない笑みをうかべてゆったりと信雄の口許をみつめている。

「じつはな、この少し前、秀吉は徳川から養子をもらった。和睦のしるしにな」

養子といっても、ていのいい人質だ。このとき預けられたのは家康の次男で十一歳になる於義伊《おぎい》、のちに結城《ゆうき》秀康となる人だ。

が、秀吉はその交換条件として、さしだす子供がいない。そしてそのとき、

「では娘がわりに……」

と持ち出したのが、おごうのことなのである。

――まあ、それで……

おちかは秀吉の言葉にやっと合点がいったと思った。あのとき、彼は、「姫たちの親がわり」とかなんとか、急にとってつけたようなことを呟いていたではないか。

「考えてみれば、図々しい話じゃないか。おごうどのはお市さまの娘、自分にとっては主筋にあたるお方だ、それを娘分などと」

信雄はまた鼻をひくひくさせた。

「これじゃまったく、信孝とやり口は同じだ。だから俺は言ってやった。おごうどのなら俺にもいとこだ。この縁談、俺が預かろうってな」

おごうの縁談は、彼女自身に知らされるまでにどうやら、さまざまの曲折があったらしい。

「猿のやつ、徳川於義伊のかわりに人質を送って来たつもりかもしれぬが、考えてみれば、おごうどのと俺とはいとこだものな。猿よりは俺のほうがずっと身近だ。人質なん

てとんでもない。いや、俺にしてみれば、さんざ苦労させた身内をやっと取りかえしたような気がしている」

と信雄は言った。

「だから、こっちに来た以上、もう心配はいらぬ。行く末まで、俺が妹としてめんどうを見る。といっても、おごうどのも年頃だ。いつまでも手許に預かっておくわけにもいかぬのでな——」

そこで考えついた輿入れの相手が、佐治与九郎だったのである。

「あいつはいい。将来の見こみもある。この間の小牧・長久手の合戦には、若年ながら、なかなかの働きをしてくれた」

しかも佐治与九郎は、信雄にとっても、おごうにとっても、いとこにあたる。家柄もまず文句なしである。

「俺が、それではおごうどのは与九郎の嫁としてもらいうけようといったら、さすがの猿もその場で承知した。文句のつけようのない相手だからな」

おごうは、にこにこして信雄の顔を見守っている。

——安土では、こんな笑顔はなかなかお見せにならなかった。

とおちかは思った。いつもほとんど無表情で、半ば眠っているような表情をしていたのにくらべると、その頰は見ちがえるほど明るい。安土では、おごうはおごうなりに屈折した思いを抱えて生きていたのか、といまさらのように思い知らされた。こうしてやさしく信雄に迎えられ、佐治に嫁いでゆくことによって、はじめておごうの独り立ちした人生が始まるのだろう。

信雄は兄のように言った。

「何も案じることはないぞ」

おごうは依然として黙ったままにこにこしている。

──姫さま、お礼を……そこで一言、御挨拶を遊ばしませ。

おちかが気を揉《も》んでいるうちに信雄は自分で返事してしまった。

「うん、そうだとも、案じることはない。あの猿めが何と言おうともな」

そこでひょいと、おごうをのぞきこむようにした。

「え？　何か言うたか、猿は」

「………」

「言うたであろうな、おおかた」

鼻をひくひくさせて信雄は笑ってみせたが、おごうの反応は相変らず鈍い。

──また、姫さまのお癖が……

「何も案じることはないぞ」

おごうが依然黙ってにこにこしていると、ふたたびその顔をのぞきこむようにした。

「そのこと、秀吉めは何か言わなかったか？」

「………」

「な、言うたであろう」

「………」

おちかは、はらはらするばかりである。

無口もいい。が、こんなとき黙っていれば、秀吉が言ったことを隠してでもいるようにとられてしまう。

――さ、早く、何とか……ここがこれまでとちがうところでございますよ。大人におなり遊ばした今では、黙っていてはすみませぬ。

そっとおごうをつついてみたが、反応はさっぱりだ。ふと見ると、信雄の笑顔は、頬の上にぎごちなく貼りついたままになっている。おちかは慌てふためいて答えた。

「い、いいえ、別にそのう……格別のお言葉はなかったようでございます、ただ……」

信雄は、すばやく言った。

「ただ？　どうしたのかね」

漠然たる言葉尻を、すばやく捉えたあたり、信雄もさすがは戦国武将のはしくれである。

「ただ？　何と言ったのか、秀吉は」

「は、はい……別にとりたてて何もおっしゃったわけではありませぬが、ただ、夫婦仲むつまじゅう暮すようにと……」

「ふうん、それから？」

「それだけでございます」

信雄は、あきらかにつまらなそうな顔をした。ふっとした瞬間思わず本心が出てしまうあたりが、この青年武将の苦労の足りなさであろう。

「ま、それならそれでもいい」

思いなおしたように語調を変えた。

「今日のところは、ゆっくり休まれよ」

「ありがとうございます」

ほっとしておちかは頭をさげた。信雄という男、根は悪い人間ではないらしいが、今日の対面はひどく気づかれした。とにかく、こんな席に長居は無用である。

「では、お言葉に甘えまして」

一礼して、ちらとおごうのほうを見たとたん、

——なんとまあ……

軽い拍子ぬけのようなものを感じた。彼女ひとり孤軍奮闘、あれこれ気をつかって応対しているというのに、わが姫君は、いっこうにそれに気づいた様子もなく、泰然と坐ったまま、にこにこと信雄の顔をみつめているのだ。

——これではこの先が思いやられる。愛想がよくなっただけは、まあいいとしても……

ちらとそんなことを思いながらおごうに眼配せした。

――さ、早く、失礼いたしましょう……

が、おごうはそれに気づかないのか、まだにこにこしている。その無邪気ともいえる微笑を見ているうちに、おちかは妙な気がして来た。

はればったい瞼の下の二つの瞳は、どうやら、おもしろくてたまらないものにみとれている、という感じなのだ。

――してみると、ただの愛想笑いではないのか。

それにしても、この部屋のどこに、そんなにおごうの興味をひくものがあるのだろうか。

――はて……

そっとおちかはあたりを見まわした。その間も、おごうは信雄の顔をみつめてにこにこしている。

――いったいこれはどうしたこと?

とまどいを抱えたまま、控えの間に入ったおちかは、声をしのばせてたずねた。

「姫さま」

「なあに」

例によって、ひと呼吸おくれた感じで、のんびりした答が返ってくる。

「今日は、ひどく御機嫌がようございましたね」

「……」

「御機嫌がよいのは結構でございます。でも、ああいうときはもっと、はきはきお返事を遊ばさなくてはなりませぬ」

「………」

「それにしても、あの部屋の、何がお気に召して、あんなににこにこしていらっしゃいました？」

おごうの頰に、先刻の笑みが戻って来たのはそのときである。

「だって……」

「何でございますか」

「おかしいんですもの」

「おかしい？　何がでございます。何がおかしかったのです」

「………」

やおら、おごうはおちかの耳に口を寄せて来た。

「あのね」

さも重大なことを打明けるように、しずしずと言った。

「信雄さまの、お鼻……」

「え？」

——な、何をおっしゃいます？

そう言おうとしたおちかの目の前で、ふっと、おごうは厳粛な顔になり、

「ね、こうでしょ」

ぴく、ぴく、と自分の鼻を動かしてみせた。

そしてその瞬間、まことにふしぎなことなのだが、おちかはおごうの顔の上に、信雄のおもかげを見たのである。

——あっ！　そっくり……

思わず嘆声をあげたくなるほど、おごうは、みごとに信雄の表情をとらえている。

おごうは笑顔をやめると、声をしのばせた。

「お鼻だけでなく、お口も、もぐもぐなさるでしょ。兎みたいに」

もう一度やってみせると、またおごうの顔は信雄になった。いや、顔はおごうのままなのだが、そこにはまさしく兎になった信雄がいた。

と、おごうは、ふと真顔に戻って言う。

「羽柴どの（秀吉）も、鼻をぴくぴくさせるわね、でも、羽柴どのは——」

今度はまごうかたなく、秀吉、いや猿、であった。

——まあ……

おちかは絶句した。幼いときからずっと側にいたが、おごうにこんな特技があろうとは、今の今まで知らなかった。それにしても、

——似ている！

溜息が出そうに似ている。しかも、おごう演じるところの兎は、当の信雄よりいささ

か卑屈であり、猿は秀吉自身より、いささか淫猥であるのはどういうわけなのか……

思わず引きずりこまれて、こんなことを考えかけて、おちかは我にかえった。

――いけない。感心しているときではない。

「姫さま」

声を殺した。

「そのようなことは……」

子供ならいたずらだといって笑ってすまされもしようが、おごうはいま、嫁いでゆこうとしている身ではないか。

いやに機嫌よくにこにこしていたと思ったら、話そのものは全く聞いてはいず、相手の顔の筋の伸び縮みだけをおもしろがって見ていたというのでは、この先が思いやられる……

が、おちかが案じるほど、このときのおごうは子供だったのだろうか。勘の鈍い姫君だったのだろうか。

才はじけた姉たち二人に、いつものけものにされていたおごうは、幼いときから、指をくわえて側で彼女たちを見ているほかはなかった。その意味では、重たげな瞼の下の瞳は、見ることに馴れきった瞳であった。

人間の中には、いつでも一座の中心になって喋りまくり、その場の人々をひきずって行かねば気のすまないタイプと、黙ってその話を聞いているタイプと二つあるが、姉たちはまさに前者であり、おごうは後の道を行く人種であった。

この場合、前者の陥りやすい錯覚は、皆が黙っているから、自分の意見に感心し、それについて来ている、と思いこむことであろう。

これは彼らが、周囲の人々を全く理解していないために犯す過ちであって、沈黙している人々は、こんなとき、全くその意見を聞いてないか、およそ別の角度から彼らを観察しているか、どちらかなのだ。

そして、そのときのおごうは、そのとおりの状態にあった。いつものけものにされ、重い瞼の下の瞳で傍観することになれて来たおごうは、ことが自分自身に関することでも、ついつい、いつもの癖で、全く他人事《ひとごと》のようにそれを聞き、つい自分勝手な世界に遊んでしまったのであろう。

おごうはまだ、秀吉とも信雄とも話らしい話はしていない。これまで、もっぱら喋っているのは彼らのほうで、秀吉も信雄も、眼をむき、鼻をひくひくさせて、喋りまくっている。

その間、おごうは無言だった。口の重い彼女は、言葉といえるようなものは数えるほどしか喋っていない。彼女が二人に対して、何かの形で返事をするのは、もっともっと先のことであろう。

部屋に戻って来たとき、夕暮には少し間があった。

この清洲の町は、おちかにとっても、なつかしい所である。さきに近江の小谷城が落ちたとき、お市はおごうたちを連れて、この城に戻ってきた。

そのとき、よちよち歩きを始めたばかりのおごうを抱いて来たのがおちかだった。それから約十年、北庄へ行くまで、彼女はここで寝起きをしていた。

「姫さま、ごらんなさいませ」

おちかは、部屋の縁先に出て、おごうをふりかえった。

「町がきれいに見えます。あのころとちっとも変っておりません」

城のまわりに屋根が混みあっている有様は、尾張一の賑わいであった。

もともとここは尾張の中心地で、守護の斯波《しば》氏とか守護代の織田氏の居城だったが、信長が彼らと戦って勝って以来、十年ほどの間彼の本拠となった所である。念のため言っておくと、守護代の織田は、信長の主人筋の家柄で、これを倒したことで、信長は尾張の覇者となった。例の、記念すべき桶狭間《おけはざま》の合戦にも、この城から出撃している。おごうたちが移って来たときは信長はすでに岐阜へ移り、息子の信忠の管轄下になっていた。

浅井の家臣の娘であるおちかにとって、清洲はいわば敵地だったが、その割には早く土地になじんだのは、起伏の多い近江の小谷付近にくらべて、この地が平明なやさしい風土だったからでもある。

それにもう一つ、城下の賑わいも、そのころのおちかの眼を驚かした。小谷城下よりもさらに進んだ、いわゆる近世ふうの城下町のようなものができていた。

岐阜城を作るとき、信長は清洲の町人をひき連れていって城下町を作らせ、楽市・楽座の割札を与えて、自由交易を奨励したが、もちろん、清洲にも町人は残っていて、岐阜同様の自由交易を行っていた。

おちかはその市で、小さな梳櫛《すきぐし》を買ったことがある。町を見ていて、急にそのことを思い出した。

「とても使いよい櫛でしたが、北庄のお城を出るとき、なくしてしまいました」

多分、あの櫛なら、まだここで同じようなものを売っているだろう。

「ようございましょうか、ちょっと買ってまいりましても」

「ええ」

例によって、おごうの返事は短い。

「何か姫さまの御用は」

「さあ、別に……」

はりあいのないことおびただしい。

暮れきってしまわないうちにと、おちかは急いで外に出た。

町には例によって人が溢れている。店があるのは、御園《みその》市場というあたりだが、

「餅食うていきなされ！」

「飯椀、安くしとくで」

「都ではやりのカブキ小袖じゃあ」

と、呼びこむ声がやかましい。

目当ての櫛屋はすぐに見つかった。それも十年前に買ったと同じような、小ぶりで使いよさそうなのを見つけ出して、おちかはすこぶる上機嫌であった。

ひょいと隣の店を見ると、ここは呉服屋らしく、年若い男が一人、品物をひろげた中に坐っている。

——おや？

おちかはつい眼を奪われた。

——おもしろい織物！

紅色のふかぶかとした光沢——いや、光沢といっても、光りを放つ輝きではなく、それはむしろ、あたりの光を吸いこんで、しんと静まりかえっている、という感じだった。

「これ何ていうの？」

店番をしていた男が、ぶっきらぼうに答えた。

「びろうど」

「びろうど？」

「ああ、天竺《てんじく》渡りのきれさ」

「へえっ、天竺渡り？」

天竺渡り——つまり輸入品である。遠い海の彼方から渡って来たものは、何でも十把ひとからげで「天竺もの」だったのだが、それにしても、この織物は珍しい。

「さわってごらんよ」

男は無造作に言った。

「でも……」

「かまわねえから、そっと」

男の言葉に誘われて、ふっと指先をのばして驚いた。

なんとしなやかで、ふわふわしていて、温かいのだろう。

——姫さまのお支度に加えたら……

そんな思いがかすめたとき、男が言った。

「帯にもしゃれてるぜ。どうだい、安くしておくが……」

「びろうど」

耳なれない言葉をおちかは口にしてみた。

「そうさ、びろうど」

若者はうなずいてくりかえす。年のころはおちかよりやや若く二十四か五であろうか。

眉が濃く、頰の剃りあとが蒼い。

「めったに手に入るものじゃないぜ。同じ天竺ものでも、そんじょそこらのとは、ちいとばかりわけがちがう。なにしろ、きりしたん・ばてれんの船で着いたものさ」

「まあ、きりしたん・ばてれんの？」

きりしたん・ばてれん——はるばる海を越えてやって来たキリスト教の神父《パードレ》たちを、そのころは、そう呼んだ。そして正直いって、日本の民衆がまず眼をみはったのは、仏教とおよそ異なる教義そのものについてではなく、彼らの風俗および、そのもたらした品々の珍奇さに関してであった。

高い鼻、青い眼、異国言葉、そして長いラシャのマント、帽子、ビードロ、コンペイトウ……。おちかが目の前の織物にひどく興味をそそられたのも、まさしくそのためである。

「どうだい。この御園市場だってこんな品物があるのは、ここだけだぜ」

おちかの反応を見ぬいた若者は、鼻の先に織物をつきつけた。

「いや、京、大坂でだって、めったにお目にかかれるもんじゃない。はるばる博多から担いで来たんだ」

「へえ、それじゃあ」

おちかは相手をまじまじとみつめた。

「あんた、博多の人？」

「ああ、博多の商人さ」

ふっと妙な気がした。

おちかは博多という所がどういう所かは知らない。ただ都から遥か西の、船に乗ってゆかねばならない所だということぐらいは知っている。

が、目の前にいる若者は、どうも、そんな遠くからの感じがしない。そんな離れている所の人間なら言葉のなまりがあってもよさそうなのに、ついこの近所に住んでいる人間のような口をきく。

──おかしい。

ふとそんな気がした。おおかた天竺渡りのこの「びろうど」とやらも、にせものではあるまいか。あまりかかわりあうよりもと、

「じゃ、また……」

さりげなく言葉を濁してその場を離れた。

「買わねえのかい」

未練たらしく若者は言ったが、その上、追いかけてくるほどのしつこさはないようだった。

──早く帰らねば……

それにしても、この賑わいをこんなふうに見て歩けるのも、今日が終りかもしれない。大野へ行ったら、どんな暮しが待ちうけていることか……

つかのまの自由の時間と思うとおちかの足はそうは早くは進まない。塗師《ぬし》屋、篩《ふるい》屋、瀬戸物屋。のぞくでもなく見て歩くうちに、市場のはずれまで来てしまっていた。

──さあ、今度こそ急がねば。

そう思ったとき、ひょいと後ろから肩を叩かれた。

さっきの若者だった。

「どうだい、安くしとくが……」

「まあ……つけて来たの、あんた」

若者は黙ってにやにやしている。問題の「びろうど」の布は、しなしなと柔らかいひだを作って、若者の腕にまつわりついていて、生身《なまみ》の女を思わせるなまめかしさであった。

「どうだね」

若者はもう一度、おちかの鼻先につきつけた。

「いい色してるだろう」

——今度はひっかかるまい。

おちかはつんとすまして見せた。

「あんた、私の後をつけて来たの？」

と、思いがけなく彼はすなおにうなずいた。

「うん」

「まあ……」

あまり正直に言われたので、かえって鼻白む思いであった。

「あんたが店の前を離れたすぐあとから追いかけて来た」

濃い眉の下の、ややつり気味の大きなきつい目——。が、その眼の底にひと刷毛はいたようなうるみがある。そのうるみが、ゆらゆら揺れて、人を誘いこむような笑みに変り、からかい半分の口調になった。

「が、それにしちゃ、ずいぶん気がつくのがおそかったな」

——まあ、いやなやつ。

「そっちこそ、人の後をつけるなんて！　お店をからにしてどうするのよ」

「店か」

男はゆったりと笑った。

「どうなろうと知ったことか」

「まあ」

「借り店だよ、あれは」

ひょいと気をぬくように言う。

「俺の売物は、ほれ、このびろうどだけ」

博多から来たといったこの男、土地の商人にわたりをつけて、その店先を借りて商売をしていたらしいのだ。

「これさえ売れりゃ、あとはどうなろうったって、かまわないわけよ」

「………」

「それも」

言いさして、若者は眼の底に笑いをにじませた。思わず人を誘いこむようなその笑顔に、はっとしたとき、おちかの耳は聞いたのである。

「あんたのような人に買ってもらおうと思ってね」

「なんですって」

「いや、もっとはっきり言えば」

肩をすり寄せて来て、いたずらっぽく声を低くした。

「あんたに買ってもらおうと思ってね」

ぎょっとして、おちかは身をひいた。

「何を言うの、あんたは」

「悪かったかね」

男はなおもすり寄って来る。

「よしてよ、からかうのは」

逃げ腰になると、

「いや、ほんとのことをいえば、ただでやってもいいと思ってるくらいだよ」

――いけない。私はこの男の術にかかったらしい。

慌てて首を振った。

――化かされるもんですか。

顎を突き出して負けずにやりかえした。

「くれると言ったっていりませんよ」

「おや、そうかい。わざわざ、博多くんだりから持って来てやったというのに」

「嘘つき。だから嘘つきっていうんだわ」

——なんて図々しい男だろう。

おちかは男を睨みつけた。

「遠くの人はね、ちょっと話してみれば、すぐわかるものよ。博多の人なんて大嘘！」

「手きびしいな、こりゃ」

口ではそう言ったが、相手は、いっこうに、こたえていない顔付だ。

「そりゃあ、俺は商人だからね。どこへ行っても、すぐ土地の人と話があわせられるんだ。そうじゃなけりゃあ、商売はできない」

たしかにそれは事実だった。当時は信長によって一応の天下統一がなしとげられ、狭い流通圏が打ち破られたあとだった。新しく城下町もできるし、孤立していた経済圏どうしの間に交流が始まっていた。今どきの言い方をすれば、流通革命がおこっていたのだ。こうなれば、貿易振興のために外国語が必要なように、各地の風俗習慣に通じ、言葉のなまりにも馴れた流通型の商人が待望され、じじつそういう新しいタイプの人間がそろそろ登場しかけていた。そして、若い男は、その一人と見える。

「じゃ、この俺が博多のものかどうか、ためしに向うのことを聞いてくれてもいいぜ」

「そんなこと！」

おちかは一蹴した。

「あたしが博多を知らないんだもの、聞けるわけないじゃないの」

「へえ、するてぇと、博多を見もしないで、俺のことを博多の人間じゃねえって言ってたわけかい」

「まあ憎らしい」

――とにかく私は買いませんからね。ええ、買いませんとも。

そっぽを向くと、

「悪かったな」

男は今度は下手《したで》に出た。

「機嫌をなおしてくれよ、これを、さ――」

びろうどの布を押しつけて来た。

「ただでいいぜ。これを縁に、とにかく仲よくしてくんないかな。また珍しいものを持って来るからさ」

「……………」

おちかはつんとしていたが、内心いい気持だった。

――さすがに、この男、私が土地の人間でないことは知らないらしい。

「な、いいだろう」

「おあいにくさま」

涼しい顔で答えてやった。

「私はもうここにはいないのよ」

男の顔に薄い微笑が上ったのはそのときである。

「そうだってな」

「え？」

「大野へ行くんだってな」

今度はおちかの飛びあがる番だった。

「あ、あんた、なぜそれを――」

「知らないとでも思っているのかね」

紅いびろうどの布をもてあそびながら、薄い微笑は消してはいない。

「だから言ってるんだ、仲よくしようぜって」

「……」

「俺みたいなやつはな」

身をかがめて声を低めた。

「何かのときには、これで案外役に立つもんだぜ」

濃い眉の下の眼が、じっとおちかを捉えて離さない。その眼にからだをしめつけられるような気がして、おちかは喘《あえ》いだ。

「あ、あんたは、いったい、誰なの」

「俺は俺さ」

ゆったりした口調で男は答えた。何となく、はじめて見たときよりも、ひとまわりからだが大きくなったように見える。

——負けちゃいけない。

おちかは呼吸をととのえた。

「そんなこと聞いちゃいないわ。あんたは、いったい、どこの、何ていう人かって聞いているのよ」

「だから言ったろう。博多の商人だって」

「名は」

「ちくぜん」

「ちくぜん？」

「そうだ。羽柴筑前のちくぜんだ」

瞬間、ふっと頭をかすめるものがあった。すでに秀吉が振りすててしまっている肩書の筑前をひょいと持ち出されたそのとき、彼女の胸に安土城で聞かされた秀吉の言葉が、鮮やかによみがえって来たのである。

「大事の折には、ひそかにそちに連絡をとらせる。万事その指図に従うように」

あのとき、秀吉は、声をひそめてそう言ったではないか。

——と、すると、この男……

思わずぎくりとして、一歩退いた。

「もしや、あなたが……」

「何かね」

「あのお方の――」

男は黙って笑っている。が、もし彼が想像どおりの人間だとすれば、先刻から、いやに、おちかたちの身の上についてくわしいのも合点がゆく。そっとおちかは、その剃りあとの青い頰をぬすみ見た。商人にしては、少し鋭すぎる感じの横顔である。

「安土から、何かのお言伝てでも？」

声をひそめて聞くと、それには答えず、

「じゃ、いらないっていうわけだね、これは」

腕に巻きつけたびろうどの布をくるくるまるめて持ちなおした。

「そう嫌われたんじゃあしかたがない。帰るとするか」

今までのしつっこさを、ふいに引っこめた。

「まあ、清洲も昔ながらの御城下だ。別の口へあたってみよう」

あっさりおちかの側を離れかけたが、ふと思いついたように、

「清洲の城は、前と変りはなかったかね」

さりげなくたずねた。

「そうでございますね」

おちかも少し平静を取戻して、そう答えた。秀吉からさしむけられたらしいこの男の

前で、自然に言葉づかいがていねいになっている。

「三年前とあまり変ってはいないようでしたが……」

「信雄は親切にしたか」

「は、はい」

「安土のことをたずねたろう。ちょうど、今の俺みたいに……」

気味が悪いほど、的確に彼は清洲の中での様子を言いあてた。

「秀吉が何と言ったか、とそればかり聞きたがったんじゃないか」

「そ、そうです」

男は笑いながらうなずいた。

「で、あんたは何と言った?」

「別に――。夫婦仲むつまじゅうせよと仰せられたと申しあげました」

男の眼がきらりと光って、たたみかけてきた。

「と、信雄は何と言った」

「そうか、と仰せられただけで」

「何だ、それだけだって?」

ふっと軽蔑の色をのぞかせた。

「阿呆なやつだな。信雄も」

「しいっ」

おちかは、慌てて、ちくぜんの口を塞ごうとした。こともあろうに、この清洲の町で、城主の信雄を阿呆呼ばわりするとは……

「人に聞かれたらどうするの」

彼は鼻先でせせら笑った。

「阿呆を阿呆と言って、何が悪いんだ」

「しいっ、やめなさい」

「じゃあ、やめよう。やめろと言うんならやめるがね」

それにしても、とちくぜんは言った。

「そのとき、あんたは顔を見てたんだろう」

「ええ」

「どんな顔をした？　信雄は」

「どんな顔ったって、別に」

色白の信雄の顔が、ひどくつまらなそうに、うなずいたことぐらいしか憶えていない。

と、ちくぜんは、

「そうれみろ」

言わぬことではない、というふうに、にやりとした。

「おおかた、のほほんとして、ふうんてな顔でもしていたんだろう」

「ええ、まあ……」

「それじゃいかんのよ。そんな間のぬけたことじゃ……。だから――」

阿呆という言葉を呑みこむかわりに眼配せして、

「――と、言うのよ」

ひょいと肩をすくめた。

「もちっとましなやつなら、あんたがそう言ったとたん、眼をむき、拳を振り、うむ、言ったか、と飛びあがるところだ」

「へえ、そんなものなの」

おちかは、しぐさまじりにやって見せる彼をまじまじとみつめていた。

「あれ、困るな、あんたまでがそんなことじゃ」

「………」

「わかるかね」

「さあ」

「これはな、なかなかの大ばくちでな」

「………」

「商人でいうなら、金をくれるかくれぬかわからぬ相手に、手付けもとらずに、ずばり品物を送りつけたようなものさ」

「信雄さまがですか」

「いいや、大坂にいるお方がな」

秀吉のことを、こんなふうに、ちくぜんは言った。

「大坂にしちゃあ、珍しいばくちよ」

「というと……」

「気がつかないのかね、あんた。ま、川筋でもぶらぶら歩きながら話すとするか」

御園市場は城の北側にある。これより十年ほど後の記録によると、町屋が百五十軒ほどもあったという。質屋、酒屋、紺屋、塩屋……これらの商品の輸送には、多く水路が使われた。というのも、町をとりまくように五条川が流れていたからで、その流れをたくみに利用して作りあげた舟便は、そのあたりの名物になっていた。

第一清洲城の堀も、この五条川の流れを利用したもので、市場から水路ひとつをまたげば、すぐ城門の近くに出るが、二人は少し遠まわりをして川筋に沿ってゆっくり歩いた。

よそ目には、男と女の――もっとも女のほうが年上で、しかも女は武家ふう、男は町人ふうという珍妙な取合せだが、ともかくのどかなそぞろ歩きに見えたかもしれない。が、そのとき、ちくぜんの口から洩れたのは、なかなか容易ならぬことだった。

二人は町の外堀ともいうべきあたりへ出た。もう夕闇は足許まで近づいている。最後の荷役を急ぐらしい小舟が櫂《かい》の音も慌しげに堀をすぎてゆくと、あとには、ぽっかり口をあけたような静寂が残った。

その静寂の世界に足を踏み入れたとき、ちくぜんの口調は、思いなしか重みを増した。

「権大納言どのは、いま、いい気になっている」

権大納言どの――つまり信雄のことだ。このなりたてのほやほやの権大納言は、これで秀吉と同等の官職に並び、あとひと息で、父信長のもらった右大臣という地位を手に入れられると思っている。

「が、どっこい、世の中はそううまくはいくもんじゃない。大坂は信雄が権大納言になったすぐあとに内大臣になることになっているんだ。いや、もうなったかもしれない」

秀吉は、たったひとかき前進した。が、このひとかきは実に大きいと、ちくぜんは言った。

「こっちの権大納言どのに、せっせとごまをすっているように見えるが、そうとばかりは言えないのさ」

そして、おごうの縁談も同じことだ、と彼は言うのである。

「人質を送ったと見せて、大坂の狙いは別にある」

「まあ……」

おちかは立ちどまった。にわかに身辺が寒くなって来た感じなのは日が暮れたからだけではなさそうだった。

「つまりな、大坂では……」

ちくぜんは声を低めた。

「おごうさまのお色気で、佐治与九郎を、すっかり骨ぬきにしてしまおうというわけよ」

「まあ……」

「佐治は信雄の腹心だ。それを、いざというときに、こっちにひっぱりこもうというためにな」

「……」

夫婦仲よく、と言ったのはその意味だったのか、とおちかははじめて思い知るのだった。

「しかも佐治は信雄の腹心だというだけではない。たった五万石だが、なかなか、これが値打ちものでな」

「どんなふうに」

「それは今度行ってみればわかるさ」

ちくぜんは、わざと答をぼかした。が、ともあれ、やっと、おごうの前途に横たわる佐治家との結婚の意味は、はっきり姿を現わしかけて来たようである。

——まあ……

からだじゅうが総毛立つような思いで、おちかは、その言葉を聞いた。

「そ、そんなことは、姫さまはちっとも……」

「そりゃそうだろう」

ちくぜんは、無造作にうなずく。

「なにしろ、姉妹の中でいちばん鈍いと来ている」

「まあ、なんですって」

「せいぜい、にたにた笑っているぐらいなことじゃなかったか」

「……」

くやしいが、あまりにぴたりと言いあてられて、言葉も出ない。

「ま、それが、大坂の泣きどころなんだが」

言いさして、語調を変えた。

「もっとも、俺は少しちがう。そのあたりが、俺のつとめがいのあるところだと思ってはいるがね」

つとめがい？——

何をつとめがいだというのか。

おちかは、その男の言い方を許せないと思った。これでは、まるで、おごうを阿呆呼ばわりしているのと同じではないか。

「よくも……よくもそなたは」

語尾が震えて、言葉にならなかった。

「姫さまを、姉君がたよりも鈍いなどと……」

「ちがったかね」

ちくぜんは突っ放すように言う。

「お茶々さまやお初さまよりすばしこいという話は、小さいときから一度も聞いたことはないと思ったが……」

「博多の商人が、姫さまのお小さいときのことなんか、どうして知るものですか」

そのときだけは、さすがにちくぜんは沈黙した。

「……そりゃ、まあそうだが」

苦笑をうかべて、

「人の噂を聞いたところでは、そうだ。が、しかし」

おちかをなだめるように言った。

「決して、俺は悪く言ってるつもりではないぜ。あの二人より気がまわるようじゃ、ばけものさ。おごうさまはあれでいい」

「そのほうが、あんたが手柄がたてやすいというのね」

「……………」

ちくぜんは返事をしなかった。

「どんな手柄をたてるおつもりかしらないけれど――」

おちかは、せいいっぱい冷たい眼付でその顔を見た。

「おあいにくさま、私、あんたのことなんか、寄せつけやしませんからね」

「ほほう、これは手強い」

昼の上に、ふてぶてしげな笑みを残したまま、ちくぜんはその場に立ちどまった。

「そうか、そうか、それならしかたがない。もう、あんたにはつきまとわないよ」

拍子ぬけするほど、ちくぜんはあっさり、引退った。

「ほれ、このとおり、もう後も追わない」

川筋の道に立った二人の間は、たしかに距離がひらきつつある。あまりあっさりしていて、むしろ薄気味が悪かったが、おちかは、そのまま、小走りに道を急いだ。妙に後ろをふりむきたくなるような思いに駆られたのも度々だったが、みずから頸《くび》に綱をつけて、それをひっぱるような気持で、彼女は、城の門をめざした。

——なんと後味の悪い買物をしたことか。

小さい櫛を買おうとしたばっかりに、何かおごうの婚礼に先立って、不吉な翳を背負いこんだような気もする。

——が、もし、あのとき、あの変な男に出会わなかったら……

おごうを取りまく、信雄や秀吉の思惑、そのすさまじい駆引に、自分は、全く気がつかずにいたかもしれない。

その意味では、男は、これからの生活に、またとない警告をしてくれたことにもなる。

——それにしても……

この話を、おごうにするべきかどうか。のんびりと信雄の顔をみつめていた彼女の笑顔がふと目の前に浮かんだ。

——あのとおりのお方なのだもの……

あの男が言いあてたとおり、情ないほどのどやかなおごうなのであった。

あの男は、おごうのことを、はっきりそう言いきった。腹は立てたものの、今のおちかは、内心、その言葉の残酷なまでに的確なことを認めざるを得ない。

——鈍い。

それでも、長年側にかしずいていた彼女としてみれば、

「鈍い」

という言葉は認めたくなかった。

——鈍いんじゃない。無邪気でいらっしゃるのだわ。

が、いま、内奥の声は、おごそかにおちかに呼びかけている。

「無邪気？　それもよかろう。しかし今は、それだけですむ時期か」

たしかに、おごうをとりまく情勢はかなり複雑である。無邪気でのんびりしているというだけで、おさまりのつくことではないかもしれない。

——ま、いいわ。そのうち、だんだんとわかっていただくから。

が、内奥の声は、執拗な問いかけをやめない。

「そんなことで、間にあうと思っているのか」

——といって、今のことを、そのまま姫さまにお話しするのは……

まだおちかにはためらいがあった。

城へ帰ってみると、安土から来た一行は、おちかの戻るのを待ちかねていた様子だった。

「殿さまから、また、急なお招きがあったのです」

「着いた早々でお疲れでもあろうが、お数寄屋で、夜噺《よばなし》の茶でも、という御沙汰で……」

伊勢の長島から急な使があって、信雄は、明日はそっちへ戻らなければならなくなった。今夜はゆっくり休んでもらい、いずれ明日にでも引出物を披露するつもりだったが、今夜のうちに——という口上だったと言う。

「まあ、それは急なこと……」

慌てておごうの着替えを手伝い、自分も身じまいをすませた。そのどさくさにまぎれて、ちくぜんという例の男のことを、おごうにほのめかす機会を失った形になった。

清洲城の数寄屋は、そのころの茶の流行にしたがって建てられたものだ。

案内をうけて、おごうたちがそこを訪れたころ、夜の闇はかなり深まっていた。部屋に入ると、信雄はすでに坐っていて、

「おお、よく来られた」

愛想よく迎えて、器用に茶を点《た》てて、おごうにすすめた。

「おごうどのの輿入れを、ここの天守から見送るつもりであったが……」

急に長島に帰らねばならなくなったので、と言い、

「くれぐれも達者ですごされよ」

もの柔らかに挨拶をのべ、それから手を鳴らすと、水屋口から折敷《おしき》を捧《ささ》げた少女が現われた。

「じつは、明日、ゆるりとおごうどのに見てもらうつもりだったが……」

おごうの前に据えられた折敷の上には、信雄からの祝いの品々の目録が載っていた。

「親許のつもりなのでな」

言葉にたがわず、それは秀吉のととのえてくれた支度を上まわるほどのみごとさであった。

黄金五十両、白糸百斤、長持三十棹、金銀蒔絵櫛箱――

「ありがとう存じます」

ゆっくり手にとってその文字を眺め、おごうは一礼した。

――もし、ちくぜんの話を聞く前だったならば……

豪勢な贈物の目録を前に、ちらりとそんな思いが、おちかの胸をかすめた。

――私は文句なしに、このお祝いに感激し、信雄さまなればこそと涙を流してしまっていたろう。

が、御園市場であの男と出会ったあとでは、おちかの眼は、もう少し複雑なものになって来ている。秀吉の作ってくれた支度に負けまいとする信雄の下心が見えすいてしまうのだ。しかも、気ばかりはやって、

ると、

「夫婦仲よく暮せ」

と言った秀吉の油断ならない一言は見すごしてしまうような詰めの甘さがわかってみ
——これでは、とうてい、右大臣さま（信長）のお跡継にはなれそうもない。

そんな気もしてしまう。

もっとも、おごうは、こんないきさつは何も知らないはずだ。例によって、半ばうわの空の様子で、

「ありがとうございます」

そう言っただけで、無邪気ににこにこしている。

「いや、なんの」

信雄は鼻をひくひくさせて笑っているが、どうやら内心、もう少し大げさな感謝の言葉を期待していたらしく、物足りない様子はありありと見える。

——いつもなら、このへんで気を揉むところなのだけれど……

その言葉の足りなさが、たくまざる技巧になっていることに、おちかは、手を拍《う》ちたいくらいであった。

——姫さま、そのくらいでちょうどよろしいのでございますよ。

才走った、お茶々やお初では、こうは行かなかったろう。

——あの男が、姫さまの鈍いところがいい、と言ったのは、このあたりの呼吸のこと

なのか……

いつとはなしに、ちくぜんのことを考えている自分に気づいて、ぎくりとした。

——めっそうもない。あんな男のことなんて……

頭に浮かべるだけでも、おごうに申しわけないではないか。

いつまで待っていても、おごうの口から次の言葉が出ないので、信雄も、とうとう兎のような笑顔をひっこめた。

「ところでだ、おごうどの」

「はい」

「もう一つ、引出物がある」

「………」

「いや、物ではない、人間だ」

「人間？」

「そうよ、それ、ここにいる」

と、目録を捧げて来た少女のほうに顎をしゃくった。

「おたあという。年はおごうどのより一つ上の十五だ。遊び相手にでも、走り使いでも、遠慮なく使ってくれ」

部屋の隅に控えていた、おたあというその娘は、手をつかえて平伏している。

——あっ、見張りをつけるつもり？……

豪勢な贈物を台にして、監視役を押しつけてよこすとは、さすがに信雄も戦国武将のはしくれではある。甘いようでもぬかりはない。が、おごうは、いとこのこの魂胆に気がついているのかどうか、何やらうわの空で礼を言った。

「ありがとうございます」

——姫さま、お気をつけ遊ばしませ。

やきもきしはじめたおちかの目の前で、信雄はさらに膝を進めた。

「なんなら、おごうどの……」

見張り役を押しつけた上に、この先、信雄は、何を言い出そうというのか。

信雄の物言いはさらにやさしくなった。

「おごうどの」

「………」

「なんなら男手もつけてさしあげようか」

——まあ、その上に男の監視役まで……

おごうは、何か別のことを考えているふうで、ただにこにこしている。

「どうかな」

催促されて、はじめて、きょとんとして信雄をみつめた。

「何がでございますか」

「男手はいらぬかな」

「ああ、それでございますか」

それからゆっくり答えた。

「小人数のほうが気楽でございますから……」

やれやれ、とおちかは胸を撫でおろしたが、信雄もそれ以上、深追いはせず、

「そうか」

あっさり諦め、やおらおちかのほうをふりむいた。

「おちかとやら、おたあをよろしく引きまわしてくれよ」

「恐れいりましてございます」

監視役をありがたく拝領せねばならぬこのくやしさ。おたあというやや大柄な娘をちらと睨むようにして、おちかは平伏した。

「さて、夜もふけて来たが、もう一服進ぜようか」

炉の前に坐り直した信雄を、依然としておごうは、無邪気に眺めている。おちかが、その機嫌のよすぎるその笑顔に気づいたのは、少し経ってからだ。

——おや……

と思った。姫さまは何をおもしろがっておいでなのか。よく見ると、その瞳は、点前《てまえ》にそそがれているのではなく、床柱と信雄の顔とを往ったり来たりしている。

そのときおごうは、珍しく自分のほうから口を開いた。

「おもしろいお床柱ですこと」

「ああ、これか」

信雄も顔をあげた。

「猿面の柱というんだ。節が二つあって、猿の顔のように見える」

「ほんとに、私も、お猿に似てるな、って思いましたの」

「亡父上《ちちうえ》は、ここを猿面茶屋と呼んでおいでだったよ」

「まあ、おほほほ……」

はじめておごうは声をあげて笑った。おちかには、その笑いの意味が、手にとるようにわかっている。さっき、控えの居間で、

「信雄さまは兎、羽柴どのは猿」

と言って真似してみせたいたずらを、おごうは思い出しているにちがいないのだ。

どうやら、この部屋に入ったときから、いやににこにこしていたり、返事がうわの空になっていたのも、そのせいらしい。

——やれやれ、この大事なときに……

笑っていいのか、たしなめたほうがいいのか、何とも眼のやり場に困る感じである。

しかし、歴史的にみれば、この光景はなかなか象徴的でもある。

信雄を見下す猿面柱、それを見てにこにこしているおごう……

ちなみに、この茶屋は、家康の名古屋築城のとき移築された。城ぐるみ町ぐるみの、いわゆる「清洲越し」にあたって行をともにしたわけだが、その後変転をかさね、現在

の名古屋城の御深井丸跡に再建され、猿面柱も復元されている。

花嫁の船

清洲を発つ日は快晴だった。

清洲城から大野まで、おごうは船で送られて輿入れすることになっていた。堀に流れこんでいる五条川を下って海へ出て、知多半島ぞいに南下したところに大野はある。

この日、おごうは、秀吉から贈られた白綾の小袖に、同じ白の幸菱を織り出した裲襠を着た。

今日のこの日のために、おちかは、腕によりをかけておごうの装いをこらしたが、どう塗りたくっても、色の浅黒い肌は、白粉《おしろい》をうけつけなかった。

お茶々、お初――美貌の姉たちとは全く肌の質が違うのだ、ということをいやというほど思い知らされた。濃化粧をすればするほどかえって珍妙な顔になってしまう。

――まるで、昨日まで野良で働いていた農夫が、舞台に駆りだされて女形《おやま》にでもなったような……あら、ごめんくださいまし。

いつわりのないところ、それがおちかの本音であった。白粉刷毛や紅筆を棄てた。むしょせん、お化粧にはあわない顔立ちなのだと諦めて、それでもいくらかましになった。少なくともそれまで塗りたくった分を拭いてみると、それでもいくらかましになった。少なくとも滑稽さからは遠ざかった感じである。

「さ、これでよろしゅうございましょう」

おとなしく顔を預けているおごうに、おちかはそう言った。

そのとき、ちらと、お茶々やお初のことが頭をかすめた。二人の姉たちに、このていたらくを見つけられないのはまだしもである。

――もし、あの方々が、この場に居合わせたら……

美貌の姉たちは、眼ひき袖ひきして、妹の不似合いな花嫁姿をあざ笑うだろう。こういうとき、妹に先を越された姉たちというものは、他人よりも意地の悪いものだし、彼女たちが美貌であればあるだけ、その残酷さは容赦ないものになる。

いま、おごうの旅立ちを見送ってくれる者は誰もいない。城のあるじの信雄も長島に帰ってしまったので、おそらく、清洲城の天守から一行の船出を見てくれる者もいないだろう。

従うものは、おちかと、それに、新入りのおたあ、あとは数人の小者たち。もっとも信雄からの贈物によって倍にふくれ上った荷物を運ぶために、かなり舟の数はふえたけれども……

春先とはいえ、潮風はかなり冷たかった。白装束のおごうは、船の胴の間に座を占めると、そのまま、じっと動かなかった。さすがに、今日から別の世界に足を踏み入れるのだということに気がついているのか、背筋をぴんと伸ばして端座している姿が、いじらしくもあった。

そのうち、船の揺れ方が激しくなった。

海に出たのであろう。

潮の香が急に身近に迫って来たようだ。その香りにつられておちかは上にあがってみた。

そして、あたりを見まわしたとたん、

「あっ」

思わず声をあげた。

舟がふえている。二倍、いやそれ以上の数にふえている。おごうの船は、ちょうど、その真ん中にとりかこまれた形であった。

大げさにいえば、そのとき、おちかの眼には、見渡すかぎりの海が、舟に蔽われているように映った。

「まあ、これは……」

眼をみはったおちかに、

「これが佐治の水軍でございます」

船頭がそう言った。

「まあ、こんなにたくさん」

「いや、本気で勢ぞろいいたしましたら、この倍はありましょう。足の早いことが有名でございましてな……」

思いがけない出迎えだった。

当時、そのあたりは、

「知多《ちた》大野のわたり七里」

と言われていたらしい。

現在の名古屋のあたりからは九里ほどあったようだが、桑名の七里の渡しと並んでそう呼ばれたのだろうか、おごうが大野に嫁ぐより三、四十年前に、東国へ旅した宗牧という連歌師は、ここの渡しをそう呼んでいる。

もちろん、そのころはおごうも花婿の与九郎も生れてはいなかったが、佐治家じたいは、すでに豪族として、このあたりを押えていた。

領有していた大野——現在の常滑市の大野あたりは、伊勢湾に細く突き出た知多半島の中央部で、さほど広い土地ではない。斎藤、織田、今川といった美濃、尾張、駿河の沃野《よくや》をかかえた戦国大名にくらべれば、お世辞にも大領主とはいえない。

にもかかわらず——

佐治家の存在が、彼ら諸大名にとって無視できなかったのは、この俊足、剽悍《ひょうかん》な水軍のためである。

昔から佐治一族は、伊勢湾を、

「われらの池じゃ」

と言って来た。たしかに陸上兵力はさほど強くなかったが、いったん海に出ると、人が変ったように勇敢になった。

彼らは舟を、わらじか下駄のように思っている。いくら海が荒れても、彼らは舟が沈むとか、溺れるなどということは、考えてもみなかった。そして現在あまり注目されていないが、この水軍の力は、戦国時代、かなりの意味を持っていた。

たとえば、毛利氏だが、彼らが中国筋に覇をとなえたのは、瀬戸内水軍を掌握したからで、彼らはこの水軍を利用して遠く石山本願寺にまで補給作戦をつづけて信長を苦しめた。信長が本願寺を降すのは、この毛利水軍に一撃を加えてからのことである。

そして、これと同様に、伊勢・尾張方面で、戦略的に大きな意味を持っていたのが、佐治氏の掌握していた大野水軍と九鬼《くき》氏の保有する九鬼水軍だったのである。

大野水軍の舟は、いま、おごうたちの船をぐるりととりかこんでいる。

九本骨の扇子を描いた旗印が、潮風をうけていっせいになびく。それはちょうど、さっと扇子を開いて、さしまねいているような感じであった。そんなとき、舟は舟でなくなり、海の上に、男たちがにょっきり立ちあがって、波を踏んでこの船に近づいて来て、それぞれに挨拶を送っているようにも見えた。

「おごうさま」

おちかは思わず、下に向って叫んだ。

「お迎えでございますよ。大野のお城からお迎えの舟が見えております」

駈け下りて報告しようとしたとき、白いものが、立ちあがって、自分のほうへ歩いて来るのが見えた。

おごうであった。

さすがに裲襠は脱いでいたが、花嫁衣裳のまま、気軽にひょこひょこ歩いて来る。

「ま……」

そのお姿では、と言いかけるより先に、おごうは、いたずらっぽく、首をすくめた。

「ちょっとだけいいでしょ」

「でも……」

「坐ってばかりいて飽きちゃったんですもの」

白い小袖の裾をひょいとつまむと、船の揺れにあわせて、器用に調子をとりながら、船べりへとあがってゆく。

いつものんびりしていて、動いてほしいときにも、でんと坐りこんでいるおごうにしては珍しいことであった。

「まあ、たくさんのお舟——」

舳先《へさき》のほうへ歩いてゆくと、おごうは小手をかざした。

それから、おちかのほうを見ると、

「まるで、私たちの船は、このお舟に担がれてゆくみたい」

おくれ毛を微風になびかせながらおごうは言った。

たしかに、そんな感じである。これが陸上の行列なら、威儀を正した迎えの侍たちが、しずしずと輿のまわりをとりかこんでゆくところなのだが、船団の出迎えにはそうしたしかつめらしいところがなかった。

もっと気軽で、楽しげであり、小さな魚の群が大きな魚にじゃれつきながら、泳いでいるような感じであった。そういえば、かすかに伝わってくる漕ぎ手たちのかけ声も、

「わっしょい、わっしょい」

祭の神輿《みこし》をかつぐ人々の騒ぎのように聞えぬでもない。

おごうたちの船はそのまま海上を進んだ。やがて夕闇が訪れ、大野の浦が近づいたときは、日はとっぷりと暮れていた。

そのころの嫁入りは夜ときまっていた。おごうの船は、だから、ちょうどよい刻限に大野の浦に着いたことになる。

当時、婚礼の夜には、門の前に侍二人が松明《たいまつ》を片手に持ち、左右に分れてひざまずき、花嫁の輿が通りすぎると、歩みよってその松明をあわせる、というようなしきたりもあったらしい。

暗闇の中で無言のうちに行われる灯の儀式は、二人の門出にとっては、なかなか、象

徴的でもあり、ロマンチックでもある。

松明の灯をあわせることから、これを「火会わせ」と呼んだようだが、松明のかわりに侍二人が提灯《ちょうちん》を持って門の左右に立ち、輿が着くと、その前で往ったり来たりして三度提灯を交換する場合もあった。

さて、大野の浦の火会わせは、浜辺のせいもあって、これとはいささかちがっていた。おごうの船が近づいたとき、浜辺では大小のさまざまな灯が揺れていたが、中でいちばん大きな松明が、ゆっくり輪を描きはじめた。

——ここだ、ここだ……

帰って来た舟たちに向って、そう言っている感じである。この地の水軍が帰投するとき、いつもこんなふうにして迎えるのであろうか。

その灯をめがけて、先導の舟の群は、続々と浜辺へと突っこんでゆく。と、迎えの人々が、ざぶざぶと波をかきわけるようにして舟に近づき、

「いよぉっ」

掛声もたくましく、一気に砂浜に押しあげてくれる。

舟の中の人々は、たちまち身軽に砂浜に飛びおりる。

「これが貝桶だぁ。一番荷だぞうっ」

「二番はこれ、これっ」

海の男たちは声が大きい。まるで大漁船か、戦いに勝って戦利品を積みこんだ船が戻

って来たような騒ぎだった。

「姫さま、ちょっとこちらをお向きくださいまし」

さっき海の上で潮風になぶられたおくれ毛をかきあげたり、せめて白粉のむらだけでもなおしておこうと、櫛箱を持ちあげたとたん、
どん！

強い衝撃をうけて、おちかはその場にひっくりかえった。おごうの船も砂地へ担ぎあげられたのである。

あっ！

裾を押えて、慌てて起き上るのを、おごうはにこにこして見ている。

「痛くはありませんか」

彼女自身は、前につんのめりもせず、みごとに調子をとって、涼しい顔をして坐っているのだ。

「まあ、驚きました」

坐りなおして、おちかは櫛箱の蓋をあけた。

「さ、今のうちに……」

が、おごうは泰然たるものだ。

「よろしいでしょう、このままでも」

「でも、お迎えの方が来ておられますし」

「暗いんですもの、わかりはしませんよ」

まるで他人事のように言う。

船べりの近くで人の声が高くなった。

「いいか」

「おうっ」

おごうの船は、ほかのよりも大きく船べりも高い。さすがに花嫁に飛びおりてもらうわけにもゆかないので、急ごしらえの踏み板をとりつけているのだった。

おごうの手をひいたおちかは、一歩一歩をたしかめるようにして、その踏み板を降り砂地に立った。

先刻の光の輪は、すぐ目の前にあった。そしておちかは、この松明の光の輪の側に腕組みして立つ、若い男を見た。

光の輪がまわるたびに、潮焼けした男の頬が、さっと輝いたり、暗くなったりする。黄金《きん》の火の粉が飛び散っても、それを避けようとしないかわり、彼は、一行が近づいても挨拶もしない。

海の男たちの一風変った出迎え方にもしだいに馴れて来たし、彼らが固苦しい儀式には全く不向きなのはわかっていたが、それにしても、城のあるじの花嫁が着いたというのに、頭をさげないとは……

おちかの非難がましい眼付には気がつかないのか、男は、おごうたちのほうは見ず、船からあがった人々のほうへ言った。

「やはり、かなりかかるな、そう早くはゆけぬとみえる」

「いや」

闇の中から答える声があった。

「お輿入れゆえ、急ぎすぎて、あまり揺れてもいけませぬしな。それと刻限を計っておりましたので、少し手心を加えました。力の限り漕げば、一刻は早く戻れましたが」

「艪《ろ》は重くはなかったか」

「前よりずっと軽うございます。いや、よい御工夫《くふう》で……」

どうやら男は、おごうを迎えるのを機に新調した船の足の早さをたしかめに来ていたらしい。

――が、それにしても、何やら横柄な……

後ろへ退ってそっと聞けばよいものを、図々しくこんな所にがんばっている。迎えに来た侍たちもいやにていねいに、男の相手になっているのはどういうわけか。

――この男の顔を憶えていて、あとで殿さまに言ってやらなくちゃあ……

そう思ってもう一度、男のほうをみつめたが、驚いたことに、もう光の輪の側には、男の姿はなかった。

――変な男だこと。

気がつくと、おごうの前に、もう輿が据えられている。一番貝桶、二番厨子棚《ずしだな》――しきたりどおりの行列が動きはじめた。輿に乗せられたおちかには、はっきりわからなかったが、城門をくぐったあたりから、道はゆるい傾斜になった。

この浜から城まではごく近い。いや、実際には、さほどの距離ではなかったのかもしれない上り坂は、かなり長い。輿の中で揺られていると、ひどく高い山の上に押しあげられてゆくような感じがした。

しばらくして輿がとまった。簡素だが木組みのしっかりした本丸の式台の前だった。

明るく掲げられた燭の前で、おごうはちんまり立っている。例によって、何を考えているのかわからない表情だが、それがかえって、ひどく落着きはらってみえたのはありがたかった。

その手をひいて、いよいよ盃事の席に入り、すでに花婿の座についている男の顔を見たとき、おちかは思わず声をあげそうになった。

——あの男だ……

さっきまで、ふだん着のまま、光の輪の側で腕組みしていたあの男が、白装束に着替えて、ちゃんと花婿の座についているではないか……

——まさか。

許されるなら眼をこすりたいところである。

が、ほんの今しがた見たばかりのその顔をよもや見ちがえるはずはない。

――なんて変なお婿さま。祝言の直前、自分でのこのこ浜辺に降りていって、舟の出入りをたしかめたりするなんて……

が、その男――いや、花婿である以上、大野城主、佐治与九郎一成と呼ぶべきであろう。その与九郎は、ついさっきまで浜辺にいたことなど全く知らぬ顔、きょとんとしているおちかをまるではじめて見るといった眼付である。

――まあ……

おごうはといえば、これも、ほとんど無表情だ。さっき船から降りたとき、たしかにこの顔を見たはずなのに、そんな気配は全く見せていない。

――揃いも揃って、みごとなおとぼけぶり。

してみると、この二人、なかなか味な組合せというべきかもしれない。

ちょうど、そのころは戦国、わずらわしい儀式ずくめの室町と江戸の中間で、日本では珍しく、ものにとらわれない闊達な個性が、大手を振ってまかり通った時代である。

そういえば、花婿の伯父、織田信長は、父信秀の葬儀の席に、茶筅髷《ちゃせんまげ》に、荒縄でぐるぐる巻きした刀を持って現われ、香をわしづかみにすると位牌に向ってパッと投げつけた、という逸話の持主である。その甥の佐治与九郎が、型どおりにおさまりかえらなくとも、別にふしぎはない。

――でも……

おちかは、ちらとその顔をぬすみ見た。

——右大臣さま（信長）には、ちっとも似ていらっしゃらない。

はじめこの縁談を告げたとき、秀吉は、与九郎は信長によく似ていると言ったはずだ。海辺で見た日焼けしたこの青年を与九郎だと思いもしなかったのも、一つにはそのためなのだ。

——いくら、仲人口にしても、このお方を右大臣にそっくりなんて、よくも言えたものだ。

信長は色白で、卵のようにつるりとした肌を持ち、眉が細く眼も細い。豪毅果断の所行に似ず、容貌はむしろ女性的な美男である。

ところが目の前の与九郎はどうだろう。眉は太く、眼は大きく、いかにも線の太い海の男といった感じではないか。皮膚も赤銅色に焼け、白綾の小袖が窮屈そうだ。こんなものはかなぐり捨てて、素っ裸になって舟の舳先に仁王立ちになっているほうが、ずっとむいている。

——それをまあ、秀吉というお方は……

と思ったとき、その折の秀吉のもう一つの言葉が頭に浮かんだ。

——夫婦仲むつまじゅう暮せよ。

すでに盃事は終ろうとしている。

とすれば、いよいよ、そのときは来ているはずなのであるが……

翌日も快晴であった。

新婚夫婦の簡単な朝餉《あさげ》が終ったとき、おちかは、やっとひと息ついた。もちろん、今日もこれから、一門はじめ、主だった家臣たちとの対面やら、酒宴やら、行事はびっしり続いているが、それまでの間、半刻《とき》ほどのゆとりはある。

自分の食事をすませ、身じまいを終ると、おちかは、やっと周囲を見渡す余裕を持った。

大野の城は東西四町、南北一町、総廓九十二町一反《たん》といわれている。

背後の知多山脈からのびて来て、さすがに海辺まで辿りつくころにはとぎれとぎれになった丘陵が、最後に、海へ向って、力まかせに拳を突き出したような形の小山の上にその城はあった。

山は複雑な隆起を見せていて、城はその高低を利用して、本丸、二の丸、櫓《やぐら》などを構え、隆起をつなぐ窪地をさらに掘りさげて、空堀《からぼり》にしてある。

もちろんその堀に石垣はない。豪壮な石垣を築いたのは、信長の安土城や、秀吉の大坂城など、一部の城であって、小領主たちの城は、まだ中世の城砦的な古様を残していた。

本丸から眺めると、西方にひらけた海は、意外なほど近かった。

——手にとるように……

といってもいい。この松の緑に蔽われた高みから、ひとまたぎで波打ちぎわまでゆけそうな感じである。小谷とか、北庄とか、北陸筋ですごした期間の長いおちかの眼には、陽光をうけた海のきらめきは、まぶしすぎた。

――姫さまのお城にしては、小さすぎる感じだけれど……

が、目の前がひらけ、せせこましい感じでないのがいい。

と、そのとき、背後に、ひたひたと軽い足音がした。

ふりかえってみると、信雄からつけられたおたあが、にこにこして立っている。

「おはようございます。おやすみになれましたか」

ひどくなれなれしい口調で語りかけて来た。

おちかは、この年若な娘に気を許していない。年は十五、おごうとは一つしかちがわないはずだが、大柄で、たっぷりした肉づきが、一人前の女を感じさせる。

嫁入りの船の中でも、おちかは、このおたあをほとんど無視しつづけて来た。同じ船には乗せたものの、つとめてその存在を無視し、眼もあわさないようにして来た。

――どうせ、清洲からのお目付役。甘い顔なんか見せられるもんですか。

さすがに年若いおたあは、その間じゅう神妙にしていたが、いまいやになれなれしく近づいて来たところをみると、おちかがこれまで彼女を無視して来たことなどは、案外こたえていないのかもしれない。

さらにおたあは、猫のように身をすり寄せて来ると、ちらりと言った。

「姫さまも、案外ゆっくりおやすみになれたようですけれど……」

妙な眼配せをした。

「でも、ほら、肩から頸のあたりが、すっかり変っておしまいになりましたわ」

それから、くすりと言った。

「こちらの殿さまも、お若いけれど、なかなかでいらっしゃいますこと、おほほほほ」

言ってみれば、突如、横面をはりとばされたような——。おたあの言葉は、おちかにそれ以上の衝撃を与えずにはおかなかった。

思わず目の前がくらくらした。

新婚の床入りをすませた翌朝の花嫁おごうに、おちかの関心の薄かろうはずはない。

——ゆうべはいかにおすごしだったか……

秀吉への面当てもあって、おちかは、結局、床入りの作法以外に、何の助言も与えなかったのだが、それだけに、昨夜のことは気がかりでもあった。

一夜あけた今朝、おごうの身じまいを手伝ったとき、おくれ毛の一本も、眼尻に浮かぶちょっとした翳ひとつも見逃さなかったはずだが、そのときのおごうには、昨日にくらべてとりたてて変りはなかった。

なのに、このおたあは、

「姫さまは、がらりとお変りになった」

と、言うではないか。

——私の眼は、節穴か……こんなに長い間、おごうさまにつき添って来ていながら……。

おちかは、がっくりした。自分の眼にすっかり自信がなくなった。

おちかとて、男の経験はないわけではない。

——そのときはそれなりに身をすくませたり、歓びの深さを知ったようにも思ったけれど……。

おごうのひそかな変化に気づかなかったところを見ると、私の眼は女として開眼していないのか……。

眼をこすりたい思いである。

今朝のおごうのことを一つ一つ思い出してみるが、どうしても、きわだった変化は読みとれない。

——なのに、この小娘は、早くもそれを見ぬいたというのか……。

ぐいっと胸を切りさかれ、傷口に塩でも揉みこまれるような、いたたまれなさ——。

これこそ女の本源的な嫉妬かもしれない。

それにくらべれば、二人の女で一人の男を争う場合の嫉妬はまだましだ。それは猫が道端で敵に行きあったようなもので、背中を丸め、ふーっと息を吐く、いわば攻撃的な嫉妬である。

が、今のはちがう。女としての能力の差をまざまざと見せつけられた感じなのだ。そろそろ三十に手が届くというのに、いかに自分が女としてのうわっ面しか生きて来なかったかを思い知らされたような、このくやしさ。

それも、おたあに言われて、おごうの変化に気づいたというのなら、まだ救われもしようが、いま考えてみても、何ひとつ思いあたらないというこのもどかしさ。

せいぜい、今のおちかに言えることは、

「口をおつつしみなさい……」

その一言ぐらいのものだった。

おちかは震えながら、おたあを睨みつけた。が、おたあは平気なものだ。

「だって、そうでしょ、おちかさま。一晩であんなにお変りになってしまったんですもの。姫さまだって、きっと——」

「おたあどの、おやめなされ！」

おたあは図々しく笑っている。


残念なことに——

おちかは、それ以上、おたあにかかわりあっているわけにはいかなかった。

昨夜の婚礼に祝意を表するために、一門や家来たちが登城して来る刻限がそろそろ近づいているからだ。

おごうは今日も白無垢の装いで与九郎と並んで座につき、それらの人々の挨拶を受けなければならない。

——この話の決着は、またあとで……。いいかい。

口の中で捨てぜりふを呟いて、おごうの居間にゆきかけると、

「姫さまのお召替え、お手伝いしましょうか」

いっこうにこたえていないらしいおたあの声が追いかけて来た。

「けっこうです」

ふりむきざま、おちかは声をけわしくした。

「おたあどの」

「は……」

「姫さま、とお呼び申しあげてはなりませぬ。もう姫さまではないのですからね。今日からは姫さまは大野御前……。御前さまと申しあげるように」

あげ足とりであることは、おちか自身、よくわかっている。なにしろ自分のほうは、いっこうにおごうの呼び方を改めるつもりはないのだから……

がそれにしても……

「大野御前」

なんとおごうにふさわしくない呼び方であることか。

いや、「御前」という呼び方がふさわしくない、というのではない。そのころ居城の地名をとって「……御前」と呼ばれることはごく普通のことだった。たとえば同時代を

生きた家康の娘のお亀は、美濃加納の地を与えられて「加納御前」と呼ばれ、転封にな
った後までも、その呼び名は変らなかった。

だからおごうが「大野御前」と呼ばれることにふしぎはないのだが、運の悪いことに、
その言葉には、あるイメージがつきまとっていた。

「絶世の美人」

というイメージが、である。それというのも、ついこの間までそう呼ばれていた与九郎の母、お犬が、あまり美人すぎたからだ。若くして与九郎の父、八郎に死に別れた彼女は、摂津芥川の城主、細川昭元と再婚したが、世間では、天正十（一五八二）年、信長に少しおくれて亡くなるまで、「大野どの」とか「大野御前」と呼んでいたらしい。

おごうの生母お市によく似ているが、さらに目鼻立ちの大ぶりな美貌で、そのために、いつのまにか「大野御前」といえば日本一の美人の代名詞になっていた。

選りに選って、そこへおごうがやって来て、「大野御前」と呼ばれるようになる、というのは、いわば一種の不運であろう。

たとえば十人並みの娘さんがお嫁に来て姓が変ったとたんに、美人スターと同姓同名になって、

「まあ、あのヒトが×××子？」

と肩をすくめられるようなものである。

——そういえば、おたあめ、あのとき、にやりとしたようだ。

新大野御前の部屋へと急ぎながら、おちかは、何やら返り討ちにあったような無念さを味わわずにはいられなかった。

新大野御前——おごうは、自分の部屋で、ちんまり坐っていた。おそらく、おちかが着替えを手伝ってくれるのを待っていたのであろう。

おちかはその顔をちらりと見た。念のために、である。あのおたあが、

——おごうさまのお顔は、一晩のうちに、すっかりお変りになった。

と言った言葉がほんとうかどうか。いや、自分自身、それを見分ける力があるかどうか……

が、目の前のおごうは、いつに変らぬのんびりした面差で、重たげに瞼を垂れている。

——ない、どこにもない。どこも変ってはいらっしゃらない。

複雑な思いでおちかは眼を伏せた。

——私って、ほんとにだめな女なのかしら。

おごうは何も知らぬげに、ゆっくり瞼をあげた。

「どうしたの、おちか」

「いいえ、何でもございません」

慌てて後ろにまわって髪を梳きはじめた。おごうは髪だけは豊かである。しっとりとした光沢のあるくせのない髪で、これだけは姉妹でいちばんみごとかもしれない。

そのゆっさりした重みを手に受けながら、髪梳きに専心しようと思った。

が、そう思えば思うほど、おたあのことが胸に浮かぶ。

——あの女め、年もゆかないのにあんなこと言って。きっと育ちが悪いんだわ。

と、そのうち、ふと頭をかすめたるものがあった。

——あの子、あんなこと言ったけれど、もしかしたら、出まかせを言って、私をからかったのかもしれない……

そこまで智恵のまわりそうな子ではないような気もするし……

とつおいつ考えているうちに、思わず力が入って、おちかは、おごうの髪を、力まかせに後ろへひっぱってしまった。

「あっ、御勘弁くださいまし。お痛うございましたでしょう」

「いいえ、別に……」

返事はいつもおっとりしている。鏡の中で見た顔は、髪をいやというほどひっぱりあげられ、狐のように眼がつりあがっているのに、文句も言わないのが、おごうのいいところでもあり、いささか頼りないところでもある。

髪を梳きあげられると、おごうの顔はすっかりむき出しになる。日頃はそれでも頰の上に髪を垂らしたりして格好をつけているのだが、こうやってみると、「新大野御前」の御器量のほどが、全く、はっきりしてしまうのだ。

お世辞にも器量がいいとは言いかねる。

——いいえ、お犬さまが、あまり御器量よしすぎたのだわ。

それにしても、その後にやって来て、同じ「大野御前」と呼ばれるというのは、なんというめぐりあわせであろうか。

——きっと、今日挨拶にやって来る連中だって……

かつての大野御前、お犬さまとのあまりのちがいに、内心、首をすくめるにちがいない。そして、その場を退れば、おたがいに、

「おい、おい、見たかあの顔。同じ大野御前でもちがうもんだなあ」

そんなことを言うにきまっている。

——くやしい。

思わず、また髪を梳く手に力が入った。鏡の中のおごうの顔はまたもや狐のようにひきつった。

「——あっ、ごめんくださいまし」

慌てて、おごうの生えぎわに手をやった。

「お痛みになりましたでしょう」

「いいえ」

さすがにそのあとに一言加わった。

「それほどでも——」

それほどでないにしても、力まかせに梳かれて、痛いにはちがいなかったのであろう。

「申しわけもございません」

鏡の中の、おごうに、おちかは詫びた。
――それにしても……
つくづく、鏡の中のおごうをみつめてしまう。厚いぼってりした唇、ちんまりした鼻
……とうてい輝かしい好運が吸いついて来るという顔立ちではない。
――お父さまのお顔も知らず、お母さまとも死に別れ、お姉さまたちにはいじめられ、
お嫁に来れば美貌の先代夫人に比較され……
ああ、なんと運のお悪いお姫さまであることか。
それも御当人に悪いところがあるわけではない。お犬さまのような美しいお方のあと
に来た廻《めぐ》りあわせがよくないだけの話なのだ。
――お気の毒に……
髪を梳きながら、おちかは鼻をつまらせた。
――ええ、ようございますとも。笑わば笑え。誰ひとりお味方にならなくても、おち
かがついておりますよ。おちかだけは……
思わず、ぽろりと涙をこぼすと、おごうがふしぎそうにふりかえった。
「どうかしましたか、おちか」
「い、いえ……別に」
涙をごまかそうとして、またもや梳く手に力が入った。
が、おごうは今度も黙っている。おちかが主人思いであることだけはまちがいはない

ようだが、どうやら、おごうは、その「忠誠心」からも被害をうける廻りあわせであるらしい。

髪を梳き終え、白無垢の着つけをすませると、もう、一門との対面の刻限になっていた。

「そろそろ、お出ましを」

与九郎からの使をうけて、おごうは表座敷に臨んだ。

与九郎の父は若いとき戦死し、母のお犬も他家に嫁したあとで世を去っているから、親族では弟の熊之丞が最上席に坐っていた。目の細い、全体に線の細い美貌の少年である。容貌からいえば、伯父の信長に似ているのは、与九郎よりもむしろ彼のほうかもしれない。

そのほか与九郎には何人かの叔母がいた。同じ知多郡の内海に居城を持つ同族の佐治備中守とか、あるいは近くに勢力を張る水野一族とかに嫁いでいるが、いずれも本人が来るわけではなく、息子や家臣を挨拶によこしている。

与九郎は、彼らに対しては、ろくに口をきかなかった。

「この度はおめでとうございます」

祝いを言われても、

「うん」

軽くうなずく程度で、はなはだぶっきらぼうである。昨日と同じように、白無垢の装いがいかにも窮屈そうで、この退屈な儀式に我慢してつきあっている、といったふうだった。

挨拶が終って酒宴が始まる。それが一通りすんで家臣の番になったときは未《ひつじ》の刻（午後二時）を大分すぎていた。そのころになると与九郎はさらに無愛想になり、ほとんど返事もしなくなった。

それに気づいたとき、おちかはひどく不安になって来た。

――いくら愛想がないといっても……

これはちょっと、ひどすぎはしないか。このむっつり顔が、昨夜花嫁を迎えたばかりの婿どののものなのか。

臣下が恭しく祝いの言葉をのべたり、献上物を披露しているのに、時折、唸るように、

「う」

と言うだけで、与九郎は、ほとんど無言である。

「この度は、まことに恐悦至極……」

家臣たちが次々にくりかえしても、

――わかった、わかった。

とでもいうように、うなずくばかりなのだ。

その顔を見ているうちに、

――もしかすると、これは……

急におちかは不安になって来た。

——あるいは昨夜の首尾が、お気に召さなかったのではあるまいか。

そっとおごうをぬすみ見たが、例によって、瞼を重たげに垂れ、しごく無表情に、しずしずと会釈を返している。

——姫さまは、これだから……

途方にくれる思いである。昨夜の与九郎に対しても、きっとこんなふうだったのではあるまいか……

どんなことがあっても驚かぬかわりに、自分の反応を人にわからせることも不得手なおごうであったとしたら、与九郎が苛立つのも無理はない。

が、おちかはその思いをしいて打消そうとした。

——そんなことはないはず。げんに、あのおたあだって、昨夜の姫さまはお楽しみだって言ったじゃないか。

ついさっきまで、あれほど自分を侮しがらせていた彼女の言葉にも、今はすがりつきたい気持である。しかも、そう思うそばからおちかの心は揺れる。

——いえ、そうとはかぎらない。よし姫さまがそうであっても、殿さまのほうでは、いっこうに……ということだってある。

そのあたりが、男と女の微妙なところなのだ。

息をひそめていると与九郎は、さらに不機嫌になって来た。家臣に対するうなずき方も、よりぞんざいになった。

あきらかに彼は苛立っている。脇息にもたせかけたからだを小刻みにゆすっているのは、ここにいるのがたまらないからだろう。

その間にも、時刻はどんどんすぎていった。室内に、ふうわりと奇妙な明るさが漂いはじめたのは、外に夕映えが訪れたからでもあろうか。

と、そのときである。

「もういい」

我慢がならない、というふうに与九郎がぬっと立ちあがった。

「わかった。あとは明日だ」

あっけにとられている左右に、彼はそう言った。一刻も早くこの場を立ち去りたい様子である。

そのままずかずかと部屋を出て行こうとする後姿に、おちかは思わず眼を閉じた。

万事休す——

与九郎は足早に去って行く。

近習がさっと襖を開く。と、敷居のところまで来て、与九郎は一瞬ふりかえった。取り残されて坐っているおごうをじっと見た。

与九郎の眼にはためらいがあった。敷居のところで立ちどまり、どうしようか、と考えるふうだったが、意を決して、

「おごう、参れ」

怒ったようにおごうは無表情に立つ。白無垢の裲襠の裾をつまんでしずしずと歩きだした。

ほとんどおごうは無表情に言った。

——姫さま……

これから何がおこるかについて、まるで考えていないような、すなおすぎるその後姿がいじらしい。

急いで後を追おうとすると、

「そちは来るには及ばぬ」

じろりと与九郎はおちかを制した。

「は、はい」

が、このまま放っておくことはできない。自分の部屋にいったん引退っておいてから、そっと足音をしのばせて、おちかは外へ出た。

部屋に残っていたおたあが、

「どこにいらっしゃいます」

不審そうな顔をするのを、

「ちょっと忘れものをしました」

いいかげんにとりつくろって、与九郎の常の居間のほうへ急ぐ。

が、部屋はあけ放されて人影はなかった。

――姫さま……

二人はいったいどこへ行ってしまったのか。

昨夜来たばかりのこの城、さして広くはないが、何とも勝手がわからない。

ここか。

あそこか。

あせるばかりで、気がついてみると、同じところをぐるぐるまわっていたりする。

おちかは途方にくれた。

いったい、あの二人は、どこへ行ってしまったのか。

疲れきって、廊下の隅に立ち、ふと目の下にひろがる庭の斜面を見下ろしたとき、こんもり繁った木蔭にふと、白いものが動くような気がした。

――あっ！

目をこらすと、まぎれもない人影だった。なるほど、どこを探してもいないはずだ。彼らはすでに本丸をぬけだしていたのである。

しかも、どうやらここは裏庭の方角にあたるらしく、人影は全くない。緑の葉蔭を縫うようにして、二人はいったいどこへ行こうとしているのか。

ふと目をあげると、斜め前に、ひときわ高い物見櫓が見えた。大野の城は丘陵の自然の凹凸を利用して、本丸、二の丸が建てられてあるが、中でもいちばん高い、海に向って突き出したところに物見櫓がある。

二人の歩いているのは、どうやら、そこへ行く近道らしい、とおちかは見当をつけた。とすれば、ここから庭に飛びおり、斜面を下って行くのが、最短距離である。そっとあたりの様子を窺うと、幸い、どこにも見ている人はいないらしい。思いきって、縁から庭に飛びおりた。物見櫓に行くには、いったん庭先の斜面を下って、二人が通って行った道に出なければならない。廊下から見たときは、ほんのひとまたぎだと思ったそれが、実際は人の背丈以上もあって、大分降りるのに苦労させられた。物見櫓の下まで来ると、おちかは小袖の裾の汚れを払うのも忘れて急いで梯子を上った。上から与九郎の声が響いて来る。

話すというよりも、それは吠えるというに近かった。

――まあ……

与九郎というのは、よほど短気な人間なのであろうか。それにしても、婚礼の翌日、新妻を怒鳴りつけるとは、いったい何が気に入らないというのか……

全身を耳にして壁にへばりついた。

が、もしも、このとき、おちかの姿をかいま見ていたものがあったとしたら、まもなく、彼女の表情に、奇妙な変化がおこったのに気づいたであろう。

何とも気ぬけしたような、張りつめていたもののやり場に困ったような……

与九郎はおごうを怒鳴りつけていたのではなかったのだ。

思いちがいをするのも無理はない。海の男の地声は大きいものときまっていたが、それにしても、与九郎の声は大きすぎた。

「見ろ、見ろ、あれを……」

知らないものが聞けば、怒鳴っているとしか思えなかったであろう。

「なんと、みごとな夕日ではないか……」

感にたえたように一瞬押し黙り、

「海が燃えている」

唸るように呟いた。

残念ながら、おちかのいる所から海は見えない。が、空いっぱいにひろがった茜色《あかね》の残照から、そのすばらしさは想像できた。

「きっと今日の夕日はみごとだとさっきから思っていたんだ。それを、あいつら、いっこうに気がつかんで、のんべんだらりと紋切り型の挨拶をくりかえしている」

先刻からの与九郎の苛立ちの謎がやっと解けた。が、その謎が解けたことによって、むしろ、おちかは、奇妙な思いに包まれている。

――なんて変なお方。海の近くに住んでおいでなら、夕焼けぐらい、いつでも見られるはずなのに。それをなんでこう大げさに……

と、まるで、その思いに答えでもするかのように、彼は吠えた。

「いつでも見られると思うかもしれないがな、こんな夕焼けはめったにないんだ」

おちかは思わず首をすくめた。

「俺はな、この眺めが好きなんだ。だから、こんな日は、いつもここに来る。大きくって、みごとで夢みたいで……。な、そうだろう。そうは思わないか」

はじめて、おごうの声がした。

「はい……でも」

「でも？」

「殿がそうなさることを家中のものは存じておりましょうか」

「いいや、誰にも言っていない」

「おほ、ほ、ほ……」

おごうは、ゆったりと笑った。

「それじゃ、今日、殿のお心の中に誰も気がつかないはずですわ」

無邪気に言ってのけた。

「うん、それもそうだな」

与九郎は、すなおに言った。

「これは俺だけの楽しみよ。このみごとさをひとりじめにしておきたかった。だが……」

ためらってから、

「おごう、今日はそなたにも見せてやる気になった。だから――」

最後は一気に吠えた。

「そなたも、好きになれ！」

おちかは全身の力がぬけてゆくのを感じた。

——これ以上聞く必要はない。

と思った。

泣き笑いとはこのことであろう。どうやら、慌てもののおちかは、しないでもいい心配をしつづけて来たらしい。

——与九郎さまは姫さまをお気に召さぬのではないか。

——家臣たちは、先代と似ても似つかぬ不器量な新大野御前を、軽蔑の眼で見るのではないか。

と、一人相撲をとって来たのだ。

が、げんに与九郎はおごうを嫌うどころか、彼自身の秘密の城ともいうべきこの物見櫓に連れて来ている。これは一風変った彼らしい愛情の表現にほかならないし、さっき対面をすませた海の男たちも、おごうの不器量に軽侮の色を見せるものは、一人もなかった。

——私は、ひとりおろおろし、取りこし苦労をしていたのか。

ちょっときまりの悪い思いをしながら、おちかは階段を降りた。あとは誰にも気づかれずに、自分の居間に辿りつきさえすればよいのである。

が、おちかは帰るとしても、われわれはここでもう少し若い夫婦を眺めていてもいいのではないか。

いま、海の夕焼けは最頂点に達している。薄くひろがった雲に反映した残照は、空いっぱいに紅色の紗《しゃ》を投げかけたようである。しかもその紗は、たえず揺れ動く。大気の中で微妙に屈折し、黄金《きん》、橙《だいだい》、茜、紫と、刻々色調を変えてゆく。

目くるめくばかりの、その輝きの中に、白無垢の二人はいる。おごうはすでに裲襠はまとっていなかった。

「おう、おう」

色彩が変る度に、与九郎は声をあげた。まるで生れてはじめてそれを見るような驚きをこめて、彼は叫ぶのである。潮焼けしたその頰には、原始人が自然の驚異に接したときに似た、一種おごそかな感動があった。

「なんとみごとな眺めか」

やや空の輝きの薄れはじめたとき、彼は溜息とともに言った。

「俺はこれを見ると、夢がふくれあがってくるんだ」

言いながら、おごうをじっとみつめた。

「いつかは、俺も、あの海の果てに行くんだ、ってな」

それから、彼の口調は少し静かになった。

「おごう、そなたは、南蛮人を見たことがあるか」

「いいえ」

「俺は都へ行ったとき、見たことがある。髪の毛の赤い、眼の玉の蒼い、鼻の先のひん曲った、妙なやつらだ。が、その妙なやつらはだな、千里の海を越えて、ここまでやって来た」

「……………」

「ひどく大きな船だそうだ。俺はそれを見てはおらんが」

「……………」

「俺もそういう船を作りたい。そしてこの大海に乗り出して、やつらの国まで行ってみたい」

「……………」

「やつらのできることが、どうして俺にできないことがあろうぞ——と、まあ、これが俺の夢なんだ」

最後はやや照れくさげだった。

「だから、おごう、そなたも海に馴染んでおけよ。さもないと、そのとき、連れて行ってやれぬ」

「まあ、この私を」

「そうとも」

それから、声を低めた。といっても大きな地声は、あたりには全部筒ぬけだったが

……

「それについてな、今宵は、じつは趣向がある」

いうまでもなく、与九郎の趣向とは、舟であった。

その夜、彼はおごうを連れ、こっそりと浜を降りた。従うものは、数人の近習とおちかだけ。近習たちは、いずれも二十歳前後の屈強な若者で、与九郎とおごうの前後を守るようにして、足早に浜辺を横切ってゆく。

——待ってください、待って。

おちかは、必死でその後を追った。

が、急ごうとすればするほど、砂浜というものは、まことに歩きにくいものだ。いくら力を入れても足は砂にめりこむばかりで、気はあせっても、なかなか早くは歩けない。潮の音が、にわかに強く迫って来る感じである。あたりの暗さと静かさが、そう思わせるのであろうか。

男たちは灯もつけない。それでいて、まわりを見まわすでもなく、無言でほとんど一直線に、歩いてゆく。

やがて、昨日乗って来た船が引きあげられているあたりに出た。同じような型の小舟がずらりと並んでいるのに、その一つ一つをたしかめるふうも見せず、彼らはためらいなく、一隻の小舟に近づくと、海のほうへ向って、ぐいぐいと押しはじめた。

波打ち際まで来ると、手早く船べりに細い板がかけられた。与九郎はおごうの手をとって、これを渡ってゆく。つづいて、おちかを乗せ、ばらばらと男たちが飛びのったかと思うと、もう舟は波に揺られはじめていた。

まったく、あっというまもないほどの手早さであった。

やや岸を離れたところで、はじめて灯がともされた。

「どうだ、乗り心地は？」

おごうに向って与九郎はたずねた。

「はい、何だか心もとのうございます。畳に坐っているようなわけにはゆきません」

おごうが、正直に答えると、

「あは、は、は」

与九郎は、おもしろそうに笑い、

「そりゃそうだ。が、そのうち、じきに馴れるさ」

それから、ふと、まじめな顔になった。

「この舟には、いろいろ仕掛けがあってな。みんな俺が考え出したのさ。これまでの舟より、ずっと足が早いかわりに、ちっとは揺れる。しかし、沈みはせぬ。いわば、これは――」

言いさして、灯に浮きでた顔に、ちょっと照れたような笑みをにじませた。

「俺のもう一つの城だ」

なるほど、そうかもしれない。

いや、むしろ彼にとっては、大野城の本丸に坐っているときよりも、この舟に乗っているときのほうが、気分爽快であり、大きく胸を張れるのではないか。

なにしろ大野は、まだ石垣積みもない小城だが、この舟は、小さいながらも、この辺きっての快足を誇る新鋭船である。

「酒を持ってこい」

彼は近習に命じ、おごうにも盃をとらせた。

「もっとも、足が早いだけでは、大海を乗りきることはできぬからな。勝負はこれからよ」

早くも南蛮人の船に匹敵するものを頭に描いているらしい。ところで南蛮人たちは、日本の船をどう見ていたのか――。ちょっとおもしろい証言が残っている。

ルイス・フロイスという宣教師がいる。一五六三年に日本にやって来てから三十年あまりを、ほとんど日本ですごし、当時の社会や風俗について、貴重な報告を残していってくれた。田中健夫氏の紹介によれば、日本の船についての報告の中には、こんなのがある。

「われわれの船の多くは単に帆を使用するだけであるが、日本のは櫂《かい》で漕がれるのが普通である」

「われわれの小舟は船尾が高く、船首が低くなっているが、日本のは船首が高く、船尾が低い」

「われわれの水夫は船漕ぎのとき櫂を水から外にあげるが、日本人水夫は常に水中で漕いでいる」

もちろん与九郎は、こんな報告書の書かれたことも知らないし、南蛮船じたいを見たことがなかったが、フロイスが日本の船にいだくと同様な、いや、それ以上の関心を彼らの船に対して持っているようだ。

が、まだ、彼は年も若いし、財力も乏しい。さしあたっては、海に浮かんだ、この小さい城が、第一の拠点である。そして、今宵の彼にとっては、花嫁を迎えた奥座敷であり、ここで酌みかわす盃こそ、心からなる祝宴のそれであったかもしれない。

「さあ、飲め飲め」

陽気に彼はこう言い、近習たちにも気さくに酒を注いでやった。

「そなたも飲め」

時折はおごうにもそう言う。

舟の中が大分賑やかになって来たとき、ふと思い出したとみえて、

「おお、そうだ」

大きくうなずいた。

「おごう、そなたにつかわすものがある」

「まあ……」

与九郎に眼配せされた近習の一人が、大きな絹の包みを、恭しく捧げて来て、おごうの前に置いた。

「何でございますの？」

おごうは重たげな瞼をあげた。

「あけてみてくれ」

「はい」

おごうの手で包みがとかれたとき、中から美しい小袖が出て来た。

「まあ……」

大きな朱色の横縞がところどころに入って、その間に、春の野の草が描かれている。花の間に金泥を散らせたその衣裳は、今となっては、やや古風ではあるが、それだけに一種の格調の高さがあった。

小袖を手にしていたおごうが、ゆっくり瞼をあげて、与九郎を見た。

「これは？……」

「そなたにやろう」

少しぎごちなく、与九郎は言った。

「まあ」

線の太い、荒削りな海の男に似合わしからぬ心づかいに、おごうは少なからず、びっくりしたらしい。

「これを下さるのですか」

「そうだ」

大声で言ったとたん、与九郎は目鼻をくしゃくしゃにさせた。

「母上のおかただみだ」

「………」

「俺は父上の顔を知らぬ」

与九郎はぽつりと言った。

「物心つくとき、すでに討死しておられた。まもなく母上もわが家を去って、別の家に嫁がれた。その母上も今は世にない。そして、俺はそなたを見たとき――」

与九郎はじっとおごうを見た。

与九郎は、まだおごうをみつめている。分厚くて男らしい決断力を感じさせる唇は、次の一言を言おうか、言うまいか、というふうに、奇妙なためらいを見せたまま、閉じられている。

が、次の瞬間、その口許が、ひどくあどけなくなった。城主という肩書をはずして、たった十八歳の少年の素顔がのぞいたと言ったらいいだろうか。子供のように口をとがらせて、彼は言ったのだ。

「そなたを見たとき、ふと、母上のことを思い出したのさ」

おごうは、首をかしげるようにして、その口許をみつめている。

「おごう」

呼ばれて、ゆっくり唇が動いた。

「はい」

「そなた、母上に似ている」

その一言を、おそらく、おごう自身よりも奇妙な思いで聞いたのは、おちかではなかったか。

今の今まで、いかにおごうが与九郎の母のお犬とちがうか、そのことを気に病んでいたのに、思いがけないことを耳にしたものだ。

——まさか、このおごうさまがお犬さまに似ているなんて……。そう言っていただくのはうれしいけれど、でも……

ひどくこそばゆい思いがする。と同時に、この年若い殿さまの眼はたしかなのか、などとかえって不安にもなってしまう。

が、これは、いささか、おちかの早のみこみというものであった。よく注意して聞けばすぐわかるのだが、彼は、「母上に似た美人だ」と言っているわけではないのである。

「似ている……」

与九郎はもう一度くりかえした。

「幼心に憶えている母上は、そなたのように、ゆるりとした物腰でおいでだった」

「……まあ」

おごうが、ゆっくり口を開いてそう言うと、

「それそれ、ものを言われるときも、そんなふうでな。口数の多い方《かた》ではなかった」

与九郎は嘆じるように言って、おごうをみつめた。いや、みつめるというより、その顔には、おごうのその声に聞きほれているような、かすかな放心があった。口許には、さっきのあどけなさがまだ残っている。童子のようにやわらかいその唇から、おちかは急いで眼を逸らせた。荒削りなこの若者の底にあるものを見た思いがしたからだ。そしてそれは、長い間眼をあわせているには、眩しすぎるものだった。

そのとき、その唇が動いた。

「それゆえに……」

ふと与九郎は恥じらいを見せた。

「……その小袖は、そなたにやろうと思ったのさ。母上の、いちばん好きだった小袖のひとつだ」

幼くして母を失った少年は、知らず知らず、相手になる女性の中にそのおもかげを求めるものだ。が、与九郎のそのときの心情を笑いすてることはできないだろう。むしろすなおにそれをさらけ出して見せるところに、彼の素朴な勁《つよ》さがあるともいえる。

彼は言った。

「おごう、それを着てみないか」

その小袖は、たしかに古めかしかった。

後に安土桃山時代といわれるようになったそのころは、日本人の服装が、いちばんはでに、きらびやかになった時代である。

それまでの常識を打ち破った、あっというようなデザインの衣裳が次々と現われた。その賑やかなことは、おそらく現代以上ではなかったか。

それに一段拍車をかけたのが南蛮もの、つまり西欧ものの渡来だった。信長とか秀吉といった連中までが、争ってこれをとりいれ、真っ赤なラシャの陣羽織などを、これ見よがしに着て歩いた。

したがって、流行は目まぐるしく変ってゆく。お犬の愛した小袖も、十年前には、先端をゆく斬新なものであったかもしれないが、今の眼には、何とも古風で地味なのである。

おごうは、与九郎に言われるままに、その小袖を肩にかけた。

「うん、いい。なかなかいい」

与九郎は、満足そうにうなずいた。

お犬にくらべて、数段器量の劣るおごうには、それは決して似合ってはいなかった。しかし、これまでのどの衣裳よりも——秀吉のくれた当世ふうの例のはでな小袖や、織田信雄が、押しつけがましく贈ってくれた、金のかかった小袖よりも、おごうにはふさわしい感じだった。今となってはひかえめに見える、その柄ゆきが、おごうの人柄にぴったりなのだ。

「そうやっていると、母上がおいでになるようだ」

が、あとになってみれば——

この日の彼のこの言葉は、無意識のうちに、佐治家の中における、おごうの運命を言いあてたものであったが……

いや、今はその詮索は不要であろう。

「さあ、酒だ」

与九郎の声に、舟の中は、一段と賑やかになった。

「おごう、そなたも飲め」

「はい」

おごうは、ゆったりと盃をさしだすと、つがれた酒を静かに飲みほした。

「もう一杯どうか」

「はい」

「ついでやれ」

与九郎は、近習をかえりみた。

「おちか、そなたも飲め」

「恐れいります」

おちかは手をつかえた。

「私は不調法でございますので」

「まあ、そう言わずに飲め。今宵は祝いの宴だ」

そのとおりである。昨夜から今日にかけての固苦しい儀式とはちがった、このささやかな宴こそ、与九郎とおごうの、本当の祝宴なのだ、とおちかは思った。

――これでやっと姫さまも、落着きどころを得られた……

そっとおごうを見やった。

おごうは、さされるままに酒をうけ、ゆっくり口許に運んでいる。大分盃を重ねた気配なのに、いっこうにその態度は変らない。

「ほう、そなた、いける口だな」

「……そうでございましょうか。生れてはじめて飲みました」

与九郎に言われて、おごうはほのぼのと笑った。

博多ねりぬき

大野城の新夫婦の間には、しばらく、平穏無事の日が続いた。これは、一つには、秀吉と家康の間に暗黙の妥協が成立し、濃尾の地に一応の平和が訪れたからでもある。

その間も、与九郎は舟の改造に余念がない。

どうしたら、より早く海の上を走れるか。

どうしたら、大しけの海でも転覆しないか。

どうしたら大洋を乗りこえて南蛮の国にまでゆけるか……

そして、空と海が美しく焼ける夕方には、必ず城の物見櫓に上って、

「おお、なんとみごとな眺めか」

吠えるがごとき嘆声をはなつのである。

こんなとき、彼は、たいてい、おごうを伴っていった。まるで生れてはじめて夕焼けを見るような、大げさな感嘆ぶりに、もうおちかは驚かなくなっている。

最初はふしぎに思い、

——一人前の男が、まあ、なんと、子供のように……

と呆れもし、

——殿さまは、少しおかしいのではないか？

と気を揉みもしたが、そのうち彼の無邪気さの底にあるものがおぼろげながら、わかって来たからだ。

世俗にまみれてしまった人間が、とっくに失ってしまった原始の人間の魂のおののきのようなものが、この若い海の男の中には、息づいている。

海とか、夕焼けとかいった自然のすがたに触発されたときに、これに響きあって叫べる何かが残っているということは、稀有のことだといってもいい。

「俺は位も土地も欲しくはない」

夕焼けを見ながら、与九郎はよくそう言った。

「この海がありさえすればいい。いつかはこいつを乗りきってやるんだと思うとな、一尺や二尺の土地なんかどうでもよくなってしまうんだ」

じじつ、彼は、他の武将のように、安土や大坂の城を見習って、石垣を築こうとか、白漆喰《しっくい》の、見てくれのいい天守を築こうという欲はないらしかった。

この海へのあこがれを、漠然たる若者の夢だと笑いすてることはできないだろう。すでにこれよりほぼ百年前の一四九二年、コロンブスは新大陸発見のための船出をしているのだから。

おもしろいことに、このときのコロンブスの真の目的は、大海の彼方にある黄金の島、ジパングを発見することだった。ジパングすなわち、ジャパンは、そのころそんな島だと考えられていたのである。

してみれば、ジパングのひとりの若者が、その逆を夢みることも、あってもよいではないか。

しかも、このとほうもない夢を持った男の側に坐らせてみると、おごうがふしぎなくらい似合いの花嫁であることに、まもなくおちかは気がついた。例によって、おごうは口が重い。が、この大野の城に来て以来、たしかに、のびのびとした無邪気な笑顔を見せることが多くなった。結婚後いくらも経っていないのに、彼らの間には、早くも何か通じあうものが生れたらしい。乱世には稀な無邪気な魂どうしが、吸いよせられるように、二人は融けあい、二人だけの道を歩みはじめたようである。

与九郎も口数の多いほうではなかったが、それでも舟のこととなると話は別で、技術的なことなど何ひとつ知らないおごうに、飽きもせずいろいろと説明してやっている。すると時折おごうは、とんでもない質問をする。が、その素人っぽい問いに答えている最中、

「おお、そうだっ!」

突如、与九郎が大声でわめくときもある。話しているうちに、新しい考案が頭に浮か

ぶらしい。と、おごうはそっちのけで、与九郎は舟のおいてある海辺にどんどん走ってゆく。そんな夫をおごうは微笑して見送るのだ。

かと思うと、たまには、おごうのほうで、ひょいと例の百面相をやって見せる。

「これが信雄さま……」

兎に似た顔付をすると、

「ふうむ、なるほど」

与九郎はころりと感心する。

「これはおわかりになって？」

おごうが秀吉のまねをしてみせると、

「うへっ、こりゃ、そっくりだ」

腹をかかえて与九郎は大笑いする。とうてい政略結婚で結ばれた夫婦とはみえない。

油断のならない戦国の渦中から、二人は奇蹟的に隔離されている感じであった。

大野の城に平穏をもたらした秀吉と家康の妥協は、しかし、あまり長続きはしなかった。表面矛先《ほこさき》を交えることはなかったが、両者の間に見えざる戦いが、またもや始まっていた。そしてこの戦いに関するかぎり、家康はどうも分の悪い立場にあった。

まず、信州上田の真田昌幸を攻めたときのことだが、戦さ上手の家康が、どうしてもこの城を陥《おと》せなかった。昌幸もなかなかしたたかだったが、秀吉が陰に陽にこれを助けたために、涙をのんで兵を退けざるを得なかったのである。

与九郎とおごうの結婚したその年——天正十三（一五八五）年の末近くになると、さらに家康と秀吉の仲を悪化させるような事件がおこった。家康の重臣の一人、石川数正が、突然、三河岡崎の居城を出奔して、秀吉の許へ走ったのだ。

今でいえば、社員のひきぬきのようなことを、秀吉はこのほかにも時々やっている。自分に敵対しそうな大名の家来をわざと褒めあげ、

「わしから直接、領地をやろう」

などと言って恩を売り、主人から引き離してしまうのである。が、今度の石川数正の場合は、さらにショッキングだった。

「なに、数正めが逃げたと」

さすがの家康も、これには顔色を変えたらしい。

——猿め、力ずくではかなわんと思って、嫌がらせに出おったな。

それかといって、正面切ってことを構えるのが得策でないことは、家康自身、わかりすぎるほどわかっている。

と、秀吉は、わざと知らんふりをして、家康の入京を促して来た。

「何だって？　この上、俺に頭をさげに来いというのか」

家康は、浜松城に部下を集めて協議した末に、きっぱりこれを断ってしまった。

——さては、また、戦さか。

濃尾の野には緊張した空気が漂いはじめた。

その気配が、大野の城にも伝わって来たのは、年があけて早々のことである。清洲の織田信雄の城から、慌しい使がやって来たのだ。

さしだされた書状に目を通すと、与九郎は、おごうをかえりみた。

「支度を」

「御出陣でございますか」

「いや、なに」

小人数の供を連れて、舟に乗って出かけていったが、十日ほど経つと、ひょっこり戻って来た。

そんなことが、ものの二、三度も続いたろうか。何回めかに帰って来たとき、

「今度は、新しい肩衣《かたぎぬ》を用意しておいてくれ」

ぼそりと言った。

「御上洛ですか」

おごうが聞くと、与九郎はおもしろくもなさそうにかぶりを振った。

「嫁入りじゃ」

「嫁入り？　どなたの」

「……………」

しばらく黙っていてから、

「関白どのの妹じゃ」

与九郎は、うっそりした顔付でこう言った。

関白とは、もちろん、秀吉のことだ。その前の年の七月、彼は従一位、関白に成り上っている。

「……でも、関白さまのお妹さまなら」

側にいたおちかは思わず口を挟んでしまった。

「もう、とっくにお嫁にいっていらっしゃるではありませんか」

秀吉の妹、朝日はこのときすでに四十四歳、いまさら、嫁にゆくのなんのという年頃ではない。いや第一、彼女はすでに人妻である。なのに、与九郎は、首を振る。

「いや、それが、もう一度、嫁入りをしなおされる」

「じゃ、おつれあいでもなくなられて？」

「そうでもない」

「なんと、奇妙な……」

たしかに、それは奇妙この上ない「嫁入り話」だった。

すでに四十四歳にもなっている人妻を、わざわざ離婚させて、もう一度嫁入りさせる——それだけでもおかしな話だが、その嫁入り先を聞くに及んで、おちかは、あいた口がふさがらなくなった。

秀吉の宿敵、徳川家康——

そこに朝日は嫁ぐのだという。政略結婚の珍しくなかったその時代とはいえ、これほど露骨なケースも少ないであろう。

秀吉は、それまで、さんざん家康に嫌がらせをしてみたものの、相手がいっこうに音をあげず、むしろ態度を硬化させて来たので、手の裏をかえすように、今度は和解策をとって、自分の妹を押しつけることにしたのである。

しかも、おあつらえむきに、家康にはこのとき正妻がいなかった。もちろん側室は何人もいたが、正妻築山どのは、織田信長に文句をつけられ、ずっと以前に、非業の死を遂げている。

彼女はもともと今川氏ゆかりの人間なので、武田方に内通していると見られたのだが、このとき、家康は、自慢のわが子、信康をも失っている。そもそもこの事件の火つけ役は、信康のところに嫁いで来ていた信長の娘の徳姫で、姑と夫が武田へ内通していると実父へ密告したことから、家康は重大な危機に追いこまれてしまったのだ。

当時の家康は、まだ信長に対抗し、その手を振りはらうだけの力はなかった。彼は強硬な信長の申入れに屈し、妻と息子を犠牲にしなくてはならなかった。

もともと、築山どのも、今川家から政略的に押しつけられたものだし、そこへ、織田家から、息子の嫁として徳姫をさらに迎えたことから生れた悲劇であろう。

それにくらべれば、今度の結婚は、政略的とはいうものの、いささか喜劇的な要素が強い。いま秀吉が喉から手が出るような思いで望んでいるのは、家康が上洛して、臣下の礼をとってくれることだ。そのためには、自分の妹を、結婚という名目で人質として送りこもうというのである。意図が見えすいているだけに、どうやら物ほしげな卑しさがついてまわっている。

しかも、この珍妙な縁談の橋渡しをしたのが、ほかならぬ織田信雄だった。世にもおめでたいこの男は、秀吉から、

「よしなにお頼み申す」

と言われると、例によって、兎のように鼻をぴくつかせて、

「俺が出なけりゃ、やはり、天下はおさまらぬとみえる」

まるで、秀吉や家康より一段上の人間であるかのように、いい気になって、ひょこひょこ三河の岡崎にいる家康に会いにいった。

——あ、それで、なるほど……

正月以来、信雄からの使をうけて、与九郎がしばしば出かけていったのも、そのためだったかと、おちかはやっと合点がいった。

「それで、御婚儀は、きまったのでございますね」

「うむ、どうやら、結納ということになりそうだ」

用意された新しい肩衣をつけて、与九郎が大野城を出たのは、数日後だった。信雄から派遣される羽柴雄雅、土方雄久らが三河の吉田へ発つのを見送るためである。

羽柴雄雅らはここで酒井忠次に会い、彼に伴われて岡崎城にいる家康に謁し、ここで

正式に婚約がきまった。

家康からの結納の使に立ったのは榊原康政であった。

一方、副田与左衛門という男に嫁いでいた秀吉の妹、朝日は、このころまでに夫と離別させられて大坂城にひきとられていた。ここで嫁入りの支度をととのえた彼女は、その年の五月、聚楽第《じゅらくだい》に入り、母親の大政所らの見送りをうけて三河へと出発した。

嫁入り行列は、例の貝桶を先頭に、輿十二梃《ちょう》、釣輿十五梃、従う女房、従者百五十人という壮観なものであったらしい。

一行の指揮にあたったのは、浅野長政——秀吉の正妻、おねねの妹婿である。このとき、仲人役の織田信雄の配下からも織田長益、羽柴雄雅らが行列に加わった。

大野城の与九郎も、行列にこそ加わらなかったが、一行が、信雄の領内である尾張を通過する際はこれを出迎えたり、警固の役にあたったり、慌しい日をすごした。

「なにしろ、祭のような騒ぎでなあ」

与九郎の供をして帰って来た侍たちの噂話から、おちかは、その嫁入り支度が、おごうの場合とはくらべものにならないほど豪奢なものであることを知った。

「長持なんかは、いくつあったか数えきれなかったものなあ」

「うん、それもみんな金蒔絵でよ」

高声にしゃべり散らすのを聞くたび、

——まあ、姫さまのときには、けちな裲襠しか作ってくれなかったのに……

内心、あまりいい気持はしない。

もっとも、与九郎は、荷物の数などには、あまり眼をとめていなかったらしい。

「おみごとなお支度だったそうでございますね」

おちかがたずねても、

「うん、そうだったかな、そういえばそうかもしれぬ」

ぶっきらぼうな返事がかえって来るだけであった。

大げさな支度に飾りたてられた古嫁御寮は十一日三河池鯉鮒《ちりふ》に着き、翌日吉田で身支度をととのえて、十四日、四十五歳の古婿どののいる浜松城へ、無事嫁入りをすませた。

「やれやれ」

ふたたび尾張を通って都へ戻って行った浅野長政らの顔には、そう言いたげな色があった。そんな一行を見送ってから、大野へ戻って来るなり、与九郎は珍しく息せき切って式台をあがると、出迎えたおごうの肩をポンと叩いた。

「おごうよ。またも嫁入りだ」

「まあ……どなたの」

ゆるゆると顔を見上げるおごうに、彼はわめいた。

「そなたの姉よ。お初どのよ」

お初の嫁ぐ相手は京極《きょうごく》高次であった。京極家といえば、近江源氏の後裔《こうえい》と称する名門だ。

「今日、浅野長政どのに、ちらりと聞いたのだ。何でも、関白（秀吉）のお肝煎りだそうだ。二人はいとこどうしだから、ちょうどよかろうとか、おっしゃったそうな」

お初は長政の娘、高次は長政の妹が京極家に嫁いで儲けた息子だから、まさしくいとこどうしである。

——まあ、こんどはお初さまが、お輿入れですって。

話を聞いたとたん、おちかが思い出したのは、おごうが先に嫁ぐときまったときの、姉たち二人の嫌がらせの数々だった。

あのとき、揃って、底意地の悪い嫌がらせをした二人は、今度はどんな顔をして向いあっていることか。

——できれば、飛んでいって、そっと襖の蔭からのぞいてみたいような……

おちかは、首をすくめたくなる。

——したたかな、お茶々さまのことだから、めったに弱みはお見せになるまいけれど……

お初の嫁入り支度を調えてやりながら、彼女は言うにちがいない。

「まあ、ほんとによかったこと。そなたの身の行く末がきまれば、もう私の心配はなくなります」

すかさず、お初も、あのはでな顔立ちをほころばせて、しなを作って頭をさげるであろう。

「ほんとうに、お姉さまには、お世話をおかけしてまいりました。でも、おかげさまで……」

　そのくせ、内心では赤い舌を出して、毒づいているにちがいないのだ。

——へえ、私のこと心配していてくれたっていうの。大きなお世話だわ。それより、御自分のことでも心配なさったらどうなの、嫁《い》きおくれにならないうちに。

　もちろん、お茶々は、お初の腹の底は百も承知で、知らぬ顔を装って、華やかに微笑む。

「それに京極家とは、血続きだもの。高次さまとなら、お似合いよ」

　ということは、翻訳(?)すれば、

——どうせ、親類でもなけりゃ、あんたのことなど引取り手はいないのよ。

　ということだ。こうなればお初も負けてはいないだろう。

「高次さまは、ときどき清洲にもおいでになりましたわね」(清洲では、お姉さまもお会いになったはず。でも、あの方は、どうやら、お姉さまより、私のほうがお気に召したらしいわね)

「そうね。高次さまのお家はお家柄もいいし……」(昔はよかったかもしれないけれど、今はすっかり落ちぶれているじゃないの。それに高次って男はいつも、ドジばかり……)

　お茶々にそんな眼をされたら、お初は一言もないだろう。

たしかに高次は要領が悪い。いや要領よく立ちまわろうとして、いつも失敗する困った男なのだ。決してグズではない。むしろ力がないくせにヤマ気が多すぎるのがいけないのである。

彼の夢は京極の家に昔日の栄光を取戻すことだった。

――そのためには手段は選ばぬ。何だってやる。

と、いっぱしのマキャベリストを気取るのだが、これがいつも失敗に終ってしまう。たとえば、天正十年、織田信長が明智光秀に殺されたとき、

――好機到来。

とばかり光秀についてのしあがろうとして失敗し、あちこち逃げまわらねばならなくなっている。これなどは、先の見えない彼のおっちょこちょいぶりをしめす見本ともいうべきだろう。

このときは、彼の姉が秀吉の側室になったので、その袖にすがってやっと死をまぬがれたものの、いまだに、数千石の身代でうろうろしているていたらくなのだ。

多分、お茶々は、お初の前で、チクリ、チクリと高次の無能さをほのめかすだろう。その場に居あわせなくとも、おちかには、姉妹の間のただならない雲行きが、手にとるようにわかるのだ。

姫さまのお輿入れのときはまだしもましだったかもしれない。なにしろ嫁ぐのは一人、残るのは二人だったから、残った二人で気のすむだけ悪口でも言っていればいいのだも

の。

ところが、今度はそうはゆかない。残るのは一人である。しかも年上のお茶々が——美貌でも才気でも、妹にひときわまさる姉が後れをとって残るのである。

——あのお茶々さまに、骨にしみとおるような嫌がらせをされて、お初さまは、どうなさることか。いや、あれでなかなかお強い方だから、負けてはいないだろう。

愛嬌たっぷりの微笑を湛えて姉の親切に感謝すると見せかけて、濡れた唇のあたりに、大名の娘とは思えない、危うげな色気をひょいとのぞかせ、

——何とでもおっしゃい。お姉さまは、そんな「だめな男」からもお声がかからないのよ。やっぱり女の勝負は私の勝ち。

一見無邪気そうに見える瞳の底に、そんな意地悪な光をちらつかせているのではないだろうか。とすると、お茶々のほうもまた……

際限もなくひろがってゆくおちかの想像は、おごうの声で断ち切られた。

「おちか」

「は、はい……」

「殿さまのお召替えをお居間へ」

それは縫いあがって、おごうの部屋に届けられてあるはずだった。

「おたあにそう言って運ばせておくれ」

「はい、ただいま」

おちかは居間にとってかえし、蒔絵の乱箱に、藍色の匂うばかりな、新しい小袖を入れておたあに持たせ、与九郎とおごうの待つ奥の間に急いだ。

「間にあってようございました」

言いながら、おごうは、受取った小袖をひろげた。

与九郎は無造作に、それまで着ていた肩衣やら小袖を脱ぎすてる。それをかいがいしく畳むのは、おちかとおたあである。

日常のしきたりどおりのことをやったまでのことだし、そのときおちかが、傍らにいるおたあに、ちらと視線を走らせたのも、別に意識してのことではなかった。

いやそれは、視線を走らせるというよりも、たまたま、眼をやったときに、そこにおたあがいたまでだといってよい。

が、そのとき、

「あ」

思わず、おちかは声をあげ、眼をこすりたくなった。

小袖を畳もうとして、わずかに及び腰になったおたあの腰に、忘れられない紅色の帯が、まつわりついているのを見たのだ。

——あの色……

——忘れもしない、あの深々とした光沢を持った紅色……

おごうの輿入れに従って清洲の城へ泊ったとき、御園市場で会った、ちくぜんという奇妙な商人の持っていた天竺渡りのびろうどとかいう布ではないか……

女の眼の底に焼きついた、あの色と光沢。

びろうどと呼ばれたその布を、よもや見忘れるはずはなかった。

博多からやって来た旅の商人だと言った「ちくぜん」が、女の心をそそるように見せびらかしたあの布を、なぜ、おたあは、平然と身につけているのか。

年の割に、むっちりとした、おたあの腰に、まつわりつくようにして、その紅色は揺れている。

それにしても――

ちくぜんというあの男、いつの間に、大野へやって来たのか。忘れてしまっていた亡霊か何かが、ふいに眼の前に現われて来たように、おちかはうろたえた。

その間におたあは、器用に小袖を畳んでしまっていた。

「では……」

一礼して、与九郎たちの前を退くと、おちかは、たくみに道を譲って、乱箱を捧げたおたあに先を歩かせた。

ひた、ひた……

かすかに足音を響かせて、おたあは廊下を歩いてゆく。腰を後ろに突き出して、ゆっくり振る歩き方は、ひどく挑発的なものを感じさせる。上体が細くて、やや長く、腰がくびれて急にふくらんでいるのを見て、

——この娘、肉づきはいいけれど、何だか蜂やかまきりみたい。

おちかはふとそう思った。もっとも人間には、けものを連想させるタイプと、昆虫を連想させるタイプがある。けもののほうは、文字どおり肉感的であるが、隠微にセクシュアルなものを感じさせるのは、むしろ昆虫型に多い。とすれば、おちかは、女の直感で、おたあのからだの中にひそむものを、嗅ぎあてていたことになろうか。

その突き出た腰の上で、例のびろうどの細帯は、かすかに揺れている。

それから眼を離さずにいるおちかは、しぜん清洲でのことを思い出すことになった。

あのとき、ちくぜんは言った。

「あんたのような人に買ってもらおうと思ってね」

「いや、もっとはっきり言えば、あんたに買ってもらおうと思ってね」

「ほんとのことを言えば、ただでやってもいいと思ってるくらいだよ」

ぐいぐい近づいて来たちくぜんの匂いまでが、思い出される。そして、彼は言ったのだ。

「ただでいいぜ。とにかく仲よくしてくんないかな」

——そうすると、この娘は、ちくぜんと「仲よく」したということなのか……

後ろに突き出したおたあの腰がしきりに揺れる。それが、ひどくおちかには眩しい。

それにしても、なんという執拗さであろうか。ちくぜんは、またもや、おごうの身辺にまつわりつきはじめたのだ。

みずからは、博多の商人と称する彼だが、ほんとうは何者なのか。ただの商人にしては、しつこすぎる。やっぱり、関白秀吉からのひそかな監視役なのか。

とつおいつ考えているうちに、おごうの部屋に来てしまった。退《さ》げて来た衣服を始末したあとで、おちかは、さりげなく、おたあにたずねてみた。

「いい帯ですね、おたあどの」

「ああ、これですか」

おたあは無造作に言った。

「びろうどっていうんですって」

びろうどという言葉を、おたあは、猫が喉を鳴らすような甘ったるさと、これ見よがしの優越感をちらつかせながら舌にのせた。

が、ここでは、何も知らぬ顔をすることが、かんじんである。

「へえ、珍しい布地ねえ」

おちかはしらばっくれて聞いた。

「ええ、なんでも、天竺渡りなんですって」

おたあは、見せびらかすように腰をひねった。

「まあ、天竺渡り？」

大げさに驚いてみせる。

「どうりでねえ、このへんでは見かけない布地だと思った。どこで見つけたの」

じわじわと輪を縮めてゆくつもりでたずねると、おたあもさるものである。にこにこ笑うばかりで、すぐは答えようとはしない。

――ふん、答えないつもりかい。よおしそれなら……

「どこにでもある布地ではないでしょう」

なおも、しつこく聞くと、

「ええ、この間、お城を退って買物に行きましたとき、市場で」

簡単に白状した。

「まあ、大野の市場にも、気のきいた商人がいるのね」

「ええ、なんでも、博多から、知りあいの商人をたずねて来たとかいう人でした」

――それ、それ。やっぱり、ちくぜんにちがいない。

が、その人間のことは深追いせずに、別のことをたずねた。

「へえ、そうなの。でも、こんな珍しいものだったら、よほど高くとられたでしょうね」

「…………」

おたあは、ちらりと笑った。ひどく満足げでもあり、人をからかうような笑いでもあった。

「どのくらい、したの」

焦らすように、ちらりとおちかを見ては、すぐ目を逸らせる。

——ここで、こっちも、それを欲しそうな顔をしてみせなくちゃいけない。

気がついて、おちかは、おたあに、にじり寄って、その帯にさわってみた。

——まちがいない。あの日、ちくぜんが、私の前にちらつかせたあの布だ。

たしかめておいてから、わざと声をひそめ、大まじめに聞いてみた。

「ね、どのくらいするものなの」

くすりとおたあが笑った。

「知らないんです、私」

「え？ だって、あんた、これを買ったんでしょう」

「いいえ」

「じゃあ、どうして？」

と、無造作におたあは言った。

「もらったんです」

「まあ……」

ますます大げさに、驚いて見せた。

「だって、あんた。天竺渡りの、この布を、ただでもらったの？」

「ええ」

「まあ……若くて、きれいな人はとくだこと」

「あら、そんなこと」

口ではそう言うものの、まんざらではない様子はありあり見える。が、そんなおたあに腹を立てるよりも、今のおちかは、手を拍《う》って飛びあがりたいくらいである。

――そうれごらん、阿呆な娘め、うかうか白状しちゃった。

おちかは、知らんふりを装って、もう一度、念を押した。

「ほんとに、その商人は、おたあどのに、この布地を、ただでくれたんですね」

「ええ」

おたあは、ごく簡単にうなずく。

――ふ、ふ、ふ。まんまと、あの男に丸めこまれてしまった。

このあたりが、自分とおたあのちがうところだ。あのとき、ちくぜんは、しつこく自分につきまとって来たが、とうとうその手には乗らなかった。

目の前のおたあは、優越感をくすぐられていい気になっているが、むしろ鼻を高くして、相手を尻目にかけたいのは、こっちのほうなのである。

――あんたはいったい、あの男の正体を知っているの？

――甘い顔をして近づいたかもしれないけれど、あの男は、もしかすると、あんたの御主人の織田信雄さまにとって油断のならない競争相手の、関白秀吉公からの、まわし者かもしれないのよ。

かんじんの信雄からのお目付役が、秀吉からのまわし者に、まんまと丸めこまれたのだとすれば、このくらい愉快な話はない。

——まあ、そうなりゃ、こっちは高みの見物だけれど……

しかし、この尻軽娘のおかげで、あの正体のわからない、ちくぜんという男が、これから先も、姫さまの身辺でうろうろするということになっては、いささか迷惑でもある。この際、ちょっと釘を打っておく必要はあるだろう。

「でも、おたあどの」

年長者らしい威厳と、親切心をちらつかせて、おちかは声をひそめた。

「見ず知らずの商人から、そんないいものをもらって大丈夫ですか」

「………」

おたあは、その意味がわからない、といった顔をしている。

「男というものは、いいえ、特に商人なんてものは、抜け目がありませんからね。どうしてどうして、ただでものをくれただけですむものじゃありません。そりゃ、あんたのように若くてきれいな娘御には、気前よくものをくれたりするでしょうが、その底には、きっと悪い魂胆があるにきまってます」

「………」

「まあ、もらってしまったものはしかたがないけれど、これからは、あまり、その人間に近づかないことですね」

「………」

「そうでないと、あとで、とんでもないことになるかもしれませんからね」

「とんでもないことって？」

おたあは、むしろ幼稚な聞き方をした。眼を丸く見開いて、不審げにおちかをみつめている。

「男は魔ものですからね、親切そうに見せかけておいて、あとで、隙をねらって、むりやり言うことを聞かせようとしたりするものよ」

おたあの頰に、小波《さざなみ》のような嗤《わら》いがすぎていったのは、そのときである。

びろうどの値段を聞かれたときに見せた、高慢な、人をからかうような表情に、さらに輪をかけて、おちかを見下すような眼付をしたと思うと、こともなげに言った。

「なんだ、そんなことなの、そんなことだったら……」

聞きちがいではないかと思った。

少なくとも、それは若い娘の口から洩れるべき言葉ではなかったからである。

からだのある部分のことと共に、女が口にしてはならないこととして、暗黙のうちに、祖母から母へ、そして娘へと語りつがれているそのタブーを、おたあは、おちかの前で、ぬけぬけと破ってみせたのだ。

おたあは、それを、水を飲む、とか挨拶をする、といったような何気なさで口にした。

「なんだ、そんなことなの。おちかさま、それなら御心配なく。からだのことなら、とっくにすんじゃってるわ」

「………」

なんてことを……

しかも、それは、びろうどの布が欲しくて、おたあがからだを与えたとか、行きずりにおたあをもてあそんだ男が、なぐさみ賃に布を与えたというのでもないようだった。

「そんなふうには、私、はじめから考えてないの」

けろりとして、おたあは、おちかに言った。

「布をもらったことと、そのことは、はじめから別」

「………」

「寝たくなったから、私、そのひとと寝ただけ」

――なんですって、まあ……。

かえってうろたえたのは、おちかのほうだった。

横坐りしたおたあが、肉づきのよい膝を、かすかにゆすっているのは、無意識のうちに、その日の記憶をよみがえらせているのだろうか。

おちかはふと、目の前にいるおたあの裸形《らぎよう》を見ているような錯覚におそわれた。

おたあは、ややしどけなげに、膝を崩して横坐りしているだけなのに、乳房も腹も腰も、すっかり見てしまったような感じがするのだ。

ちくぜんという男とおたあは、いつ、どこで……

そういうことは、かいもくわからない。想像しようにも想像する手がかりさえもつかめない。

それでいて、そのときの、おたあのからだだけが、恥ずかしいほど鮮明に、おちかの眼裏《まうら》に浮かんでくるのである。

と、どぎまぎしているおちかをからかうように、おたあは、さらに言った。

「だって、ここじゃ、何もなくって、つまらなかったんですもの」

――おたあというこの娘は、いったい、どういう人間なのか。

と、同時に頭をかすめたのは、

――ちくぜんも、どうやら一本ぬかれたな。

ということだった。おちかは、辛うじて、その考えにすがって、態勢を立直そうとした。

――からだを奪い、布地を与えて喜ばせれば、もう完全にこっちのもの、と思っているかもしれないけれど……

さすがのちくぜんも、今度ばかりは目算がはずれたようだ。でも、男の自惚《うぬぼ》れも手伝って、案外彼は、そのことに気づいていないのではないか。

――とすれば、この勝負、まだついてはいない。

むりにそんな興味の持ち方をしてみようとした。

が、そのそばから、言いようのない嫉妬めいた思いが、からだのしんを突きあげて来る。さっきまでお茶々とお初の女の戦いを空想して面白がっていたおちかは、どうやら、今度は自分自身が身をさいなまれる番らしかった。

翌日から、おちかは、なるべくおたあのびろうどの細帯を見ないようにした。

それを目にすれば、胸の中が煮えたぎる。

——なんていう娘だろう。恥しげもなく、男と寝たことを口にするなんて……

ああ、しかし、見ないようにすればするほど、その細帯が、眼に飛びこんで来るのはどうしたわけか。

——まるで、あの娘は、私に見せつけようとして、わざとお尻を振っているみたい。

視線を逸らそうとして、かえって自分の頰のこわばっているのに気がつく。

——ああ、なんということ、十六、七の小娘にひっぱりまわされるなんて。

あんまりむしゃくしゃしたので、数日後の夕方、そっとお城をぬけだして、海辺へ出てみた。

ちょうど夕映えの美しい時刻だった。少し厚い雲が中空に漂っていて、それが、その日の夕映えの色を、やや翳りのあるものにしている。

——お城では、また殿さまが、姫さまをお連れになって、物見櫓へ上っていらっしゃるのではないか。

夕映えに向って両手を突き出して嘆声をはなつ与九郎と、重たげな瞼をあげて、静かにその光景に見入るおごうと……

――ほんとに、見れば見るほど夕映えというものは美しいものだわ。

やっと、このごろ、おちかは少し与九郎の心情がわかりかけて来ている。

――それに、夕映えは、やっぱり海……

と、そのときである。おちかの内心の呟きに答えるように、

「まったく、ここの夕映えは美しい」

すぐ後ろで男の声がした。

忘れもしない、ちくぜんのあの声であった。

ふりかえると、濃い眉の下の鋭い瞳が、じっとこっちをみつめている。

まるで城から出て来るのを待ちうけてでもいたような、ちくぜんの出現だったが、その割におちかはそのことに驚いてはいない。

――城を出れば会うにきまっている。

そんな気がしていた。いや、もっと正直にいえば、会うことを期待していたといってもいい。

「むしゃくしゃしているから」というのは、実はそのための、自分自身への言いわけだったことは、誰よりも、おちか自身がよく知っている。

――会ったって、何のとくにもならない。いや、それどころか、要注意の人物なのに……

そう思いながらも、おたあのまわりに、その匂いを嗅ぎとってからというもの、無関

心に見すごすことができないのはどうしたことか。今のおちかにできることといえば、せいぜい眼をあわしたとき、つとめて無表情を装うことぐらいであった。

「しばらくでございましたな」

二、三歩近寄ると、ちくぜんは商人らしい物腰で会釈をした。

「あれ以来、お変りもなく……」

言葉はていねいだが、眼の底には、例によって、からかいの色をにじませている。ものの言いがていねいなだけに、かえって何やら薄気味悪い。

「なんで大野へ来たんです?」

おちかの言葉には、幾分身がまえるような響きがあった。

おちかに肩すかしをくわせるように、ちくぜんは眼の底の笑い翳を濃くした。

「いけませぬか、私がまいりましては」

「あのとき、申しましたでしょう。もう姫さまのまわりをうろつかないようにと」

「いや」

ちくぜんは、にやにやしてかぶりを振った。

「それは、少しちがう」

「………」

「おちかどのが、私を寄せつけないと、言われたまでのこと」

「………」

「が、このちくぜんのほうは、何と言われても、おちかどのに寄りつきとうございましてな」

胴のあたりをぎゅっと抱きしめられるような衝撃を感じて、思わず飛びすさった。

「とんでもない」

「あは、あは……」

ちくぜんはおかしそうに笑った。

「お気に障りましたか。これはほんの冗談――」

完全に男の調子に巻きこまれてしまったらしい。と気がついて、はっと気をとりなおしたとき、相手も表情を改めて、真顔になった。

「いや、それよりも、大野御前がいかがおすごしか、よそながら御機嫌を伺いたくてな」

「まあ、それは御親切な」

おちかは態勢を立直した。

「それにしても、ちくぜんどのの御機嫌伺いのなさり方は、ずいぶん風変りですこと」

おたあのことなど先刻承知、ということを匂わすような、意地悪い言い方をしてやった。が、わかったのかわからないのか、ちくぜんは、別に、はっとした様子でもない。

「風変り？　おや、そうでございますかな」

――しらばくれないで！

こっちは、ちゃんと、おたあから箇ぬけなんですからね、と言ったら、この男、どんな顔をするだろうか。そしてさらに、

――あんたは、おたあをものにして、うまくやったと思っているのだろうけど、あの子は、あのほうは底ぬけで、ただの遊びとしか思っていないのよ。おあいにくさま。

そう言ったら、ちくぜんも、今のように落着きはらってはいられないだろう。

が、そこまでしてやることは、かえって親切というものである。

――私はそれほどお人好しじゃありませんからね。ま、この勝負は、とっくりと拝見しましょうよ。

ちくぜんは、しかし、おちかの意味ありげな笑いにも、さっぱり関心をしめさず、

「いやなに」

ひどくつまらなそうに言った。

「じつは、その御機嫌伺いというのも、二の次のことで――」

「まあ」

どうやら今度も肩すかしをくわされたらしい。

「では、なんでここに」

と、ちくぜんは、まじめくさって答えた。

「前にも申しあげましたように、私は商人でございましてな」

「……」

「商人がやって来るというのは、つまり、そこに、なにがしかの儲けの匂いがするのでな。それを嗅ぎつけたまでのこと……」

おちかは、男の顔をじっとみつめた。

「私は商人だ」

とみずから名乗る、ちくぜんというこの男。商人にしては眼付が鋭すぎるような気もするが、今日は、あのときのような横柄さはなく、全く商人そのものの腰の低い応対ぶりである。

――してみると、この男、関白からのまわし者だと見たのは、私の思いちがいだろうか。

ふと自信がなくなって来る。

「じゃあ、今度も、何かよい儲け口があって、出かけて来たというのですね」

たずねると、ゆっくりうなずいた。

「まず、そんなところで」

「どういう商談なんですか」

「それは申しあげられませぬ」

ちくぜんは、焦《じ》らすように笑ってみせた。

「そこまで手のうちを申しあげてしまっては、せっかくの儲けもフイになりかねませぬからな。しかし、ともかく」

足元の砂を蹴り、ゆっくりとちくぜんは歩きだした。

「私ども博多の商人は、この大野や清洲で小店を張る、しがない、その日暮しの小商人とはちがいます」

「……」

「おちかどのは博多をご存じあるまい。そこの大商人がどんなものか、見当がつけられますかな」

「……」

「堺あたりの納屋衆《なやしゆう》のことはご存じか」

「いくらかは」

納屋衆というのは、堺の商人の中の有力者たちのことで、納屋すなわち蔵を建て手広く商売をしている人々である。その中の有力者、今井宗久《そうきゆう》とか津田宗及《そうぎゆう》のように信長、秀吉と結んで政商的な動きをしている者がいることはおちかも知っている。

これらの商人は、茶をたしなみ、その交わりを通じて大名に深くくいこんでいる。中には、千利休のように、いつのまにか秀吉の側近にのしあがり、商人としてよりも、むしろ茶頭《さどう》（茶の湯の支配人）として、政治の黒幕的存在になってしまった者もある。

が、このちくぜんに言わせるとその堺商人の富も、博多の商人にくらべれば知れたものだという。

「神屋《かみや》宗湛《そうたん》とか、島井《しまい》宗室《そうしつ》という御仁がおられる。おちかどのは、ご存じないかもしれぬが、これらのお方は、ちょっとした大名など足許にも及ばぬほどの金持で……」

「…………」

「神屋は、石見《いわみ》銀山を一手に掘って財を作り、島井は酒屋と金貨で身代を作った。が、二人とも、ただの銀《かね》掘り、酒造りではない。神屋の先祖は、はるばる海の向うの明《みん》国から、銀銅吹き分けの術をとりいれたし、島井は、対馬から高麗まで手広く商いをしている。つまり狭っこいこの国だけを相手にしてはおりませぬ。堺あたりとは腹袋がちがう」

だから、じつを言うと、九州の大名たちも彼らの財力の前には頭をさげざるを得ない。

「大内、大友などというお大名衆も、裏からのぞけば二人の金に世話になりっぱなし。いや、それだけではない。天下人の信長公も、度々二人には色目をつかっておられたそうな。だから、あの本能寺の変の折も、宗室どのは、信長公に呼ばれて都におられてな」

「本能寺の変」というのは、ちくぜんのような商人に言わせれば、よくよくの大ポカ、商い損だったのだそうである。

「信長公は殺され損、明智どのも殺し損。みんな元も子もなくす大損をやらかしましたが、その中で一人だけ、大儲けをやってのけたお人がございます」

そして、それが、ほかならぬ博多商人の島井宗室だと、ちくぜんは言った。

「はあん？」

おちかには、何のことやらさっぱりわからない。

「なぜなれば——」

ちくぜんは、また、にやりとした。

「前の晩、宗室どのは、信長公の茶会に招かれ、本能寺にいた。あのとき、魔がさしたとでも申そうか、信長公は御秘蔵の茶道具のほとんどを携えて上洛なされてな」

六月一日、すなわち本能寺の変の前日、信長は、公家衆、僧侶、町衆を招いて茶会を催し、これらの名器を披露した。

「宗室どのも、これに招かれ、その夜は、本能寺に泊ってしまわれた」

「まあ、では……」

おちかは眼を丸くした。

「大儲けどころではないではありませんか。とんだ災難に遭われて——」

「左様——。なみの人間なら大災難でございましょうな」

ちくぜんは、ゆっくりうなずく。

「が、そこが、島井宗室どのの大商人たるところで」

「………」

「そのどさくさにまぎれて逃げる折から、信長公がその茶会に持参された、弘法大師の真筆の千字文《せんじもん》の掛軸を、このまま焼いてはもったいなや、とばかり、無断拝領に及んで、そっくり博多へ持ち帰った」

「まあ、それ、ほんとですか」

「さあな」

ちくぜんは、ちょっと、とぼけて首を振った。

「その場に居あわせたわけではありませぬから、真実かどうかは知りませぬ、が、博多の商人の中には、島井の茶室でそれを見た、と言うものもある」

「まあ……」

「弘法大師御真筆となれば、この広い世の中にも、めったにあるものではないし、もし、あのどさくさに、そっくりいただき、ということであったとすれば、なんと、あの折の儲け頭《がしら》は、宗室どのではござらぬか」

「……」

「なにしろ、宗室どのは昔から茶の名器を集めるのが上手なお方でしてな。例の天下の大名物《おおめいぶつ》、一つで三千貫の値打ちものといわれた楢柴《ならしば》の肩衝《かたつき》も所蔵しておられた」

肩衝というのは茶入れの一種だが、当時、楢柴は、初花、新田《にった》の両肩衝とならんで、「天下の三名物」といわれた名器である。

「これを、九州の大名、大友宗麟どのが、いかい御執心でありましてな、何としてでも欲しい。宗室、何とかしてくれと、度々自筆の手紙さえおよこしなされたくらいで……」

が、宗室はとうとう、うんとは言わなかった。

「かと思うと、あとで気が変ったのか、同じ九州の大名の秋月種実《あきづきたねざね》どのに、ぽいとくれてしまわれた」

「まあ……」

おちかは、ちくぜんと肩を並べて、砂浜を歩きはじめていた。いつのまにか、彼の話にひきいれられてしまったのである。

「めっぽうぼろい拾いものをするかと思うと、千金の名物を惜し気もなしに、人にくれてやったりする。これが博多商人の腹袋の大きいところでございましてな。ちょっと、このそろばん勘定、はたからではわかりかねる……」

「ほんとうに」

つりこまれておちかがうなずくと、

「と、お思いでございましょうが、ところがどうしてどうして」

ちくぜんは、急に声を低めた。

「その大商人の島井宗室どのというのが、裏へまわると、たいそうなしわいお方……」

「まあ」

「朝夕の竈《かまど》の火は、自分で焚いて、ひとかけらの燠《おき》も、ちゃんと水をかけて消し壺にしまわれる。こうして一日の薪の量を計ってその分しか下女には渡さず、しかも消し炭まででいちいち改められる。それも薪より柴、柴より茅《かや》を焚け、と一文でも安くする算段じゃ」

「……」

「島井の家は酒造りでな。その酒にする米も自分で計る。下人に計らせるときは、じっとその手許を眺めておじゃる。下人、下女は皆盗人じゃと仰せらるる」

「まあ、それはひどい」

「あはは、なんで盗人かと申しますとな、下人どもは、縄の切れっぱしを、ぽいぽい捨てまする。宗室どのが言わるるには、五分《ぶ》の縄きれは、もう一度縄になえますそうな。紙きれにしても、五分、三分ほどあれば、漉《す》きかえせる。それを捨ててしまうのは盗人も同然——とおっしゃるわけで……。ま、そのようにせねば、金はたまらぬものとみえますな」

「へえ……そんなものですか」

おちかは、ふと歩みをとめた。

「で、ちくぜんどのは、どうしてそんな島井家の内幕のことまでご存じなの？」

ちくぜんの眼の底に、かすかな翳が揺れるのを、おちかは見逃さなかった。

「博多商人とおっしゃったけれど、では、その島井家のお店のお一人？」

「あ、いや……」

ちくぜんは、言いかけて、なぜか口ごもった。

「ま、そう思ってくださるのならそれでもよろしいのですがね」

と、彼にしては歯切れの悪い言い方をした。

「では、その御主人ゆずりの、ぼろい儲けを目あてにおいでなのですね」

「……」

「今度は、何を拾ってお帰りになるの？　まさか、このあたりで、本能寺の二の舞がおこるとは思えませんけれど……」

「いかにも」

ちくぜんは、ゆっくりとうなずいて見せた。

「あのようなことは、なかなかおこるものではございませぬ。しかしさきにも申しましたように、儲けの種というものは、思いがけないところに転がっておりますもので」

「それは、どんな？」

「さあてな」

からかうように彼は言った。

夕映えはすでに終ろうとしていた。さっきまで茜《あかね》色に輝いていた雲は、重たげな鉛色に変り、わずかに縁のあたりに暗紅色を残すばかりである。

あたりの輝きが失われたせいか、ちくぜんの眉のあたりの翳も濃さを増したようだった。

唇には、依然、ひとをからかうような笑いが湛えられていたが、それが、なにやら凄みを帯びて見えるのは気のせいであろうか。

——やはり、このひとは商人ではない。

　おちかは、歩調をゆるめ、心もち、ちくぜんとの距離をひろげるようにした。

と、それを知ってか知らずにか、ちくぜんは、ふと立ちどまると、おちかの眼の中をのぞきこむようにした。

「ところで、ちょっとおたずねいたしますが」

「は？」

「大野の殿さまは、新しい肩衣をお作りなさいませぬかな」

「肩衣？」

「はあ、私、上方《かみがた》より、いい絹を仕入れて来ておりますので」

「ま、それが、ちくぜんどのの儲けのお話？」

　それには答えず、

「よい絹でございますぞ」

　彼はくりかえした。

「お肩衣は、この間、新しくお作りになりましたから」

　その手には乗るまい、とおちかは用心ぶかく答えた。が、ちくぜんは涼しい顔で言う。

「でも、それはすでにお召しになったはず。朝日姫さまのお輿入れの折に」

「まあ、どうしてそれを」

　言いかけてから、おちかは、おたあの顔を思いうかべた。

　――まあ、あの娘ったら、そんなことまでこの男に喋っているのか。

とすると、二人の仲は、昨日今日のものではないらしい。

——油断も隙もありゃしない。この分では、何から何まで、この男には筒ぬけになっているのではないか……

その鼻先で、ちくぜんは、ぬけぬけと言う。

「ならば、もう一つお作りになっておかれたらどうかな」

「……」

「いや、殿さまご自身、そういうことは仰せられなかったか」

「いいえ、いっこうに」

「ふうむ、そうかな」

ちくぜんは、首をかしげた。

「そんなはずはないのにな」

「どうして」

「いや、なに」

にやりとしてから、彼はずばりと言った。

「朝日姫さまがお輿入れになれば、引換えに、三河の家康どのが上洛されるであろうから。なあに、輿入れのなんのと言ってはいるが、ていのいい人質だものな」

「……」

「そうすりゃ、ここの殿さまもいずれ都に行かねばなるまい。それに、大坂のお方は例によって、彼は、秀吉のことを、そんなふうに呼んだ。

「あの御性格ゆえ、趣向をこらして待ちうけられよう。とすれば、肩衣の一つも新調されておいたほうがいいと思ったのだが、そうか、殿さまが、そう仰せられなかったとすれば……」

ひとりで、何やらうなずいている。

——狸め！

いまいましい思いで、おちかはちくぜんの横顔をみつめている。

——博多の商人だの何だのと言っているが、ほうれごらん、尻尾を出した。やはりこの顔は商人ではない。

肩衣を作れのなんのと、押しつけがましい言い方は、商人のすることではない。それに、いやに秀吉の周囲の情報にくわしく、意味ありげにそれをちらつかせるのも何かうさんくさい。

ともかく、こんな男にかかわりを持たぬことだ。

毒気を持った虫でもよけるように、おちかは身をひいた。

「さ、もうおわかりでしょ。殿さまが肩衣をお作りになる見こみはありませんからね、ほかへ行って商売をすることね」

ちくぜんは立ちどまった。

「ほう、ほかへ行けと」

「そう。あまりこのあたりをうろうろしないでおくれ」

あは、あは、と声をあげて彼が笑ったのはそのときである。

「うろうろしてはいけぬか」

——まあ、図々しい。

いつのまにか、ちくぜんの言葉つきがちがって来ている。

「いけませんとも」

おちかも負けずにやり返した。

「儲けになるようなことは、このあたりにはありませぬ」

「ところがそうでもないのでね」

口許にふてぶてしい笑いをうかべた。

「商人というものは売るばかりが能ではない。たとえば、ここでは肩衣は売れぬとわかった。それだけでも、大した儲けよ」

「…………」

「それに」

意味ありげに声を低めた。

「そのほか、いいことだってないわけじゃない」

——おたあのことを言っているのだわ。

からだじゅうの血が沸きかえって脈うちはじめたとき耳許で、ちくぜんの囁きを聞いた。

「ほれ、こうして、ここでそなたと、また話ができたじゃないか」

――おとぼけでないよ！

飛びすさっておちかは叫んだ。

「お帰り！　お帰りってば」

ちくぜんは、まだ笑っている。

「こいつは手きびしい」

「さあ、早く」

「帰る、帰る。そう言われちゃあ帰るよりほかはない」

「帰ったらもう二度とこのお城のまわりは、うろつかないでおくれ。私はね、あんな尻軽娘とはちがうのよ」

ばれたか、というような顔つきをちくぜんはした。それでいて、いっこうに慌てもせず、むしろ、ばれたことを楽しんでいるふうでもある。

――そうだ、俺はそういう男だよ。いや、あんたもそれを知ってるなら、かえって話は手っとり早いというもんじゃないかね。

無言でそう言っているようでもあった。その前でおちかは眼をふさぐようにして言った。

「さあ、早くお帰り」

「ああ、帰るとも」

ゆっくりちくぜんは歩きだした。その姿が、海辺の松林に消えたとき、ゆっくりと、小唄を口ずさむ声が聞えた。

……ねりぬき酒のしわざかや
あちょろり、こちょろり……

腰の立たぬは、あのゆえよのう
——まあ、なんて品の悪い……。おちかは、その場で赤くなったり青くなったりしなければならなかった。

「おちかさま」

おたあが、いつになく親しげな笑みをうかべて、おちかの部屋の障子をあけたのは、それから数日後のことである。

見るともなしにその腰のあたりに眼をやってしまってから、おちかはあわてて視線を逸らせた。

——あの帯だわ、また……

ちくぜんとのあのようないまいましい出会いのあとでは、いっそうその色が憎たらしい。

が、それとも知らぬげに、おたあは、にこやかに、敷居のところで手をつかえている。

「今日はちょっと町へまいりましたら、さるお方から、ことづかりものがございました」

「ことづかりもの？」

「はい、おちかさまから、大野御前さまへさしあげていただきたいと……」

「私から、大野御前さまへ？」

「ええ、これでございます」

障子の蔭からとりだしたのは、小さな酒樽だった。

「博多ねりぬきっていうんですって」

博多ねりぬき——

その言葉を聞いたとき、ざぶりと背中へ水をかけられたような感じがした。

——ちくぜんだ……

松林の中から、響いて来た小唄の声を思い出した。

……ねりぬき酒のしわざかや
あちょろり、こちょろり……

ちくぜんのあの日の節まわしがよみがえって来た。それを知ってか、知らずにか、おたあは、

「ねりぬき酒っていうのはね」

いい気になって説明をしている。

「博多のお酒で、練絹のような色をしているから、そういうんですって。いくら船に揺られて来ても、ひとつも味が変らないんで、京大坂でも大変な人気だそうです」

おちかは、半ばうわの空で聞いている。耳許ではまだちくぜんの歌声が聞えているのだ。

……腰の立たぬは、あのゆえよのう……

彼とおたあは、またもや、腰の立たぬような時間を持ったというのだろうか……

いや、それよりも、恐れているのは、おたあが、ちくぜんと自分の関係を問いただしはしないか、ということだった。

――私は、あなたのような女とはちがいます。

と言ったって、からだの釘が一本ぬけているようなこの女には通用はしまい。

――あら、そんなこと、男と女が出会えば、寝るものときまってるじゃないの。

そんなことを言われたらどうしよう。それとも、

――ああ、年が上だから相手にしなかったのね。

と言うだろうか。もしそうだとしたら、そのほうが、ずっと屈辱的だ。

そんな屈折の中で、ふたたび、おちかは、ちくぜんの歌声を思いかえしている。

……腰の立たぬは、あのゆえよのう……

あのときは歌詞の淫猥さに動転したが、なんと男っぽい、女の性をゆすぶるような、

つやのある声だったことか……

が、今は、そんな胸の思いをおたあに覚られてはならないのである。さらに、気になるのは、

——この酒をおたあに渡すとき、いったい、ちくぜんはどんなことを言ったのか。

ということだ。

「ここの奥方の嫁入りにくっついて来た、おちかっていう女がいるだろう。あれにこの酒を見せてやれ、そのとき、そいつが、どんな顔するか、とっくり見ておけよ」

そんなことを言っているのではないだろうか。

とすれば、いまさら、

「どこのどういう方から？」

などとしらばくれてたずねるのもおかしいし、さりとて、あまりあっさりと受取ってしまっても、

——ああ、やっぱり、このひとちくぜんとは前からの知り合いなのだわ。

と思われてしまう。どっちにしろ、一本とられるところに追いこまれていることだけは、たしかなようだ。

が、眼の前のおたあは、そのことになかなかふれようとしない。

「どんなお酒なのかしらねえ」

やたらに、樽の中身に興味をしめしている。

「私はあんまりお酒は飲めないたちだけれど、そう聞くと、匂いぐらいは嗅いでみたくなっちゃうわ」

「………」

「おちかさまは、お酒はお好きですの？」

「いえ、それほどでも」

「奥方さまは、きっとお喜びになりますわね。あれでなかなかお強いほうだから」

言いかけて、

「そういえばね、おちかさま」

ふと語調を変えた。

——いよいよ、来たな、さあ、何と言ったものか。

おたあは、ひと膝にじり寄って来た。

「このお酒をくれたときにね、あの男ったらね」

切れ長の、色気を含んだ瞳を、辛うじておちかは避けた。が、その視線は、なおも執拗に追いかけて来る。

「とても、おかしなことを言ったんです」

「………」

「変なやつ。いったい、どういう人間なのかしら」

「………」

ぽってりしたおたあの唇が、ゆっくり動いた。

「この酒なら、大野御前のお口にあうはずだって……」

「……」

「御祝言のあと、お舟の上で酒盛りがあって、そのとき奥方さまがかなりお飲みになっても平気だったはずだって言うんですよ」

「……」

「ほんとですか、それ。私はお舟に行かなかったから知らないけれど……」

「……」

「いったい誰から聞いたのでしょうね」

おちかは、ぼんやり、おたあの唇の動きを眺めている。

──救われた。

と思った。

おたあの関心は、おちかの恐れていたこととは全く別のところにあったのだ。

が、ほっとひと息ついたのは、つかのまのことだった。次の瞬間、おたあが何も聞かなかったというそのことが、彼女を別の不安に突きおとした。

──改めて聞くまでもなく、ちくぜんと私が知りあいだということを、この小娘は、とっくに嗅ぎつけているのではないか。ことによったら、いつ、どこで、どんな話をしたかまでも……

すべてを知っていながら、何も言わずに酒樽をつきつけて来る図々しさ。ただ、ふしだらなだけの娘だと思っていたおたあの、油断のならないふてぶてしさに突きあたったような気がして、ぎょっとした。

ちくぜんとからだの愉しみを分けあったことを口にして憚らない彼女が、どんな形でそれを知ったかは想像がつく。生れつきの淫蕩さが、おたあの場合には、またとない武器になっているのだ。

——そうとも、真似したかったら、真似してごらん。

おたあは、からだでそう言っているようでもある。歯ぎしりするほど悔しいけれど、おちかはどうすることもできない。

しかも、その話を聞けば、ちくぜんというあの男、ますます不審な存在である。

大野に輿入れした直後、与九郎に伴われたおごうが、舟の上ですごした一夜のことを、なぜ知っているのか。

舟の中のことに気をとられて、あたりを眺めまわす余裕もなかったが、あの奇妙な男は、砂浜にひそんでいたのか、それとも小舟を操って、与九郎たちの動静を窺っていたのか。もし、そうだとしたら、いったい何のために？

——やっぱり、あの男、大坂からのまわし者か……

何やら、おごうのまわりには、奇妙な網の目が、幾重にもはりめぐらされているような感じである。

もちろん、あの抜け目のない男のことだ、おたあとの寝物語の間には、ちゃんと損のないだけの情報を仕入れているにちがいない。

かといって、いま、ここで、それを根掘り葉掘り聞くわけにはいかないだろう。そうと知ってか、おたあは、べたりと坐りこんで、にやにやして、おちかをみつめている。

「どうなさいます、そのお酒。奥方さまにさしあげてごらんになります？」

「そりゃさしあげてもいいけれど、もし万一、変なものでも入っていたら――」

「ほ、ほ、ほ……」

はじけるように、おたあは笑いだした。

「まさか……でも、御心配なら、お毒味してからさしあげればいいではありませんか。何なら私が」

言うなり、ありあわせの小皿にちょっと注いで器用に流しこんだ。おたあのぽってりした唇が瞬間静止し、やがてかすかに動いた。

「まあ、なんておいしい……私、お酒ってこんなおいしいものとは思いませんでしたわ。おちかさま、ちょっと、いかが？」

むりやり小皿を持たされた。

おちかもいける口ではない。が、琥珀《こはく》色のその液体をわずかに口に含んだとき、この世ならぬ芳しい香りが口から鼻腔にひろがるのを覚えた。

――酒とはこういうものか。

眼をひらかされる思いであった。これでは、おごうに献上するのを拒むわけにはいかなかった。

「さあ、お早く」

促されて、おちかは、ねりぬき酒の小樽をかかえて立ちあがった。幸いおたあが後についで来る気配はなかったが、おごうの居間に行くまでの、胸の中は複雑である。

——あの薄気味の悪い男が、こんなおいしい酒をよこすなんて。

うっかりその手には乗れないという気がする。しかし、おたあのいるかぎり、おそらく、ちくぜんは、身辺に出没するであろう。

——おたあを何とかせねば……

そう思いながら、おごうの居間の襖をあけた。

案の定、博多ねりぬきは、おごうの気にいったようであった。

「おいしいお酒ですこと」

口に含んで、いつぞや舟の中で見せたような、ほのぼのとした笑みをうかべた。それかといって、どういう酒で、どこで手に入れたなどと、詮索しないところがおごうらしい。

「おたあが手に入れましたもので……」

いろいろ話すのも憚られるのでそれだけ言ったのだが、その言葉をそのまま、

「あ、そう」

うなずくだけで、ゆっくりと盃を重ねている。おっとりとした横顔に、おちかはそっと言った。

「姫さま……」

二人きりだと、つい、姫さま、という言葉が口に出てしまう。

「その、おたあのことでございますが……」

「おたあが、何かしましたか？」

「いえ、あの……あの娘もそろそろ年頃でございますから、お暇をおつかわしになって、どこかへ嫁がせたほうがよろしいのではございませんか」

万事おっとりとしたわが大野御前は、にこにこ笑うだけである。

――これではならじ……

おちかは膝を進めた。

「と申しますのは、じつは、あの娘、なかなか隅におけないところがございまして」

おごうは盃をおいた。

「もし、このままでおきまして、何かまちがいでもおこりますと」

「ほ、ほ、ほ……」

からだをまっすぐにしたまま、ゆったりと、おごうは笑った。

「おちか、まちがいと言っても」

「………」

「せいぜい赤児《やや》を宿すぐらいのことでしょう」

「は……」

「そうなってから考えても、遅くはありませんよ」

「……」

「もう少し側におきましょう。あれもなかなかいい子ですから」

——ああ、姫さまは、何もわかってはいらっしゃらない。

底なしのおごうののどかさが、おちかをやりきれなくさせるのは、こんなときである。

それからまもなく、東海道はまた大げさな行列で賑わった。秀吉の母、大政所が、朝日姫に対面するために下っていったのだ。もちろんこれは口実で、実際は家康を上洛させるための人質として出向いたのであるが。これと交換に、家康がやっと上洛して臣下の礼をとったのに安心してか、秀吉はいよいよ九州攻めに着手する。

してみれば、ちくぜんのもたらした、九州のねりぬき酒は、どうやら、そのあたりにかかわりのあることだったのではないだろうか……

流　星

秀吉が九州征伐に出発したのは、天正十五（一五八七）年三月一日のことだった。めざす相手は、薩摩の島津。すでに出兵計画は、前年からじっくり練られていた。きっかけとなったのは、豊後のキリシタン大名、ドン・フランシスコ大友宗麟の訴えである。このとき彼は、かなり年をとっていたが、わざわざ大坂へやって来て、島津の豊後侵入を訴え、

「なにとぞ、御出兵を」

と頼みこんだ。もっとも、島津の攻勢の前にたじたじとなって援助を要請して来たのは、これがはじめてではない。それ以前からもそうした動きはあったし、秀吉のほうも、これをもっけの幸いとして、島津におどしをかけてはいたのである。

が、島津には、源頼朝の御落胤だという言伝えがある。もっとも、今残っている文書などを見ると、あまり信用はできないが、ともかく、源家の血筋をひくということは、

当時としては、大したお値打ちものだったから、

——ふん、秀吉が何だ。素姓も知れぬ者の小伜じゃないか。

と、大変なプライドを持ち、その言うことなどは聞こうともしなかった。

 じじつ、秀吉の先陣をむかえて、島津はかなりよく戦った。しかしいよいよ秀吉自身がやって来ると、さすがに実力の差は如何ともしがたく、押しに押されて、あえなく降伏した。秀吉が小倉城に入ったのが三月二十八日、島津が無条件降伏したのが五月八日だから、ほぼ一か月で決着がついたことになる。

このとき、佐治与九郎も、水軍の一隊を率いて従軍したが、今のように情報網の発達していないそのころのこと、大野城に残ったおごうやおちかは、戦局の動きなど知る由もなかった。

ところが、このとき、またしても、例のちくぜんが、ひょいと現われて、それを教えてくれたのである。

その姿を見かけたとき、

——おや？……

とおちかは思った。

ちょうどおごうの供をして、城下にある天満宮に、与九郎の武運を祈願して帰るときだった。

おごうはすでに輿に乗っていた。その後に続こうとしたとき、鳥居の側で輿を見送る

人の群の中に、彼の顔を見出したのだ。微行《しのび》の参詣だったから、人の群はさほど多くはなく、その顔を見誤るはずはなかった。

――どうしてここに？

妙な気がした。彼が秀吉のまわし者であるにしても、歴史の本舞台が九州に移っている今は、こんなところをうろついているわけはないと思ったのだ。まして、彼の言葉どおり、博多の商人だとしたら、大軍の動く、今こそ稼ぎどきではないか。尾張くんだりで、うろうろしていていいはずはないのである。

――変なやつ……

追払ったと思った疫病神が、戸をあけてみたら、まだ門口にたたずんでいるような、薄気味悪さ。だが、こうしたことが何度か重なってみると、その底に奇妙ななつかしさに似たものが澱みはじめていることに、おちか自身はまだ気づいてはいない。

が、無意識に、彼女は歩みをとめてしまっていた。

「奥方さま――」

輿の中に、そっと言った。

「ちょっと思い出したことがございます。おたあが今朝より気分がすぐれず、臥《ふせ》っております。この足で、薬種屋にまわって、何か薬を求めてまいろうかと存じます」

「どうぞ」

例によって、言葉少なの返事がかえって来た。

ゆっくり動きだした輿を見送ってから、おちかは、町のほうへ歩きだした。

おたあが気分が悪いと言ったのは、嘘ではない。二、三日前から顔色が悪いなと思っていたら、今朝になって、

「とうてい起きてはいられませぬ」

今日のお供はできそうもない、と言って来たのだ。風邪ひとつひいたことのないおたあにしては、珍しいことであった。蒼い顔をして胸のあたりを押えている。

「食あたりでしょうか」

「そうかもしれませぬ。とにかく今日はお許しくださいませ」

が、じつをいうと、今の今まで、薬を買って行ってやろうなどという親切心を持っていたわけではない。それでいて、おちか自身、これを一行から離れる口実にしていることには気がついていない。

——ああ、よかった。ちょうどよいところで思い出して……

そうだ、そのとおり。女の言いわけというものは、たいてい、ちょうどいい具合に見つかるものなのだ。

しかも、都合のいいことに、大野には、薬市《くすいち》と呼ばれる、近隣に聞えた薬種屋がある。ここなら、たいていの薬は間にあうはずだ。薬市までの道を、おちかは、ゆっくり歩いた。輿を見送った人の群が散ってから、ちくぜんが、そしらぬ顔で後をつけてくるにきまっているからである。そしてその予想は、まもなく、気味の悪いほど的中したのであ

ったが……

「どちらへ？」

はじめから、会うことがきまっていたかのように、ちくぜんは、後ろから声をかけた。

おちかは黙って歩いてゆく。

「どちらへ」

また後ろから、さりげない声がする。

「ついてくればわかるでしょう」

おちかは後ろをふりむかずに言った。

「さては、夏の小袖か、紅鉄漿《べにかね》か……ほい、ちごうた」

少し後からついてくるちくぜんは、いろいろの店屋の前を通るたびに、おちかに聞える程度の声で呟く。

「まさか、お城の女中衆が、塩、味噌買いにござるわけもあるまい」

「誰どのあての文書く筆墨……おや、これもちがう」

やっと薬市の店に近づいたと見ると、

「や、や、こりゃふしぎ」

感にたえたような声をあげたので、思わずおちかはふりむいてしまった。

「何が、ふしぎなのです」

「何がと申して……」

ちくぜんは微笑した。

「いま、こなたが入ってゆかれる薬市に、私も用があってまいりました」

「嘘おっしゃい。ちくぜんどのの話は、いつもうまくできすぎています」

「いや、何が嘘なものか」

——かたりめ。

ちくぜんの顔を見ていると、おちかは何やら、むしゃくしゃしてくる。

「薬買いのなんのと言うけれど、つまりは、私たちのまわりをうろうろしようという了見ではありませぬか」

小憎らしいことに、ちくぜんは、にたりと笑って、答えたものである。

「そう思われるのなら、それでもけっこう。いや、案外、そちらさまも、それをお待ちかねではないのですかな」

「ま、なんてことを」

「見当ちがいならあやまります」

にやにやして、彼は言う。

「お待ちかねでもなければ、私めの姿を見て、わざわざ奥方のお輿を離れて、町へなど行かれるはずはないと思うのだが……」

おちかはぐっと詰まった。が、黙っているわけにはゆかないので、慌てて言葉をさがした。

「おあいにくさま。何を思いちがいしているの。私は薬を買いにゆくんです」

「ほう」

「教えてあげましょうか」

こればっかりは知らないだろうと、おちかは流し目に彼を見やった。

「おたあどのが、今朝から具合が悪いのです」

が、意外にも、相手は、

「ほう」

ひどく冷淡なのである。

「蒼い顔をして、起きてはいられないと言って、胸を押えているのですよ」

「それは、それは」

反応は依然冷たい。口許には、薄い嗤《わら》いさえうかべている。

「何でもなければ、今日は一緒に来るはずだったのですよ。それとも知っての上で、あそこにおられたのですか」

「いいや、別に」

「ともかく、ほっておくわけにも行きませんのでね」

「なるほど、それは御親切な」

皮肉ともとれるうなずき方をした。

「で、ちくぜんどのは、また何の御用で？」

「私のほうは、腹が痛いの、風邪をひいたのというのではありませぬ。ほれ、このとおり、ぴんぴんしております」

「それが、なぜまた薬市に？　それほど達者なら用はないはず、さっさと博多へ舞い戻って商売に精を出したらよろしいのに。今こそどさくさにまぎれて、稼ぎどきではありませぬか」

「左様、稼ぎどきですなあ」

にやりとして、ちくぜんは、顎を撫でた。

「稼ぎどきゆえ、ここにまいっております」

「そりゃ、また、なぜに？」

「ここの薬市は……」

ひょいと店のほうを指さし、

「音に聞えた薬種商。中でも、血止め、傷薬は天下で知らぬものとてないほどで」

今度の九州の合戦では敵味方にかなりの死傷者が出た。それを見越して、博多の商人も、薬は十分仕入れてあったが、それでもどうやら足りそうもない。

「かといって、京、大坂の分は、がっちり大坂、堺の連中に買い占められておりますのでな、値上りもしております。そこへゆくと、大野くんだりの田舎では……おっと、これは失礼」

ちくぜんは、にやりとした。

「ともかく、このあたりは、まだ天下の動きなど知らぬ。そこで、ここまで買いつけに来たわけで」

憎らしいが、ちくぜんの言うことは、どうやら辻褄があっている。この期に及んで、おちかにできることといえば、

「へえ、商人というものは、人が死んでも……怪我をしても、けっこう儲かるものなんですね」

せいぜい、そう言いかえすことぐらいのものだった。が、ちくぜんは、おちかの皮肉など、いっこうこたえた様子はない。

「左様。戦さはことに儲かります」

平然として言う。

「この戦さ、儲け頭《がしら》は関白（秀吉）さまかと思うと、どうしてどうして、大坂や堺の商人どもも、なかなかみごとでありました」

「へえ」

「関白さまの腰巾着になって、わっとばかりに博多へまいり、売るの買うの、まるで火事場泥棒のように稼いでまいりました」

「まあ……」

「もちろん、博多も負けてはおりません。そこは地元の強み、笑いがとまらぬほどに儲けさせてもらいましたが、神屋宗湛、島井宗室どのなどのような大商人ともなれば、ま

たこれは桁ちがいでな。さんざん儲けた上で、関白さまから、よくぞ儲けたと礼を言われた」

「まさか」

「まあ、表面は、こちらが下手《したで》に出て、御挨拶申しあげたことになっているが、本音は、あちらこそ、よろしく頼むぞと言われたのではないかな。もっとも宗湛どのも、宗室どのも、関白さまとは今度はじめてのつきあいではない。が、宗室どのについて言えば、今度の九州攻めで、関白さまは、改めて、その底力のほどに感心なされたらしい」

「それは、また、どうして？」

「例の楢柴の肩衝——憶えておいでかな」

宗室秘蔵の茶入れで、大友宗麟が、喉から手が出るほど欲しがったのに、とうとう、うんとは言わなかったのだが、後に気が変ったかして、秋月種実にぽいとくれてやった、とかいう話は、前にちくぜんから聞いた記憶がある。

「その肩衝のおかげで、秋月どのは、とんだ命拾いをした」

「まあ」

秋月種実は、島津方についていたのだが、秀吉は上陸するなり、またたくまに秋月城を攻略してしまった。

「秋月どのは当然切腹、というところだったが、この楢柴を献上したので、無事一命を助かった」

「まあ、茶入れ一つで？」

「そう軽く言いなさるな、日本無双の大名物。ゆうに三千貫の値打ちものじゃ。しかも、秋月どのに耳打ちをし、関白さまとの間をとりもったのは、どうやら、もとの持主、宗室どのであったらしい」

「……………」

「関白さまは、この肩衝を手に入れられて、九州攻めの何よりの獲物だといって、飛びあがって喜ばれたそうな」

ちなみに、この楢柴は、秀吉の死後徳川家に渡り、家光の時代には、一万貫の値打ちものといわれたらしいが、その後の行方は明らかでない。

「以来、関白さまの、宗室どのを見る眼付が変ったそうな。宗湛どのと二人を、度々茶会に招き、その上、博多の町の建て直しを命じられた」

このとき、宗湛と宗室の二人は特に許されて間口十三間半、奥行三十間の家を建て、同時に町役を免ぜられた。

町役御免——豊臣秀吉から島井宗室のうけたこの待遇は、つまり税金免除である。これがどんなにうまみのあるものか、現代におきかえてみてもよくわかるはずだ。

「してみると、秋月どのにくれてやった楢柴の肩衝は、思いがけない利益を生んだものさなあ。いくら宗室どのだとて、そこまで見越してくれてやったものでもあるまいが……。ともかく、商人というものは先を見る眼が大切よ」

例によって、ちくぜんの話は、島井宗室の身辺に関して、ひどくくわしい。それでいて、

「じゃ、やっぱり、ちくぜんどのは、島井のお店の方なのね」

おちかが聞くと、

「さあ、どうかな」

にやりと笑って答えない。

おちかも負けずにやりかえす。

「そうね、それほど腹袋の大きい商人の家のお方にしては、やることが抜けているもの」

「なんだって？」

「戦さがすんだ今ごろになって、薬を買いに来たって、もうおそいじゃないのさ」

「あは、は、は」

ちくぜんは声をあげて笑った。

「そう思うのが素人のあさはかなところさ。なんの、これしきで戦さは終るものか。殺しあいは、まだまだ続く」

「へえ、どこで？」

「それは言えぬ。だからこそ、関白さまも、博多商人と茶を飲もうと言われるのよ。さて、その戦さがおこれば――」

ちくぜんの濃い眉の下の瞳がにわかに凄みを帯びた。

「殺しあいは、ちっとやそっとではすまぬ。そうなりゃ薬の値段は天井知らず。いま仕入れておいても、けっこう損はないはずよ」

おわかりかな、とにやりとしてみせ、

「さて、今日はこれで。こちらも商売が忙しい」

おちかを押しのけるようにして薬市の店に入りかけた。

——私も……

つづいて入ろうとしたとき、くるりと向き直って、ちくぜんは、おちかの前に立ちふさがるようにした。

「おちかどのは、お帰りあれ」

「でも、おたあどのの薬を……」

「それには及ばぬ」

「だって、ひどく苦しそうにしているのですよ」

まんざら知らない仲でもないのに、なんて薄情な、と批難をこめてその顔をみつめると、

「薬市には、それに効く薬はない」

ひどく断定的に言う。

「そんなことはないでしょう。こうこうだと話をすれば、何か見つけてくれますよ」

な紙包みを取り出した。

強い語気に気圧《けお》されてたじろいでいると、懐をまさぐっていたちくぜんが、黒い小さな紙包みを取り出した。

「そのかわりに、これを」

「何です、それは」

「言わねばいけませぬか」

凄みのある瞳が、じっとおちかをみつめた。

「天竺渡来の堕胎薬《おろし》だ」

「えっ、堕胎薬……」

ゆっくりちくぜんはうなずく。

――とすれば、おたあは……

胸を押えた、真っ青な顔が眼に浮かんだ。

「二月《ふた》ほど前、こっそりやって来て、あれと寝た。いや、寝ないで腰の立たぬほど、たのしませてやった。してみれば……」

黒い小さな紙包みは、すでに、おちかの掌の上にある。

「陽にあてぬようにな」

ちくぜんは低い声で言った。

「飲めば数刻のうちに、腹の児は溶けて流れでるという秘薬だ。この国にもめったにない薬でな、陽の目を嫌うという言伝えがある。さ、早くしまって」

あるかなきかの小さな紙包みを懐にしまいこんだだけなのに、おちかは、持ち重りのする冷たい鉛の塊でもかかえこんだような気がした。

奇妙なことに、喉のあたりがきゅっとつまって息ができない。しかもそのつまった喉の管を酸っぱい水が突きあげて来る。

——うっ！

思わず胸を押えた。

子供のないおちかは、つわりの経験はない。なのに、ふしぎにもいま、おたあが経験しているその苦しみが、そっくりそのままのり移って来たような感じなのだ。

——そうだったのか、おたあ。

ちくぜんと素肌をからませているおたあの姿が眼に浮かぶ。

——二月前？　二月前と言ったわね。

とっくに自分たちの前から姿を消したと思っていたこの男は、またもや舞戻って、おたあと密会をつづけていたのだ。

——が、そのころ、おたあは、それらしいそぶりは、何ひとつ見せはしなかった。

何くわぬ顔で城をぬけだし、ちくぜんとからだの髄まで溶けるほどの時間を持ちながら、また何くわぬ顔で戻って来ていたというのか。

——ああ、そして私は、何ひとつ気づいてはいなかったのだ。

それにしても、ちくぜんは何という非情な男であろう。おたあがつわりだと知るや、平然として堕胎薬をさしだすとは……。

「ち、ちくぜんどの」

薬市の店へ入って行こうとする後姿に、かすれ声でやっとおちかは呼びかけた。

「そなたは……これをおたあに飲ませろというのですね」

「いかにも」

落着きはらって彼は言う。

「でも……その、おたあどののお腹の子は、そなたの子なのですよ。それを、おろしてしまえというのですか」

「………」

「自分の子を闇に葬っていいのですか」

さすがにすぐには答えなかったが、やがて、

「やむを得ぬ」

静かな声が返って来た。

「腹の赤児《やや》には気の毒だが、俺はおたあと夫婦《めおと》になって子供を育てるつもりはない、そしてまた」

ちくぜんはさらりと言ってのけた。

「おたあとて、それは同じことではないか」

その瞳の前でおちかは戦慄した。この男は、おたあが暗黙のうちに与えられている任務——織田信雄からおごうにつけられた監視役であることを、ちゃんと見破っているらしい……

ふつうなら、自分の子を宿したというだけで動揺するはずなのに、この男は感情の妥協を全く拒んでいる。

——なんという男か。

ちくぜんという男の薄気味悪さを今度という今度はわかったと思った。それにしても彼をそこまで非情にさせているのは何なのか。

そのとき、おちかは言うべきであったかもしれない。

「それでも、あんたは人間なの？　みごもった子の父親が、自分からその子の命を断つ薬を飲めなんてよく言えたものね」

が、このときも、彼女は、ちくぜんに、みごとに身をかわされてしまった。まるで、刀を引き抜こうとした途端に、その殺意を察してぱっと飛びすさるように、ふいにちくぜんは、その頬に、にこやかな笑いをうかべたのだ。凄みのある眼差は瞬時に消えて、

「お、そうそう」

声の色まで変っていた。

「おちかさまにお目にかかれたのは、何よりの幸い。よい知らせがございますぞ」

言葉つきもていねいな商人ふうに戻っている。

「いや、ほかでもない。こちらの殿さまのことでございますが」

「殿さまのこと?……」

「はい、左様で。九州攻めも、おおかた埒があきましたゆえ、お帰りは、ことのほか早まりましょう。まず、これだけでも、大野御前さまをお喜ばせする知らせ、ちくぜんめもたまには役に立つ、とこうお思いになられませぬかな。ところで、もう一つ……」

ちくぜんは、とっておきの商品でもひろげるような顔付になった。

「とりわけお知らせしたいことがございます。と申しますのは、多分、今度の御帰城の折は、殿さまは、今までにない御機嫌であられるはず」

「まあ、それはなぜ?」

思わずつりこまれると、

「さあて」

思わせぶりに、ちくぜんは首をかしげた。

「いま、ここで御披露申しあげてはお楽しみが減りましょう。まず、お帰城をお待ちになったほうがよろしいのでは……。ともあれ、今度の九州攻め、大儲けは博多商人、つづいては堺、大坂の商人と関白どの。さてその次にはこちらの殿さまではございますまいか。ま、今から念入りにお支度をなされて、お帰りを待つことですな」

「……」

さんざん煙に巻いておいて、

「では、これにて」

ひょいと腰をかがめるなり、

「あ、待って――」

追いかける小さな叫びも耳に入らぬげに、ちくぜんは薬市の店の中に消えてしまっていた。

その姿が消えたとき、懐の中の小さな紙包みは、一段と重さを増した――ようにおちかには思われた。

――とんでもないものを預かってしまった。

あのとき、なんでこの薬を受取ってしまったのか、自分でもわからなかった。まるで、魔術にかけられたように、気がついたら、薬が掌の上にあったのだ。

おたあがみごもっている、と聞いた衝撃の大きさ。瞬間に働いた女の敵意が手を出させたのだろうか……。気づいて、おちかはぎょっとせざるを得ない。深層意識――などという言葉を知る由もなかったが、いま、彼女は明らかに、むき出しになった自分自身のそれに眼を向けている。

――あのとき、口ではちくぜんを責めながら、ひそかに残虐な喜びを感じていたのだ……

むき出しにされた自分の心と向いあうのは辛い。が、ともかく、おちかは歩まねばならぬ……

大手門をくぐる。

空堀を渡る。

上り坂は、かなりきつい。いつもはその長さがうらめしい坂なのに、気がついてみたら、もう本丸の大屋根が見えている。

できるだけゆっくり坂を上ったつもりだった。戻っておたあの顔を見る瞬間がこわいからだ。

——できるだけ、この坂が長くつづけばいい。

そう思うときにかぎって、息ぎれもせずに上れたというのはどうしたわけか。

「ただいま戻りました」

奥のおごうに挨拶すると、

「よい薬は見つかりましたか？」

ゆったりと聞かれて、おちかはどきまぎした。

「は、はい……」

「それはよかった」

おごうは大きくうなずいた。

「私たちの留守の間に、ひどい吐き気に悩まされたとか」

——ああ、やっぱり……ちくぜんの言ったとおりだ。

「早く行っておやり」

「は、はい……」

――姫さまはこれだから……

周囲に何がおころうと、全く超然としているこののどかさ、それがおごうさまのよいところだとは思っているが、こうなってくると、溜息が出てしまう。

ますます気重い感じになって、おごうの前を退った。

おごうの言葉どおり、おたあは、小袖をひっ被《かつ》いで、部屋の隅で横になっていた。たった数刻の間に、頰がげっそりとこけて、面変りしているところを見ると、かなり苦しんだものらしい。

「まあ……」

さすがに少し気の毒になって、

「どうです、少しは落着きましたか？」

声をかけると、

「ありがとうございます。今のところは何とか……」

細々とした声で、今日ばかりは神妙に答えた。

「御心配をおかけします、おちかさま……」

切れ切れに、おたあは言う。

「わざわざ、薬種屋に寄ってくださったそうですね。奥方さまが先刻、お見舞にお越しくださって……」

「………」

さて、何と返事したものか。

——ありのまま言ってよいか、どうか……

薬を渡すということは、おちか自身、この世に生れ出ようとしている一つの生命をひねりつぶすことに手を貸すことでもある。色蒼ざめて弱りはてているおたあを眼にすると、さっきさぐりあてててしまった自分の中の残虐な思いに急いで蔽いをかけたくなる。

「で、おちかさま、よい薬がありましたか？」

すがりつくようなおたあの瞳をおちかは避けた。

「………」

思い決したように、ゆっくり首を左右に振ったのは、しばらくしてからである。

「いいえ、おたあどの……」

ある考えが頭に浮かんだのだ。

「あの薬種屋には、これに効く薬はないのだそうです」

「まあ……」

「でも、おたあどの……」

ここだ、ここがかんじんなところだと、おちかは自分を励ました。

「そなた、このことで、思いあたることはありませんか」

「思いあたること？」

いぶかしげに、おたあは、枕から首をあげた。

「何のことですの、それ」

「気がつかないなら申しましょう」

おちかは、つとめて無表情に言った。

「ちくぜんどののことです」

「ちくぜん？」

「そう、ここまで言っても、気のつかぬおたあどのでもあるまい」

あ、というふうに、おたあは、小さな声を洩らした。

「とすれば、おたあどのは病気ではない」

微妙な翳がおたあの頰に揺れるのをみつめながら、

――できるだけ乾いた言い方をしなければ……

と自分に言いきかせた。

相手から眼を離してはならぬ。

にやついてはならぬ。

「よもや、と思いました。でも、それにちがいない、という人が現われたのです」

「そ、それは？」

「ちくぜんどのです」

「では、あのひと、ここに？」

「ええ、今日天神さまの側で、会ってしまったのです」

「………」

おたあは床から起き上りかけて、力つきたように、突っ伏してしまった。

おちかはつとめて平静な声でつづけた。

「そのまま薬種屋までついて来て、私がそなたの薬を買うのだと知ると、そう申しました、そして……」

懐をさぐった。

「この薬屋で買うには及ばぬ、と言って、これを……」

例の紙包みを、おたあの床の脇へそっと置いた。

おたあの指がのびて、紙包みに届いた。その細い指先を、じっとみつめていたおちかは一瞬早くそれをつまみあげた。

「あ……」

おたあの指は空《くう》を掃いた。

「お待ちなさい、おたあどの」

「なぜに」

「この薬にはわけがあります」

「………」

「たしかに飲めば、おたあどののつわりはおさまりましょう。ただし、これは……」

「………」

「子供を堕《おろ》す薬なのだそうです」

「えっ」

「ちくぜんという人はね、そういう人なんですよ」

「………」

おたあは黙っている。

放心したように、上を向いたままじっとしている。

こんな折に刺激が強すぎることは知っている。が、どうしてもこれだけは言わねばならないのだ。

「そう聞いたとき、黙ってこれをおたあどのにあげようと思ったのですけれど、とても、そんなむごいことはできなくなってしまいました。おたあどの、この薬を、私に預からせては、くれませんか」

おたあは黙りこくっている。

刻一刻すぎてゆく沈黙のときの重さをはねのけるように、おちかは、しいて気持を集中させようとした。

――これでいいんだ。これ以外どんな方法があるというのか。

と、そのときである。仰向いたままのおたあが、はじけるように笑いだしたのは……

「は、は、は、は……」

おたあは、男のような笑い方をした。

その声は決してうつろではなかった。

腹の中の子を堕すか堕さぬかという話をしている当の女の笑いとはとても思われなかった。

虚を衝かれて、きょとんとしているおちかの前に、おたあは、ゆっくり起きなおった。しどけなげにはだけた胸許をかきあわせようともせず、

「ああ、おかしい」

けろりとして、おたあは言ったのである。

「つわりだったんですねえ、私」

「………」

「これまで、いくら男と遊んでもそういうことはなかったから、てんで考えてもいなかったんです。でも、やっぱり、みごもるってこともあるのねえ」

ぬけぬけとした言いざまに口もきけないでいるおちかを、じろりと見て、

「御親切はありがとうございます。おちかさま。でも、私には、ちゃんとわかりますのよ」

「………」

「黙ってこの薬を渡せば、腹の子を殺すことになる」

「あ、いいえ、そんな……」

どきまぎするおちかを相手にせずに、さらりとおたあは言う。

「そう、おちかさまが殺したわけじゃないけど、あの、ちくぜんに手を貸したことになる。人殺しの片棒をかつぐのはいや、ってわけでしょ」

まさに図星をさされた感じであった。

「そりゃ、たしかに、ひとの腹の中の子を、そうと知っていて殺すのは気が咎めるでしょうよ。御親切さま……。でもね」

「………」

「じゃあ、この私にどうしろっていうの」

「………」

「このまま腹をふくらませて、子供を産めというの？」

「………」

「ちくぜんが言ったとおり、この子の父親はあのひとよ。その男が産むなっていうのに、私にだけその子を育てさせようっていうの」

おたあの視線が、じわじわと、おちかのからだにまつわりついて来た。

「私だって、子供なんてまっぴらよ」

「まあ、なんてことを……」

「女は子供を育てるのが楽しみなんていうけど、あんなこと大嘘だと思うわ。子供なんて産まないで、男と遊んでいたほうが、ずっとおもしろいじゃないの」

「……」

「それを、おちかさまは邪魔だてしようとおっしゃるの?」

「そ、そんな」

その瞬間である。

ひょいとおたあの手がのびて、おちかの掌にあった黒い紙包みをさらっていった。

「あっ」

うっかりした!

おたあの語勢に押されて、たじたじとなって、思わず掌の中のものを忘れていたのだ。

「あっ……おたあどの」

すばやく紙包みをあけると、黒い粉をあおった。

「どう、もう飲んじまったわよ」

勝ちほこったように叫ぶおたあから、おちかは目を逸らせた。

これ以上、自分の中に揺れ動くものを、相手に気づかれたくなかったからである。

このときおちかの胸にあったのは、おたあの腹の子の命をひねりつぶすのにひと役買ったことへの悔いばかりではなかった。

じつを言えば、胸の中には複雑な計算があったのだ。

「腹の子供を殺すなんて、そんなむごいことはできませぬ」

と言ったのは表向きの口実で、その底には、

――子供を産むことを余儀なくさせれば、おたあは、この城を去るよりほかはないだろう。

女らしい狡猾なたくらみがかくされていたのである。

黙って薬を飲ませて腹の子を堕させ、女としての快感にひたるべきか、それとも姫さまの側から眼ざわりな女を遠ざけるべきか。おたあの顔を見ながら、おちかとしては、せいいっぱいの智恵をめぐらし、せわしく算盤をはじいた結果、この際はと、覚悟をきめての賭けだったのだ。

が、結果は裏目に出た。

おためごかしの言葉も、これまでの女の常識を突き破った奔放さを持つおたあには、全く通じなかったのである。

「――ま、おたあどの……」

声を震わせるおちかの前で、おたあはけろりとしている。

「おかしなもんね。飲んだら、つわりも消えちゃった」

「まあ……」

「で、どのくらい経ったら効いてくるの？」

「さあ……」

「だめじゃないの、そこを聞いて来なくちゃあ」

「……ええと、飲めば数刻のうちに、と言ったような気がするけれど」

「頼りないのねえ」

数刻——四、五時間か、七、八時間か、もっとかかるのか。いざとなったら、ひどく苦しむのか。そのときはどうしたらいいのか。そして、あとの始末は?……

かんじんなことは何ひとつ聞いていなかったことに、はじめて気がついた。

おたあにとっても、はじめての妊娠だし、おちかも、子供を産んだ経験はない。さりとて、こんなことを、いまさらよそに行って聞くわけにもゆかない。

その間にも、おたあのからだに変化がおこりはしないか、と気が気ではなくなった。

なのに、

「痛みますか……」

聞けば、おたあは、小憎らしいほど落着きはらって答える。

「いいえ、ちっとも……」

むしろ、この先、子育てから逃れられることにほっとしているのか、さばさばした顔付をしている。その側で、立ったり坐ったり、落着かないのはおちかのほうだ。

せっかく育った生命《いのち》の芽が母の肉体から引きちぎられるのだ。いざとなったら、おたあは、あたりを血の海にしてのたうちまわるのではないか……

「痛みますか」

「いいえ」

一刻、二刻——重苦しい雰囲気の中に時はすぎてゆく。

おちかが城に戻ったのは夕方だったが、今はすでに夜半に近い。長い間食事も忘れて向きあっているのに、いっこうに空腹も感じない。

無言の対決に飽きて来たのは、むしろ、おたあのほうだった。

「おちかさま、寝ましょうか」

手の甲で口を押え、あくびをかみころすようにして言った。

——まあ、寝ましょうですって。ひとをさんざん心配させておきながら……

おちかは、おたあを睨みつけたが、そのおたあはといえば、

「だって、何の気配もないんですもの」

まるで、なかなかその兆候がないのはおちかの責任であるかのように口をとがらせている。

「人によって効き方に早いおそいがあるかもしれませんよ」

ふん、というように笑って、

「ともかく寝ます、私は」

ふてくされたように、おたあは、ごろりと横になった。

「おちかさまもどうぞ、おやすみになって」

「では、ここへ床をのべて……」

「あら、それには及びませんわ。どうぞお部屋におひきとりください」

「でも……」

「何かのときにはお呼びしますから」

「……そうですか」

ふんぎりの悪いうなずき方をして、部屋を立った。

――せっかくいてやるというのに……

まるで両手で押しのけでもするようなおたあの態度が気にいらなかった。

部屋に戻っても、寝る気にはなれない。いつ呼びに来るかもしれないから、床の上に小袖のままにごろ寝することにした。

おたあの部屋の方角をそっとうかがってみたが、何の気配もしない。

――あの図々しい娘は、ほんとに寝てしまったのか。

夜更けのしじまは、おちかをしきりと物思いにふけらせる。

――やっぱり、あの薬を飲ませるべきではなかった。

――あの小うるさい娘を追っ払う何よりの機会だったのに。

――それにしても、今度のことが、まわりに洩れなければいいが……。みごもったの堕したのというだけでもめんどうなのに、その上自分が一枚嚙んでいるとなってはよそへの聞えもまずくなる。

寝るまい、眠るまいとした。

いや、とても眠れるものではない、と思いこんでいた。

が、どうやら、そう思うことでおちかは、かえって自己催眠にかかってしまったらしい。

気がついたとき、あたりは、すでに、しらじら明けだった。

——まあ、私としたことが！

慌てて飛びおきて、耳を澄ませた。

依然、あたりは静かである。

——やっぱり、まだだったのか……

どうやらおこされても起きないというほどの不覚はとらなかったらしい、と胸を撫でおろした。

それにしても、おたあは？

急いで身づくろいをして、おたあの部屋に近づいた。

「おたあどの」

「………」

中からの返事はない。

もう一度、声を殺して、その名を呼んだ。

「おたあどの……」

「………」

依然、部屋の中はひっそりしている。

そのときである、ふいに不吉な予感が、おちかの頭をかすめたのは……

——もしや。

慌てて襖を押し開いたとき、

「あっ！」

おちかはその場に立ちすくんだ。

予想は、みごとに裏切られていた。

物音ひとつしない部屋の前に立ったおちかは、朱に染まって悶絶しているおたあを想像していたのだが、襖をあけてみると、部屋の中は、たった一つのことを除けば、全く昨日と変りはなかった。

たしかに、たった一つのことを除いては……

そして、そのたった一つのことが、今のおちかを立ちすくませている。

おたあがいなかったのだ。

小机、櫛箱、姫鏡——。昨夜ひっ被いで寝ていた、おたあ好みのはでな小袖もそのままなのに、かんじんのおたあの姿はどこにもない。

「おたあどの……」

声を殺してその名を呼んだが、もちろん返事はない。

——もしや様子が急に変って、手洗いででも倒れているのではあるまいか。

足音をしのばせて、のぞいてみたが、そこにもおたあの姿はなかった。

気がついて、部屋にとって返し床の中をさぐってみたが、ぬくもりもない。してみると、おちかが眼をさますよりもずっと以前に、おたあは、ここをぬけだしてしまったのだろうか。

――あのからだで……

途中でもしものことがあったらいったいどうするつもりなのか。

――なんと無謀な……

腹立たしくもあったが、その瞬間、疲れがどっと全身にのしかかって来て、おちかは、その場にへたりこんだ。

が、下手に騒ぎたてることは許されない。しばらくしてから何くわぬ顔で館を出て、木戸番の兵士にそれとなくたずねてみると、夜明けに、おたあは、しゃあしゃあと大手門から外へ出て行ったらしいのだ。

「奥方さまの急の使とかいうお話でしたが、それにしてはお戻りが遅いですなあ」

首をかしげるその侍の前で、

「あ、よろしいのです。ええ、別に急ぎませんので……」

ちぐはぐな返事をして引きかえそうとすると、

「あ、今しがた、これを」

呼びとめられて、一通の書状を手渡された。

「薬市の使とかいう男から、そちらへということでした」

「薬市？」

飛びあがるほどぎょっとして、思わず手を引っこめかけたが、辛うじてそれを受取り、急いで懐へ押しこんだ。

中身は、ほぼ見当がついた。というのは、薬市と書いた下へ、小さく「ち」という署名がしてあったからである。

——ちくぜんめ。また何を言って来たのか。

濃い眉の下の、あの瞳がどこかで逐一見張ってはしないか、とあたりをそっと眺めまわさずにはいられなくなる。

——ともかく早くあけねばならぬ。

奥の侍女たちには、おたあの不在を適当にとりつくろって話し、自分の部屋に引っこむと、気ぜわしく書状をひらいた。

「昨日は失礼申上げ候、お渡し申上げ候薬、早速おためし下され候由、恐悦至極に存じ候」

かなりの達筆である。それにしてもちくぜんは、どうしてこのことを知っているのか……。

ちくぜんの筆はなおもつづく。

「かの薬お試しの上は、すでに御承知に及ばれ候ことは存じ候得共、堕胎薬《おろし》などと御披露致せしは真赤の偽りにて……」

——えっ！

おちかは危うく手紙をとり落としそうになった。

——真赤な偽り……

やられた！

今度という今度は、完全にあの男に足をすくわれたのだ。偽の薬とも知らず、眼をつりあげ、胸をどきどきさせて、おたあと睨みあっていたとは……

なんたるまぬけさ加減！　われとわが頭をぽかぽかなぐりつけたくなる。

——そうだった。一刻たっても二刻たっても何の変化もおこらなかったあのときに、そのことに気づくべきだったのだ。それをまあ、本気にして夜どおし起きていたなんて。

なのに、悔しいことに、ちくぜんは、

「この段くれぐれもお怒りなさるまじく候」

などと書いているではないか。

その文面の大略はこうである。

「だいたいてきめんに効く堕胎薬などあるはずがないではないか。もしあったとすれば、世の中に不義密通の子は一人も生れず、女の浮気は止まるところを知らないであろう」

「にもかかわらず、私は敢えておちかどのをだました。これは、ちょっと、おちかどのを試してみたかったからだ」

——まあ、やっぱり、私は試されていたのか……

かっかと頬に血がのぼって来る。ちくぜんの手紙はさらにつづく。

「今後はくれぐれも御注意あるように。つまらぬ人の口車に乗って役にも立たぬ薬を信用してはなりませぬ」

——まあ、なんということを。自分でだましておきながら……

腹が立つが、じじつ、ちくぜんの言うとおりなのだから一言もない。

「そのような手に乗るおちかどのとは思わなかったが、今度ばかりはいささか残念でもございました」

そう書いているちくぜんは、もしかすると、自分の心の裏を——おたあとの微妙な相剋までも感づいているのだろうか。が、彼の手紙にはそれには触れず、

「この段平《ひら》に御容赦下され度《たく》、ただし、これもかれも一時の戯れにては無之《これなく》……」

単なるからかいではなく、ちくぜんなりの考えがあってのことだと書いてあるのだが、その後に彼は、おちかの心を凍りつかせるような文字を並べていた。

「と申すは、おたあ懐妊の儀にて候。確かに我身にも覚え有之儀に候得共、これもおちかどのに蔭ながら御助力申上度きちくぜんの所存より出たる事に候。おたあ懐妊の上は、大野城に留まること難《かた》かるべく、これこそおちかどのの御望みにて候らん。かつまた、ちくぜんの望みもそのことにて候……」

おちかは呆然として顔をあげた。

——あの男は、私の心を見透かしている。

恐ろしい男だと思う。そのちくぜんが、「自分もおたあは邪魔だ」と言っている。こ

れはどういうことなのか……

　ちくぜんは、はたして何者か？　この手紙は、はしなくも、彼の正体をかいま見せたようである。

「おたあが、いることは自分にとっても邪魔だ。みごもらせて大野城にいられなくしたことで、自分もおちかの手伝いをしたつもりである」

　という文面を、そのまま鵜《う》呑みにすることはできないにしても、奔放なおたあのからだに、ずかずか入りこんで、無責任に男の欲望をさらけ出した裏には、こんな計算も働いたにちがいない。

　——とすれば、やはり、ちくぜんは、おたあの主人筋の織田信雄とは利害を異にする人物——つまり秀吉の手先だったのか。

　が、もしそうだとしたら、彼は必ずしも忠実な部下とはいえないようである。きまじめに、主人から与えられた任務を遂行するのではなくて、さんざん自分の欲望を満足させたり、おちかをわなにかけて焦らせてみたり、しないでもいい遠まわりをやっている。いや、案外遠まわりすることじたいを楽しんでいるようなところがある。

　いわば目的物めがけて、まともに石を投げつけるのではなく、とんでもない方向に投げた球が、次々と途中の石や木の枝にぶつかりながら、複雑な曲折の後に最後の目的物に到達するのを、にやにやしながら見守っている趣なのだ。

　げんに、その手紙の続きで、おちかは、球にぶつかられた石や木と同然に、みごとに足をすくわれて眼をまわしているではないか……

ちくぜんは、さらに書いている。

「さぞかし、御不審の趣も候らん……」

自分がこんなによく知っていることを、ふしぎに思われるだろう、と言うのだが、

「種をあかせば……」

と彼は言う。

「何のことはない、城のまわりをうろついていて、おたあが出てゆく姿を見つけたのだ。おそらく、おたあは、自分が大野に来ているのを知って、探しに来たのであろう。会って文句を言うつもりだったかもしれない。偽の堕胎薬などを飲ませた自分に……。どうやらおたあが、からくりに気づいたのは、おちかどのよりひと足早かったようですな……」

——あっ！　そうだったのか！　なんてドジな私……

いやにふてくされて寝ころがったと思ったが、ではあのとき、すでに、おたあは薬が偽物であることに気がついていたのか……

してみると、三人の中で、いちばんまぬけなのは、おちか自身ということになる。

完敗である。

——どうしてこう、私って、慌て者でまぬけなのかしら。

何とも弁明しようもない証拠をつきつけられて、おちかは、手紙を放りだしたくなっ

た。

　が、手紙はなおもつづく。

「したが、御安心あれおちかどの。決して、おたあに見つけられるちくぜんではござらぬ。それに目的の薬も買い調えた。もう、おたあにも会わぬ所存だし、しばらくこの地より御免つかまつる」

　そして最後はこんな言葉で結んでいる。

「さりとてそもじさまとは今生の別れにては無之《これなく》、何れの日にか大事出来《しゅったい》の砌《みぎり》には、ふたたびお目もじ申上べく候。

　御ゆかしきちかどのまいる」

　何が、「ゆかしきちかどの」なものか。手紙を引き裂こうとして、しかし、その手はなぜかとまった。

　自分でもわからない。

　――なぜ、小憎らしいちくぜんの手紙を引き裂かなかったのか。

　さんざん愚弄されているのに、心のどこかで、ほっとひと息ついている自分を、おちかはいま感じている。

「おたあとはもう会わない」

　という言葉のせいなのか。

　――まさか、そんなこと……

自分の心の中をのぞくまいとするかのように、おちかは、慌てて打消した。

それにしても、ちくぜんが城下にいると聞いて、夜もあけないうちに飛びだして行ったおたあ。寝ていた床を片づけるといった女らしいたしなみのないところも、いかにも彼女らしいが、ちくぜんに会えないとわかったら、ふたたびあの床へもぐりこもうというのだろうか。

が、その日、とうとう、おたあは戻って来なかった。

そして、次の日も、次の日も……

みごもった上は、もう大野の城にいられないと覚悟をきめたのだろうか。子供を産むときめても、それまで、いったい、どこですごすのか。

ふと、ちくぜんによく似た子を、抱いているおたあの姿を想像した。その子が大きくなったとき、一度は薬を飲んで堕すつもりだったことを、おたあは告げるだろうか。いや告げないにしても、その事実を知っている人間がここにいるのだと思うと、妙にその子のことがふびんになって来た。

まだ生れてもいない子供なのに……

やくたいもない思索に気付いたが、気がついてみると、おたあに対する感情も、ふしぎと変りはじめている。女の敵意をむき出しにしたような、なまぐささは薄れていて、この先子供を抱えて生きる姿が、目の先にちらちらした。

おたあの出奔について、おごうに告げたのは、その数日後のことである。

「おたあが？……まあ、そうですか」

おっとりと、おごうはそれだけ言って微笑した。

「じつは、その、みごもりまして……」

「おや、まあ」

日頃は物足りない感じもするそのおおどかさを、このときほどありがたいと思ったことはなかった。相手はどうの、こういう事情の、と汗をふきふき喋らないでもすむからである。

「どうやら、いろいろ事情がある様子らしゅうございますので、御内聞にお願いいたします。女中衆へは、親許に急用ができて暇をとることになったと披露しておくつもりでございます」

「それでよろしいでしょう」

おごうはうなずいた。

「でも、そうと知ったら、少しはまとまった見舞金などやったのに、気の毒なことをしました。あれでなかなかよい子でしたからね」

「はい」

いつぞやも同じように、おごうは、おたあをいい子だと褒めたことがあった。そのときは、姫さまは何もわかっていらっしゃらぬ、と苛立ちもしたが、今はそのときより素直にその言葉を聞けるような気がした。

考えてみれば、あのとき、おごうは、あたかも、今日のこの事態を予想するようなことを言っていたではないか。

あれはいつだったろう。

——あ、そうそう、ちくぜんからの、ねりぬき酒をさしあげたときだったわ。

見かけによらず酒に強いおごうは、ねりぬきが、大分気にいった様子だった。そのほのぼのとした笑顔に、囁いた言葉を、おちかは、あざやかに思い出した。

「もし、おたあを……このままでおきまして、何かまちがいでもおこりますと……」

そのとき、おごうは言ったはずだ。

「おちか、まちがいといっても」

「……………」

「せいぜい赤児を宿すぐらいのことでしょう」

「は……」

「そうなってから考えても、遅くはありませんよ」

そして、まさに、いま、おごうの言ったとおりのことが起き、おたあは、大野の城から消えてしまった……

が、誰があのとき、こんな事態を予想し得ただろう。

——ほんとに、おこってみなければわからないことだわ。

腹を立てたり、焦れてみたり、ときには不可解な嫉妬に悩まされてみたり、さんざん振りまわされた自分だった。

それにひきかえ、ほのぼの御前のおごうは、はじめから、

——たかが、赤児を宿すぐらいのこと。

と平然とかまえている。

——ほんとに、そのとおりでございました、姫さま。「せいぜい赤児を……ぐらいのこと」でございました。

いささか苦笑をうかべざるを得ない。

——あるいは、今日のこの日を姫さまは見通していたのだろうか。

いや、まさか、とおちかは首を振る。万事世事にはうといあの姫さまが、そんなはずはない。それでいて、結局、おごうの言ったとおりに事が運んだことに、いささかふしぎな思いを抱かないわけにはゆかない。

おたあの一件が一応の落着を見せたと前後して、城主の与九郎が帰って来た。九州の陽射しが強かったのだろうが、発つときより、ひときわ陽焼けした頰には、さらに精悍さが加わったようだった。

「途中お障りもなく……」

「御機嫌うるわしく……」

「お待ち申しあげておりました」

留守を預かっていた人々の挨拶に顎をしゃくるだけで、にこりともせずに、のっしの

っしと歩いてゆく。

廊下を歩くときでも、城の外と同じように、やや肩を怒らせて、大股に歩くその後姿は、今までと全く変りはなかったが、廊下に手をつかえて、それを見送ったとき、おちかは、

――おや……

と思った。

与九郎が揺らせていったあとの空気が妙に重いのである。

――気のせいかしら？

そういえば、いつもは屈託なげな瞳の色が、今日ばかりは少しちがって見えた。何か別のことに心を捉われている感じなのだ。

――どうなさったのか……

ちくぜんの言ったことが頭に浮かんだのはそのときである。

――あの男、殿さまは、いつもよりいっそう御機嫌で御帰城なさる、ともさも確信ありげに言ったではないか。まあなんて、でたらめな。

帰城して以来、与九郎は、さらに口数が少なくなった。

晴れた日には、相変らず、海に出る。自慢の速舟に乗ると、

「さあ漕げ、力いっぱい漕げ！」

舳先に立って、号令をかける。

そこまでは、前と全く同じである。

が、舟が海の上をすべりはじめると、与九郎は、舳先に仁王立ちになったまま、腕組みをして、海の一点をみつめているばかりなのである。

以前の与九郎は、こうではなかった。楫《かじ》のとり具合を指図してみたり、波と船体のかかわりあいを調べてみたり、一尺でも早く進む工夫に余念がなかったはずだ。

海を愛し、舟を愛し、それに命をかけている男――

与九郎はそれ以外の何ものでもなかった。

ところが――

いま、与九郎は何も言わない。ぐっと唇を結び、腕組みをして、突っ立っているだけである。

それが二、三日続くと、さすがに漕ぎ手たちも、与九郎の変化に気づきはじめた。

「今日は南風《はえ》が強すぎるようだな」

「うん、その割には楫は軽いぞ」

あるじの言葉を誘うように、囁いてみたりするのだが、与九郎の反応は全くない。

しかたなしに、いいかげんのところまで漕いでおいて、

「戻りまするか」

顔色を窺うと、

「うん」

無表情に言う。

依然として毎日のように海へ出るものの、今の彼は舟を走らせることに何の興味もないかのように見える。もはや彼は、舟をも海をも愛していないかのようである。が、それかといって生来の海の男である自分に舟を走らせることのほか、何が残っているのか——というように、彼は舳先に突っ立つ。

すでに季節は秋に入っていたが、日の光は海の上に溢れ、きらめき、容赦なく彼の肩を焼く。

が、彼は身動きひとつしない。

おそらく、その肌は潮風の痛みを感じないわけではないだろう。しかし今は、その痛みに耐えることが、せめてもの救いであるかのように、彼は舳先に立ちつくす。

——いったい何があったのか。

男たちは若いあるじの顔をぬすみ見た。与九郎の親衛隊的な存在として、九州へも従軍した彼らだが、現地で何ひとつ与九郎にとって不幸な事件はおこらなかったはずだ。——軍功をたてる機会こそやって来なかったが、殿にとっては、むしろ幸運なる御出陣。

部下たちはそう思っている。

なぜなら、九州在陣中、与九郎は、秀吉に目をかけられ、度々酒宴に招かれていた様子だからだ。

——それがどうして、御帰城になられてからは、毎日、むっつりしておられるのか。

もっとも、彼が特に無愛想に見えるのは舟に乗ってからなので、城の中の多くは、それほど、あるじの変化に気づいてはいない。

その中では、おちかなどは、比較的早く、与九郎の表情の変り方に気づいた一人かもしれない。

彼女が、与九郎の微妙な変化に気づいたのにはわけがあった。

夕映えどきに、城の櫓に上ることがなくなったのだ。彼が城に帰って来た翌日の夕方、すばらしい夕映えが空いっぱいにひろがったのに、与九郎は知らぬふりをしていた。

もっとも、このときは挨拶に押しかけてきた連中にかこまれていたから、座を起てなかったのかと思ったが、それから数日後、全天を薔薇《ばら》色に染めた大夕焼けが訪れたとき、与九郎は所在なげに、佩《は》いている太刀を抜いて歯こぼれをしらべたりしているだけで、席を起つ気配もなかった。

おちかが、おかしい、と思ったのは、そんなことが二、三回続いたあとである。

「まあ、みごとな夕映えですこと……」

ひとりごとのように言ってみたが、それでも与九郎は立とうともしない。

人には子供っぽいと思われるような純粋さで——いや、子供っぽいと思われることなど、問題にしないひたむきさで、といったほうがいいだろうか。そんな激しさで夕映えを愛していたはずの与九郎が、これはまたどうしたことなのか。

そのおちかの耳に、海の上での与九郎のそぶりも伝わって来た。

——どうなさったのか。いよいよ、おかしい、これは……

それとなくおごうにもあたってみたが、例によって、のんびりやのおごうは、特に夫の身辺に気をつかう様子もない。

——そんなことでいいのだろうか……

そっと二人を眺めるような日が何日か続いたあとで、ある夜、突然、与九郎は、

「おごう、海に出てみぬか」

ぶっきらぼうな調子で、おごうを誘った。

用意されたのは、いつもの小舟である。漕ぎ手はほんの数名、無言で機械のような正確さで拍子をあわせて漕いでゆく。

「おちかもついてまいれ」

おちかは、ふと、婚礼直後の夜を思い出していた。

——あの夜も、こんなふうに、小さな舟に乗って海へ漕ぎだしていったっけ。

そしてそれが、与九郎とおごうのほんとうの祝言の夜だった……

あれ以来、時折与九郎は、おごうを舟に乗せて海に連れだしている。おちかも多くはそれに従っていたから、とりわけ今夜が特別なものでもないのに、しきりに婚礼当時のあの夜のことが思い出されるのはどうしたわけか。

月はなかった。

そのかわり、まるで小舟を覆うように、満天の星がきらめいている。

月夜には、わずかにその位置をしめすにすぎない小さな星たちが、今夜は、ひとつひとつ、新しい生命を吹きこまれたように、みずみずしい光を放っている。

「灯を細くせよ」

与九郎がそう言ったのは、おそらく頭上に輝く、それらのみずみずしい光を、さらにたしかめたかったからではないだろうか。

「酒を持て」

ふたたび、短く彼は言った。

かなり沖へ出たせいだろうか、波のうねりが強くなった。

与九郎とおごうの前に、酒と肴が運ばれた。

盃をとりあげ、一口含んでから、

「寒くはないか」

いたわるような口調で、与九郎は、おごうにたずねた。

「いいえ」

例によって、おごうは、ゆっくりと首を振る。

「こうして、お酒をいただきますと、からだがほてるくらいでございます」

黙ってうなずく与九郎の横顔を見て、おちかは、ちょっとばかり胸を撫でおろした。

帰城以来の、与九郎のどこやら鬱屈した様子は、決して、おごうに対する不満からではないと思ったからだ。

二人はひどく口数が少ない。

おまけに無表情だから、側にいてお互いの心の中までうかがい知るのは、なかなかむずかしいのだが、少なくとも、今の与九郎の言葉には、とげはなかった。

与九郎は、ゆっくりと盃を重ねている。

夜がふけるにしたがって、満天の星は、研ぎすましたような青みを加えて来た。

「よい星月夜だな」

盃の手をとめると、彼は夜空をふり仰いだ。

「彦星と、たなばたつめを知っているか」

「いいえ」

「ほれ、あそこに光る星があるだろう」

与九郎の指が、銀河のあたりを指す。

「それから、あれが」

ゆっくり指を北にまわして、

「北辰（北極星）だ。そう明るい星ではないが、海に出るものにとっては、大切な星だ」

「まあ、なぜに」

「大空の星は、みな、春秋の時節によって位置が変る。一晩のうちにもぐるぐる動く。ところが、あの星だけは、真北にあってほとんど動かない。だから、舟乗りたちは、あの星を見つけて、方角の見当をつけるのだ」

「まあ、そうでございますか」

「空にはもっと明るい星、憶えやすい星もあるが、舟乗りの道連れはあの星さ。だから、たとえ、見知らぬ大海に出ようとも——」

言いかけて、ふっと与九郎は言葉を切った。

そのときである。

天空を斜めに、流星が、一閃《いっせん》光の尾を曳いて飛んだのは。

与九郎は、黙っていた。

呟きが洩れたのはしばらく経ってからだ。盃を手にしたまま、凝然として流星の消えた夜空をみつめつづけている。

「流れ星だな」

そのあと与九郎は一段と無口になった。いったん、おごうに視線を戻して、何か言おうとしたが、思いなおすように口を閉じ、それからは黙々と盃を重ねるばかりであった。

なぜ与九郎は黙り込んでしまったのか？

流星が彼の思考を断ち切ったのか、それとも……

その心をさぐりあてられぬままに、おちかは、ふと、おたあを思い出していた。

——あの娘はどこへいったのか。

自分たちの人生と触れあい、流星のように消えてしまったおたあ。人生のめぐりあいも、別れもすべてはこんなものなのか……

波のうねりにつれて、満天の星は揺れ動いている。

海燃え

天正十五（一五八七）年——九州攻めに成功したその年は、秀吉にとって、その人生の絶頂にさしかかる時期であった。

人間というものは、自分の人生をのぼりつめたとたん、本性にひそむ愚劣さをみごとにさらけ出してしまうが、この九州攻めの時代はその一歩手前の、いわば彼の、最も気力の充実した時期といえるだろう。

外見からみれば、絢爛豪華な秀吉時代はこのあと始まるわけなのだが、それはいわば、彼の愚劣さの始まりでもある。してみれば、七月二日、九州征伐を終って博多を発った彼は、まさに栄光と愚劣さに向って船出したことになるのかもしれない。

その年の九月、彼はかねて新築中だった京都の聚楽第《じゅらくだい》に引越した。

十月一日には十日の予定で、北野の大茶の湯が催された。これは学者の説によると、人々に、松の木越しに遥かに聚楽第を見せようという魂胆のもとに計画された野外フェスティバルだったという。

このとき、博多の商人神屋宗湛も招かれたが、十日の予定だった大茶の湯は、どうしたわけか一日で取りやめとなってしまったので八日に都についた彼は、これに与《あずか》ることができなかった。秀吉は、このとき、わざわざ彼を特別に招いて、
カワイヤ、ヲソク上リタルヨナ、ヤカテ茶ヲノマセウツ（ズ）ヨ。

と言ったという。

翌年四月、秀吉は聚楽第に後陽成《ごようぜい》天皇の行幸を仰ぎ、数日間、下へもおかぬもてなし方をした。

一方では、彼は京都東山に、大仏殿を作りつつあった。これも奈良の大仏をしのぐ大がかりなものであった。

そしてさらにその翌年、天正十七年には、

「俺も、もはや日本全国を意のままにするようになった。金など集まりすぎるほど集まったから」

と言って、皇族、公家、大名に金銀をばらまいた。いわゆる「金賦《かねくば》り」といわれるのがそれである。

このときは、石田三成らの奉行が、金銀をならべておいて、一人一人受取る人の名前を呼びあげ、呼ばれた人は、秀吉の前に進んでこれを拝領したのだが、その中には、おごうの夫、佐治与九郎の主人筋にあたる織田信雄も含まれていた。

信雄がもらったのは、金一千両と銀一万両、皇族とか徳川家康と同等である。もっとも金額から見れば、秀吉の弟秀長は、金三千両と銀二万両、甥の秀次は、金三千両と銀一万両だったというから、これには及ばないわけではあるが……

しかし、この金をもらったということは、ある意味では、臣下として秀吉の恩恵を蒙ったことになる。

さきに後陽成天皇が聚楽第に臨んだときも、秀吉は、信雄や家康に、

「皇室、公家領への不介入」

を誓わせているが、この誓文の中には、

「関白への絶対服従」

を誓う条項もあって、たくみに信雄は、秀吉に対して臣従を誓わされてしまっている。

これらの呆れんばかりのはで好みな行事にも、裏を返せば、こうした巧妙な駆引がひそんでいたのだから、あながち愚劣の一語で片づけるわけにもいかないのだが、さらにもう一つ、聚楽第の中では、ある人間劇が進行中であった。

それはお茶々の登場である。新築された王者の住居にふさわしいこの美貌の女性を秀吉が迎え入れたのは何年何月か、じつをいうとはっきりしないのだが、誇り高き佳人を手に入れるまで、秀吉はかなり遠まわりをしたようである。一説によれば、彼女の義父柴田勝家の北庄の城が落ち、彼女を頭に三人の姉妹が助けだされたとき以来、秀吉は、お茶々に目をつけていたのだという。

それかといって、彼は、その場で獲物に手を出すような、うかつなまねはしなかった。第一、北庄の落城の折、彼女たちの母親のお市は、結婚したばかりの夫、勝家に殉じてその命を断っている。さらにさかのぼれば彼女たちの実父、浅井長政の小谷《おだに》城が落城したとき、男の兄弟をさがし出して殺したのは、秀吉自身にほかならない。

だから、うかうか、

「わしのところに来い」

などとは言えなかったのだ。

そこで、秀吉はまず、姉妹のうち、いちばん年若なおごうを、この尾張大野の佐治与九郎に嫁がせた。織田信雄の配下に楔《くさび》を打ちこみ、ゆくゆくは、大野水軍をわが手におさめようという魂胆だったかもしれない。

二番目のお初は、京極高次に嫁がせた。これは佐治にくらべれば名門だが、今は没落している。

そうしておいて、富も権力も、彼らとは格段に相違のある自分が、

「どうだ」

と声をかければ、お茶々は一も二もなくついて来るにちがいない、という作戦だったのだという。

それにしても、今度ばかりは、秀吉も、数年がかりという気の長さであった。まるで溝を作って水を誘いこむようにお茶々を手に入れたやり口は、まだ人生の坂を上りきっ

ていなかった彼が、女性に対しても、念を入れずにいられなかった様子が窺えようというものだ。が、皮肉にも、ここまで念を入れてお茶々を迎えた時点において、彼の運は絶頂に達し、また彼女を得たことで彼は愚劣さへの道を歩みはじめるともいえるのだが……

大野にお茶々の結婚の報が届いたときは、まだその愚劣さは姿を現わしてはいない。おちかがそのことを知ったとき、まず思ったのは、お茶々が焦らされぬいた時期の長さだった。

——姫さまが嫁がれ、お初さまが嫁がれ、あの誇り高いお茶々さまは、ひとり取り残されて、どんな月日を送って来られたのか。

そういえば、その間、便りらしいもののひとつよこさなかったことを改めて思い出した。

——どうしていますか？

と聞くことすら、物欲しげな気がして、勝気なお茶々には、耐えられなかったのかもしれない。

父母を失い、いためつけられて育った子供たちには、そのゆえに、人一倍いたわりあう場合と、血を分けたきょうだいにも警戒心や競争心を忘れないタイプとがあるが、どうやら浅井の姉妹は後者に近かったようだ。

中でもお茶々は、露骨なくらいプライドをむき出しにするほうだった。お初はもっと小ざかしく、表向きは姉にべたべたと甘えながら、蔭ではこっそり自分の損得勘定を忘れない、というたちであった。今度のお茶々の身の上の変化を、お初はどんな思いで聞いているであろうか。

お初の夫、京極高次は、このころ、近江国大溝で一万石の領主になったばかりである。表向きは、九州従軍の折に戦功があったから、ということになっているが、それまで近江の田中郷で、たった二千五百石しかもらっていなかった彼が、万石大名にのしあがれたのも、多分、秀吉がお茶々を迎えるための「御祝儀加増」だったのかもしれない。

物事の裏を読みとることにかけては抜群のお初は、この間のいきさつは、ちゃんと嗅ぎとっていて、

——いよいよ運が向いて来た。

と、舌なめずりしているのではないだろうか。

見栄っぱりで、権力者や金持の大好きなお初は、独得の甘ったるい声で、

「お天下さまが……」

親しさを見せびらかすように、何度となくその言葉を口にしているにちがいないのである。その昔、安土にいて、秀吉を恨みおそれたことなどは、こんなときは、都合よくすっぱり忘れてしまえるお初なのだ。

——でも、お初さまの御本心はそれだけではない……

長年姉妹たちの側にいたおちかはそのことを知っている。

そのにこやかな微笑——姉の幸運を手放しで喜び、自分もそのことに酔っていると見

せて、その笑顔の下に、今は格段にかけちがってしまった姉の境遇に、お初は嫉妬の炎を燃やさずにはいられないはずである。

——まあ、私の夫には、たった一万石ですって！

が、嫉妬の炎に狂おしいほど胸を焼かれるそのとき、お初は、ますます、あでやかに、愛想笑いを絶やさずにいられる女だ。

——利用できるものは最大に利用しなければ損だ。

父母を失って生きて来た、したたかな才覚が、彼女をいっそうにこやかにするのだ。それでいて、胸の底で彼女は、自分を置いてけぼりにして、富と栄光の階段を駈けあがった姉を決して許しはしないであろう。

もちろん、お茶々もおろかではないから、妹の笑顔の裏にあるものは知っている。要領のいいお初は、今ごろは早速祝いに駈けつけているかもしれないが、その場面を見られないのは、おちかにとってちょっと残念なことである。

「このたびはおめでとうございます。お姉さま」

「ありがとう、お初」（お前、私を出しぬいてお嫁にいったけれど、どうやら最後は私の勝ちのようね）

「ほんとうに、私うれしゅうございますわ」（もう娘盛りもすぎてますものね、おじいちゃんでも我慢することね。それにしても、あんなに嫌っていた男のところに、よく嫁ぐ気になられましたわね）

口と腹と、二重のやりとりが火花を散らす現場に立ちあえないのは、千載の遺恨（？）かもしれない。

もっとも、おちかが、呑気にこんな空想にふけっていられるのは、おごうのおかげである。

三人姉妹のうち、おごうはひとり変り種だ。姉妹の言うに言えない争いには加わらず、意地悪されればされっぱなし、いたってのんびりしている。

そのかわり世の動きにはむとんちゃくで、お茶々の結婚も知らせが来るまで何ひとつ知らないでいた。

お茶々の結婚の報が大野に届いたとき、人々の多くは、

――なあるほど、それで……

顔を見合わせて、うなずきあったものだった。

「九州遠征のみぎり、殿は関白さまから、格別のおもてなしをうけたそうな。それというのも、つまり――」

おごうの姉のお茶々が秀吉の側室になるということは、秀吉と与九郎が相婿になるということでもある。そうした含みがあったからこそ、秀吉は与九郎を好遇したのだろう、というのが、おおかたの人の見方であった。

が、おちかのように、与九郎の身辺にいるものは、かえってそのことに、首をかしげてしまうのだ。

そういえば、例のちくぜんも、

「今度御帰城なさるとき、きっと殿さまは上機嫌であられるはず」

と言った。しかし、予想に反して、与九郎の眉は、このところ、決して明るくない。お茶々とのことについて、秀吉から内意を洩らされているとすると、これはふしぎなことである。このあたりのことを、どう解釈したらいいのだろうか。

それに、見たところ、おごうも、与九郎から、お茶々の身の上について何も聞かされてはいなかったらしい。根がおっとりしていて、物に動じないたちだけに、大野城へ正式な使をうけたあとで、

「おちか、お茶々姉さまが、聚楽第においでになるそうですよ」

ゆっくりした口調でそう言ったが、いかにも一語一語、口に出すことによって、自分に納得させている、という趣だった。

与九郎から、前もって何かを知らされていたら、こうではなかったろう。いや、当の与九郎も、その使をうけてから、臣下を呼びつけ、お茶々への祝いのことをあれこれ言いつけていたところを見ると、やはり彼にとっても、そのことは初耳だったらしい。

そうなってからも与九郎は、お茶々の結婚を、躍りあがって喜ぶというふうは見せなかった。むしろその報を聞いて色めき立っているのは周囲である。

――なにしろ、関白さまはお身内が少ない。血の通った親族で頼りになりそうなのは異父弟の秀長どのだけ。実姉の息子の秀次どのは位は高いが人物にはとかくの評がある。

これに次いで秀吉の側近と見られているのは、正室おねねの兄の家次と、妹のつれあいの浅野長政くらいなものだ。お茶々さまが関白さまの側室になった暁には、うちの殿さまも、浅野長政どのくらいの待遇は得られるのではあるまいか……。ちなみに、長政は、九州から帰った直後、若狭一国の領主に任じられている。

が、与九郎は、周囲のそんなざわめきに耳を傾ける様子は見せない。

彼の瞳は、相変らず、海に向けられている。そして、その瞳の色の暗さは今も変りはない。

――姫さまは、それに気づいておいでなのか……

おちかはそっと、おごうのほうをぬすみ見る。が、のどやかなその面差からは何の手がかりも得られない。お茶々が天下人の側室になっても、そわそわもせず、嫉妬めいたそぶりも見せないのはいいとして、こう手ごたえのないのも、気の揉めることである。

秀吉の側室となったお茶々は、まもなくみごもった。これまで幾人側室を迎えても、いっこうに子供に恵まれなかった秀吉にとって、これは奇蹟に近いことだった。

「な、なんと、赤児が、お茶々に？　こう仰せられて、その場で飛びあがられたそうにございます」

大野にやって来た使は、秀吉の喜びようを、こう伝えた。

――さもあろう……

人々はうなずくとともに、これで大野城の佐治家にも、いよいよ運が向いて来た、と思ったものだ。

もしここで男の子が生まれれば、この子が秀吉の跡継になることはまちがいなしだ。側室の中でも子供を産んだ女性は、「お袋さま」として、一段高い地位を与えられるが、中でも嫡男の母親なら、断然他を引き離す存在となる。

正室おねねは、すでに従一位の位を授けられているから、その地位を動かすことができないが、将来のことを思えば、お茶々の実力はおねねをしのぐものとなるであろう……


――とすれば……


いよいよ殿さまが、浅野長政どのを凌駕する存在となることはまちがいなし――と人々が思ったのも無理のないことだった。

が、当の与九郎は、このときも目立った動きは見せなかった。やがて男の子が生まれたという知らせが来ても、五万石相応の太刀を一振り届けただけである。秀吉の部将の一人、蒲生氏郷《がもううじさと》が、先祖の俵藤太秀郷《たわらとうたひでさと》が、むかで退治に使った矢の根で作ったという太刀を献上したなどという芸当にくらべれば格段のひらきがある。もっとも、氏郷がほんとうに秀郷の子孫かどうか、また矢の根がいくら大きくても、それで太刀が作れるかどうかは保証のかぎりではないが……

氏郷はお茶々たちの娘時代を知っている。彼女たちが小谷落城の後、清洲で信長の庇護をうけていたころ、彼もまた青年武将として信長の身辺に近侍していた。

氏郷が、秀郷の矢の根で作ったというふれこみで、人目を驚かせる太刀を持ちこんだのは、多分その折の記憶をよびさまさせようという意図から出たことなのであろう。が、与九郎は、お茶々の妹のつれあいとして、自分の存在を印象づけるような贈物はしなかったし、また、例によって、でしゃばって口をだすようなことをしないおごうは、それ以上献上品についてさしでがましいことも言わなかった。

いかにもおごうらしいやり方である。勝気ではで好みだった性格そのままに、絢爛たる女王の道を選びとったのも、いかにもお茶々らしい生き方だが、さりとて、おごうのほうも、姉がいかなる道を選ぼうとも、自分にふさわしい、ひっそりした生き方をやめようとはしない――数年のうちに、血を分けた女たちは、はっきり別の方向に歩みだしてしまっている感じだった。

つつましやかではあるが、おごうは大野の生活の中に、ある安らぎを見出している。頰のあたりにも女らしい柔らかさがにじみ、浅黒い肌にも、しっとりしたつやを帯びて来た。美人ではないが人の心をほっとさせるような雰囲気を育てはじめている。

――この安らぎをいつまでも。

おちかはそう願わずにはいられなかったのであるが……

歴史はしかし、その間にも動いていた。天正十八年になると、秀吉は矛先を転じて小田原の北条攻めに出陣した。

その前年は、秀吉は、お茶々の出産にかかりきりだったのだが、いよいよ肥立ちの目安がつくと、またぞろ、戦争屋に逆戻りした。

秀吉にとって北条攻めは年来の目標である。

——早く降参せぬか。

と、じりじりしながら、家康を通じて交渉していたのだが、いっこうに埒があかない。

——よおし、それなら。

ついに十七年の十一月末に、彼は北条追討を宣言し、部下の大名たちに動員をかけた。家康が北条との仲介に立ったのは、彼の娘の督姫が北条家の跡を継いだ氏直のところに嫁いでいるという縁によるもので、呑気な北条氏は、家康の親切めかした仲介ぶりに、

——いざというときには、わが家の味方についてくれる。

と思いこんでしまっていた。

が、この家康という男、自分の損得勘定をなげうってまで、他人に尽そうなどという気持は、さらさら持ちあわせていない。いよいよ秀吉がやる気を出したと見ると、さらりと身をかわした。

その証拠に、その年の暮も押しつまってから、人目を憚るようにして、三河の本国から旅立っていった小人数の人影がある。行列の中心は十二、三の少年で、供の侍たちが、彼をかばうように前後をとりかこんでいた。

一行の足はかなり早い。正月には、すでに都に着いていて、聚楽第で秀吉に目通りし

た。

と思うと、まもなく、一行は、またもや東海道を馳せ下って三河に帰り着く。その人数も前と同じ、どことといって変ったところはなかったが、ただ一つ変ったことといえば、中心にいた少年の前髪が落ちて元服姿になっていたことだろう。

この少年こそ、じつは家康の三男、長丸《ちょうまる》で、北条との開戦に先立ち、異心のないことを誓うためにさしだされた人質だったのだ。

このとき秀吉は家康の意思表示だけで十分満足した。その返礼に彼は少年を自分の手許で元服させ秀忠と名乗らせ、手厚くもてなして家康の許に帰らせた。このパントマイムに似た東海道往復劇は、秀吉、家康という一代の名優の間でまことに手ぎわよく、あっというまに行われた。行列に鼻先をかすめてゆかれた、ここ尾張大野の与九郎夫妻がそのことに気づかなかったのもやむを得ないことだったかもしれない。

与九郎はといえば、毎日海ばかり見て暮している。それでもこのごろ、思いなしか瞳に明るさを取戻して来たのは、小田原への陣ぶれが伝えられたからかもしれない。そのための舟の手入れに明けくれることによって、彼は、わずかに心をまぎらせている様子なのである。

そして、おごうは――

彼女は何も気づかない。

東海道を蹄の音を忍ばせて駆けぬけていった少年が何者か、まして後にどのようなかかわりを持つようになるかを考えたこともなかったであろう……

そのうちに戦機はいよいよ熟して来た。十八年三月、秀吉は、都を出て、小田原へ向った。

秀吉の出陣に先立って、与九郎は水軍をひき連れて大野の城を発っていた。

肩肘を張ったことを好まない与九郎の出陣は、いつもしごくあっさりしている。

その日の朝、食膳に勝栗が添えられ、

「御武運を……」

そう言って、おごうが瓶子《へいし》をとりあげると、
与九郎は無造作に盃をとりあげてこれを受け、ひと息に呑みほし、それなり、

「では」

「うむ」

身軽に座を起った。

それで万事は終りだった。おごうのほうもそれ以上、名残り惜しそうな顔を見せるわけでもない。

この日がやって来るまで、夫婦は、今度の出陣について特別にあれこれ話し合ってはいない。

かといって、決して彼らの仲がよそよそしいわけではない。夫婦としての生活が長くなるにしたがって、二人はあまり口をきかなくなって来ている。それでいて、二人の間

には、何も言わなくても通じあうようなものが生れているらしいのだ。

急に用事ができて、おごうの居間に入ってゆくと、思いがけず与九郎が坐っている——ということもしばしばあったが、そんなときも、おちかの足音を聞いて口を噤《つぐ》んだというのではなくて、長い間、二人とも黙っていたらしいことが雰囲気の中から感じとれた。

そんなとき、いつもおごうの片頬には無邪気な微笑があった。大野に来たころ見せた、あの童女めいた微笑は今も全く変らない。それを見たとき、

——姫さまは十分おしあわせなのだ。

おちかはいつもそう思う。安土にいたときは、めったに見せたことのない、安らぎがそこにはあった。

いま、淡々と出陣の酒を注ぐおごうの手許には、こうした安らぎの中に身をひたしているものだけが持つ、いのちのたしかさが感じられる。

——これでいいのだ。

おちかは、そう思いながら、座を起ち与九郎へ手をつかえた。

今度の出陣は決して危険なものではない。与九郎の任務は手勢および勢力下にある舟を動員して兵糧の海上輸送にあたることだった。血みどろな海戦はおこるはずがなかったから、それだけ、送るほうにも送られるほうにも余裕があった。

頭をあげると、ちょうど与九郎がおごうをふりかえったところだった。おちかは、そ

の瞬間、

――殿さまは、こんなやさしい眼をしておいでだったか？

ふとそう思った。無口なこの青年武将の眼は口で伝える以上のものを妻に語りかけているようであった。

与九郎が城を出てゆくと、おごうは城の櫓へあがって、大野水軍の解纜《かいらん》を見送った。すでに見なれた軍扇の旗印をはためかせながら、水軍は主人の乗船を待ちかねている。風は冷たいが、すでに海は春――。昼下りの柔らかい陽が小波《さざなみ》にくだけて、戦さへの船出にしてはのどかすぎる光景であった。

松の木に遮られて、与九郎が舟に乗る様子までは見えなかったが、やがて船団は動きはじめた。例によって船脚はじつに早い。

――早く行って、早くお帰りなさいますように。

重たげな瞼をあげて小さくなって行く舟を見送るおごうの後ろから、おちかは手をあわせた。

おちかの期待を裏切って、しかし、与九郎はなかなか帰って来なかった。

秀吉は、小田原の北条を攻めるにあたって、出血を避けるために、短期決戦をとらず、気長な包囲戦を続けたからだ。

しかも相手の北条氏が優柔不断で、なかなか態度がきまらず、ああでもない、こうでもないと議論を続けていたので、対峙《たいじ》は長びくばかりだった。

陣中の無為に退屈した秀吉が都からお茶々を呼びよせたのもこのためだ。わざわざ、正妻のおねねに手紙を出し、

そもじに続き候ては、よどのもの我等のきにあひ候やうに……

お前に次いでは、お茶々が俺の気に入るようにかしずいてくれるから、お前から、淀のもの（お茶々）に出かけるように言ってくれ——などと、まわりくどいことを言っておねねの顔を立てて、お茶々を小田原へ呼びよせたのである。

このとき、秀吉は、大名たちにも、女房を呼びよせることを許しているが、与九郎はおごうを呼ばなかった。

もちろん、与九郎がおごうに冷淡だったわけではない。在陣する諸将の中に迎えられて、まわりに気をつかうようなことは、おごうに向いていないことを知っているからである。

この間に、関東各地にある北条氏の支城——武蔵鉢形城、八王子城などは次々に陥落し、ついに小田原の本城も降伏した。七月五日というから、秀吉出陣後四か月めのことである。

このとき、秀吉は、北条氏政、氏照に切腹させ、氏政の子の氏直は、家康の娘婿だという理由で命を助けた。

——いや、なにしろ、この北条については、はじめから、亜相《あしよう》（家康）にはいろいろ

世話になっているからな。

そういわぬばかりの態度であった。この氏直の処分に限らず、彼は、小田原攻めにおける家康の功績を高く評価しているそぶりを見せた。

もとはといえば、家康は秀吉よりも格のいい家柄だし、小牧・長久手の戦いでも、決して敗けてはいない。その家康が最近になってから、やっと臣従する態度を明らかにし、小田原攻めにあたっては、三男の長丸（秀忠）を人質に出そうとしてみせたのだから、秀吉としても、このくらいにしなければ気がすまなかったのだろう——と周囲の人々は思ったようだ。

七月十三日、秀吉が、小田原城に入ると、ただちに恩賞の沙汰が行われた。いわく、

「第一番の大手柄は徳川家康。よって、北条氏の旧領である伊豆、相模、武蔵、上野《こうずけ》、上総《かずさ》、下総《しもふさ》の六か国を与えられる。すみやかにそこに引き移るように——」

ここにいたって、並みいる諸将は、

「あっ！」

と声を呑んだ。

これは恩賞という名の国替えではないか。さんざん、秀吉のために働き、息子を人質にまで出すというゼスチュアをして見せた老獪な家康も、今度ばかりは、まんまと秀吉に東海五か国をとりあげられてしまったのだ。

しかも、この国替え騒動は、これだけにとどまらなかった。家康を関東に移すという

大地震は、余震を伴わずにはおかなかった。

秀吉の作戦はなかなか巧妙だった。この国替えの狙いは、家康が長年培《つちか》って来た東海五か国の所領をとりあげることにある。

とくに家康が愛着を持っているのは三河の国だ。彼らしい丹念さで手入れして来たその地をとりあげて、誰にやろうというのか？

人々は息を呑んだが、その新領主の名前が発表されるに及び、

——おお……

声にならないどよめきが一座におこった。

その新領主の名は織田信雄。

伊勢、尾張の二国と引換えに五か国へ——というのは一見大変な好遇に似ているが、ここでも父信長の故地尾張から、引き離そうという魂胆は歴然としている。

——なんと強引な……

小牧・長久手の仕返しを、こんな形でやろうとは、と人々はうなずきあった。中には、

「さあて、この先が見ものだ？」

にやにやしている者もある。

「家康も信雄も、これじゃあ黙って承知はすまい」

はたせるかな、信雄は、ただちに不満の意を表明して来た。

「俺はいやだ」

見くびるな、というのが彼の言い分だった。何といっても彼には信長の子供だという誇りがある。

——いやしくも、故右府《うふ》（信長）の血をひくこの俺が、猿ごときに動かされてたまるものか。

しかも彼は、家康が今度の決定を決して喜んでいないことを知っている。

——俺がここでごてることは、家康にとっては、もっけの幸い。きっと共同歩調をとってくれるにちがいない。

あわよくば、小牧・長久手の二の舞で、秀吉にひと泡ふかせてやろう、と思ったのだが、当の家康は信雄よりも一枚も二枚も役者が上だった。信雄などのほうは見向きもせず、

「ありがたき仕合わせ」

するりと関東移転をうけいれてしまった。時勢を見る眼のたしかさ、彼一流の忍耐の精神が、このときほどみごとに発揮されたことはない。

ここに哀れを止めたのは、信雄である。家康の後押しを期待して、白兎のような顔を振りたてて反対したものの、いまや孤立無援に陥ってしまった。

家康が国替えを承知したと知ると、秀吉は、ますます居丈高になる。

「よろしい。言うことを聞かないなら東海五か国はやらぬ。それどころか、これまでの領地も召上げだ」

「な、なんだと。この俺の領地を召しあげるだと。無、無礼な。おおい、皆、来てくれェ、この無礼な猿めをやっつけろ」

ここでふっと白兎どのはあたりを見まわす。が、ついて来る者は一人もいない。

――あわ、わ。これは何としたこと。

慌てふためいても後の祭である。信雄はみごとにおっぽり出され、下野の烏山に蟄居《ちっきょ》させられてしまった。これを機に信雄は出家して常真と号し、ひっそりと世を送るよりほかはなくなる。

信長の息子、内大臣という地位を過信していた悲劇であるが、この事件は、さらにまわりに波及せざるを得なくなる。そのあおりをまともにうけたのは、佐治与九郎そのひとであった。

織田信雄の突然の失脚が伝えられたとき、大野城の人々は深い衝撃をうけた。

――それでは、殿さまはどうなるのか？

誰の思いもそれであった。

信雄と佐治家のつながりは、かなり深い。第一、信雄と与九郎はいとこどうしだし、これまでも常に信雄の麾下《きか》として行動して来た。厳密な意味での信雄の部下ではないが、まず寄騎《よりき》関係にあるといったらいいだろうか。

――その主人筋が領地をとりあげられたとなると？

「俺たちもともども領地は召上げであろう」

「いいや、そのようなことはあるまい。織田どのとの縁は深いが、もともと佐治は大野の領主だ。何も織田どのからもらった土地ではないからな。とりあげられる筋あいではない」

が、尾張には、すでに秀吉の甥の秀次が入ることにきまっている。

「とすると、やはり、ここにはいられぬことになるな」

信雄でさえ、一瞬のうちに土地をとりあげられてしまうのだ。いくら佐治の家が祖先伝来の土地だと主張しても、聞き入れられるはずはない、と言う者もあった。

それらの噂をよそに、帰城以来の与九郎は、さらに無口になっている。

この若い主人が、いったい何を考えているのか——それがわからないからこそ、ますます人は苛立ち、焦り、あれこれ取り沙汰せずにはいられなかったのかもしれない。

しかし、おごうは、いっこうにその騒ぎには無関心のように見える。おちかが、与九郎とのやりとりに聞き耳をたててみても、それらしい話題を口にする様子さえもない。

「ずいぶん涼しくなってまいりましたこと」

「うむ」

そんなことだけで会話は切れ、ひっそりと茶を飲む——そんな日常のくりかえしなのである。

——平穏無事のときには、それでもよいけれど……

おちかは気を揉まざるを得ない。こんなとき、女は全く無力である。いったい何がおこるのか、はらはらして見ているよりほかはないのだから……。あとはせいぜい神詣ででもして、主人たちの無事を祈るよりほかはない。しかたなしにある日の昼下り、例の天満神社へお詣りに行き、

——なにとぞ、佐治家をお守りくださいませ。

手をあわせてしまってから、

——天神さまってのは、たしか学問の神さまじゃなかったかしら……

と気がついた。武将佐治与九郎の前途を祈るには、ぴったりしない神さまである。天満神社にふさわしい梅の古木が、今年はどうしたことか、枝先の数枚を残して、すでに葉を落している。春先みごとな白い花をつけたときの凛然たる風格はどこへやらで、秋の初めの梅の姿ほど、みじめに場ちがいなものはない。そしてそんなことに気づいてしまったことじたいに、おちかは、ひどく不吉なものを感じてしまうのであった。

参詣をすませた道すがら、ふとおたあのことを思い出していた。

——あの娘はいったい、どうしているのかしら？

おたあが城を飛びだすきっかけを作ったのは、おちかがおごうの供をして、この天満神社に詣でたときの、例のちくぜんとのめぐりあいである。

——そういえば、あの男どうしているかしら？

あのときは、ほんとにいやなやつだと思ったけれど……

「あるときはありのすさびに憎かりき……」

という歌がある。

生きていたときは、何かと憎らしい人だと思ったりしたものだが、死んでしまうと、ひどくなつかしくなる、という意味のその歌を自然と思い出していることに気づいて、

——あら、とんでもない。

慌てて首を振った。

——あの男が目の前をちらつくときは、ろくなことはありはしないのだから……

城に帰ると、大手の門脇に詰めていた侍が、

「惜しいことをいたしました」

顔を見るなりそう言った。

「今しがた、商人が一人たずねてまいりまして」

「え？」

「当地の薬市の店へまいりましたとかで」

思わずぎょっとした。

——あいつだ。ちくぜんだ。

今しがた、ふと彼のことを思い出したら、その記憶の糸に手繰り寄せられるように、彼がまたこの城下に出没しはじめるとは……

——あの男が来ると、ろくなことはないけれど、でも……

このように落着かない毎日をすごしていると、かえって救われるような気分になる。

「何でも、お国許からのお預かりの品があるとかで？」

「国許から？　私の？」

おちかは首をかしげる。浅井氏の城が落ちたときに、彼女の一族は、すべて滅んでしまったはずなのだ。なのに……

しかし、事情を知らない相手はむしろ不審げに、おちかの顔を見守っている。

「はあ、たしかにそう申したと思いますが……。で、その、薬市に何やらを預けておくからと申しまして帰りました」

——何だろう。ともかく行ってみなくては。

侍に礼を言って、町へ逆戻りした。秋の日は暮れやすいとはいうものの、まだ暗くなるにはかなり間がある。

薬市の大きな店構えが見えたとき、その少し手前を、にこにこしながら、こちらへ向って来るちくぜんの顔が見えた。

——ああ、やっぱり……

「お久しいことでございます」

その間にも、ずんずん近づいて来て、商人らしく腰をかがめた。

鋭い瞳、濃い眉——。奇妙ななつかしさを感じさせるその顔に、おちかはわざと、にこりともせずに言った。

「国許からの預かりものって、何ですか」

ちくぜんは、黙ってにやにやしている。

「もう薬市に預けたのですか」

「いや、まだ」

「ではいただきましょう」

つとめて無表情に言って、掌をさしだした。

「さあ、早く」

「……」

「嘘つき、何も持っていないくせに」

「まあそうおっしゃいますな」

大きな瞳で、じっとおちかをみつめている。

――人の心を吸いこんでしまいそうな瞳だ。

魔術にかけられまい、とおちかは身を引きながら言った。

「私の親たちは、みな死んでしまいましたからね、国許によるべなどないはずなのに、それをなぜに？」

「いかにも」

薄い笑みが、ちくぜんの頰にうかべられた。

「左様でございましたな。でも、それでいながら、ここまで、おちかさまはおいでになった」

――やられた。

と思った。

「嘘とは知りつつも、人間、その嘘にはまりこみたい、と思うこともあるものでして……。あ、これは御無礼を。いや、嘘と申しましても全くの嘘ではございませぬ。国許からの預かりものとは、じつはこの私――」

「まあ」

「そうでも言わぬと、気むずかしやのおちかさまは会うてはくださらぬ」

「………」

「ま、そこが、おちかさまのよいところでもある」

「からかわないで――」

年下のこの男にいいように操られているのが、いまいましかった。

「いや、からかっているわけではありませぬ、会って一言いわねばならぬことがあったからこそ、急いで駈けつけました」

「まあ、何を」

「いよいよ、佐治家にとっては好機到来、そのお祝いを一言申しのべようと思って」

「変なことを言う人ね、ちくぜんどのも」

辛うじて、おちかは態勢を立直した。

「織田さまの一件このかた、お城の中では、大変なのですよ」

「大変？　これは呆れた」

「なぜ？」

「あの腰ぬけ、まぬけの信雄が追っ払われた以上、佐治家は御遠慮には及びませぬ。さっさと縁を切って、御自分の道を歩まれるべきでもあり、むしろ、そのための千載の好機——」

「まあ」

「なぜなら、佐治家は、日本に二つとない宝を握っておられる」

「まあ、それは？」

「お気がつかれませぬか」

「…………」

「おごうさまですよ」

「姫さまが？」

「左様。おごうさまの姉君、お茶々さまは、いま関白どのの御寵愛を一身にあつめておられる。しかもお一人子の母君とあって、御威勢は大変なものだ」

「…………」

「だから、おごうさまからお茶々さまへ、そっとお願いしてみる。そうすりゃ、どんなことだって、関白さまはお聞きとどけなさると思うがな」

「…………」

「そりゃ、今までは信雄の眼が光っていた。それに、おたあという邪魔ものもいた……」

はっとしたとき、ちくぜんは、さらりと言った。

「かかることもあろうかと思えばこそ、このちくぜんは策を講じて、あの女を、おごうさまの側から遠ざけておいた」

「………」

「せっかく、そこまで尽しているこのちくぜんの忠節に、気づいてくださらなくては困るな」

太い眉、大きい瞳――

ちくぜんのそれを、おちかはもう一度みつめなおす。

――まさか……

この一介の商人が、あのとき、歴史の筋書をそこまで読みとっていたとは思えない。が、それにしても、ちくぜんがおたあに近づいたのは、少なくとも、そうした下心があってのことだったのだ。

――してみると、やっぱり、この男、大坂方のまわし者だったのか……

彼の正体をやっとつかまえた、とおちかは思った。それを知ってか知らずにか、

「それに……」

ちくぜんは、囁くように言う。

「関白さまも、こちらの殿さまの率いる大野水軍には、前から眼をつけておられる。この際味方に欲しくてたまらぬところだ」

――まあ、ますます、大坂方の人間にちがいはないわ。

おちかは腹の中でうなずいた。

「だから、九州ではずいぶん目をかけられたはず。こちらの殿とて悪い気持はなさらなかったろう」

「ああ、それで」

おちかは、ふと、以前ちくぜんが洩らした言葉を思い出した。

「あのとき、殿さまは上機嫌でお帰りになるだろう、と言ったのね。でも、おあいにくさま。そんな御様子ではありませんでした」

と、ちくぜんは小首をかしげた。

「そうかな。そんなはずはないと思うがな。おおかたおちかどのの見誤りではないか」

そうだろうか。そうは思えないけれど……

答えないうちに、ちくぜんは、

「ま、いい。それよりも目前のことだ」

と、語調を変えた。

「佐治家が尾張の佐治から天下の佐治になるかならぬか、その決心は今だ。それには何としても、おごうさまにひと働きしてもらわねばならぬ。それが戦国の大名家の奥方のつとめでもある。な、そうだろう。そうではないか」

「ええ」

「おごうさまの母君、お市さまは、例の織田家の越前攻めの折、袋に小豆を入れて、兄君に危急を知らせた」

「というお話は承っています」

「女だといって、のほほんとしていることは許されぬ。いや、裏を返せば、大名の家は女で持っているようなものよ」

「ええ」

たしかにそのとおりである。政略結婚で他国へ嫁がされた女たちは、後世考えられているように、ただ飾物として納まっていたわけではない。実家と婚家を結ぶ女性外交官として活躍したり、ときには夫ともども主人の許に挨拶に出向いたり、かなりの動きを見せている。

が、それかといって――

おちかのうなずき方には、いまひとつ力が入っていない。当のおごうに、それだけの期待がかけられるかどうか、はなはだ心許ないからだ。

――お初さまなら、ぬかりはないだろうけれど……

ぬけぬけと甘ったれたり、おべんちゃらの言えるすぐ上の姉の顔を思いうかべた。

――でも、ともかく、やっていただかなくては……

そのおちかの表情を早くもちくぜんは読みとったらしく、一段と近づいて、ふと真顔になった。

「おわかりかな」

その声には、これまでとちがった、ずしんと腹にこたえる響きがあった。

「佐治家にとって千載の好機は目前に迫っている。が、また、まかりまちがえば、これは佐治家はじまって以来の命の瀬戸際でもあるということだ」

「まあ」

おちかは思わず、彼の大きい瞳をみつめ直した。からかっているのではないらしい真剣さがそこにはあった。

「つまり、ぼんやりしていると、信雄の巻きぞえをくってしまう恐れがあるのだ」

「………」

「俺はわざと好機といった。が、むしろこれは奇中の奇、災いを転じて福とする奇謀のたぐいさ。いま家中が騒いでいるように、これが佐治家にとって危機であることはたしかだ。よくよくおごうさまに、そのあたりのことを、お伝えするのだな」

否やを言わせないその調子に押されながらも、おちかは危うく踏みこたえた。

おどしだ……

手綱をゆるめたり引き締めたり、いかにも後方攪乱を任務とする、まわし者らしい手口ではないか。これでは、うっかり口車には乗れない。そう思ったせいか、

「わかりました、ありがとう」

そう言った声に、われながら力がこもっていなかった。と、ちくぜんはすばやく、おちかのその声の響きを捉えたらしい。

「おちかどの」

真剣な眼付で近づいて来た。

「うかつに聞いてくださるなよ」

「は、はい」

強い視線が、じっとおちかを抱きすくめる。

「ちくぜんは、たわむれを申しているのではない」

「………」

「おごうさまのお身の上を思えばこそ――」

途中でふと言い直した。

「いや、佐治家のことを思えばこそ、ここまで飛んで来た」

その声に、今までにない真剣さがあるのにおちかはふとたじろいだ。

――妙な男だ。

と思った。職務に忠実なあまりこの男は、いつのまにか、佐治びいきになってしまったというのだろうか……

ともかく、事は迫っている。今はこの男の献策をうけいれるべきなのかもしれない。

「では、帰って奥方さまに」

「ああ、そうしてくれ。が、俺の口から出たということは黙っていたほうがいいな。第一、おごうさまは俺のことなどご存じないだろうから……」

「ええ」

「だから、これは、あくまでおちかどのの考えということにするのだな。また何かの折には、いくらでも手を貸す。薬市に、博多のちくぜんに会いたいと言伝てしてくれ」

ちくぜんに別れを告げると、おちかは帰途を急いだ。城の門のあたりに来てみると、何やら人の出入りが慌しい。事態はいよいよさし迫っているのだろうか。が、奥へ戻るとおごうの居間は相変らずひっそりしている。

「奥方さま、ちかでございます」

襖の側に手をつかえたとき、中から漂って来るかすかな香のかおりに気づいた。ひとり居間に端座していたおごうはおちかの姿を認めると、ゆっくり顔をふりむけて微笑した。

「よいかおりでしょう」

外の騒ぎなどには、全く気づいていない様子である。

「は、左様で」

いささかとまどいながら、おちかはうなずく。

おごうはもともと、女らしい楽しみにはさほど興味を持たないほうだった。化粧、裁ち縫い、手習い――今も昔も女は暇つぶしには事欠かないものだが、おごうは、暇があっても何もしない。というより、何もしないでも暇がつぶせるというふしぎな特技を持っていた。が、今のような、佐治家危急のときにも、何もしないというのでは、ちょっと困るのである。

「姫さま……」

昔ながらの呼び方に戻って、おちかは声をひそめた。

「表は大分騒がしゅうございます。何かお聞き及びでは？」

「いいえ、なんにも」

おごうは、ゆるゆると答える。

「姫さま」

意を決しておちかは、さらに膝をすすめた。

「どうやら、御家にとって容易ならぬことになりそうでございます。それにつきまして折入って……」

ちくぜんから授けられた秘策の要点を、かいつまんで、おちかはおごうに囁いた。

「いま、この御家を救えるのは、姫さまお一人、とちかは思っております」

おごうからお茶々へ、そしてお茶々から秀吉へ――。佐治家をよしなに頼むと願い出れば、信雄の失脚と切り離して、この家の立ちゆく道を開いてくれるであろう……

話をしながら、時折、ちらとおごうの顔を見ていたおちかは、だんだん不安になって来た。

これだけ重大なことを話しているのに、おごうは頬の筋ひとつ動かそうとはしないのである。重たげに垂れた瞼もそのままで、眠っているのかと思われるくらいだ。

——姫さま……

その肩に手をかけてゆすぶりたいような衝動に駆られた。しぜん言葉がきつくならざるを得ない。

「もう猶予は許されませぬ。姫さま、一刻も早く、お茶々さまへお文をさしあげることでございます」

「………」

おごうは黙っていたがしばらくすると、かすかにまばたきをした。その小波《さざなみ》ほどの動きに、おちかはすがりついた。

「姫さま、お願いいたします」

おごうのぽってりした唇が動いたのは、このときである。

「そうね」

ゆっくり瞼をあげると、ぽつりと言った。

「うまくゆくかしら」

「それはもう、大丈夫でございます。姫さまはお茶々さまの血を分けたお妹君でございますもの」

「では……」

しずしずと言った。

「考えてみましょう」

肩の荷をおろす、とはこんな思いをさすのであろう。

おごうから与九郎の耳へ入れるとして、手紙が書きあげられるのは今夜か、それとも明朝か。それからここを発つと、お茶々のいる淀へは何日に着く？

おちかは気忙しく指を折った。

その夜、おちかは、帯を解かなかった。

いつおごうたちの寝所から呼びだされ、淀への使者を手配することになってもいいように——と思ったからである。

が、その夜、奥の寝所は、ひそと静まりかえったまま、何の沙汰もなかった。あたりの闇が薄れて、ほのかな藍色を含んだ黒い樹影が庭先に浮き上って来たとき、おちかは、

——なんと長い夜だったか……

と思ったと同時に、

——もう夜があけてしまった。

無為に費されてしまったときを悔いる思いに悩まされた。

——昨夜のうちに使が飛びだしていたら、今ごろは、どこまでいっているだろう。

とりかえしのつかない時間の空費をしてしまったような気がする。

その日はすばらしい秋晴れだった。いつもの時刻に起きたおごうは、ゆっくりと身支度をととのえて、食膳についた。

——で、例の件は？

危うく口許から飛びだしそうになるその言葉を、おちかが辛うじて押えたのは、何も知らない年若い侍女が側に坐っていたからである。

重たげな瞼で時折ゆっくりまばたきするおごうの表情はいつものままで、そこからは、いかなる意向も読みとれない。

——殿さまとのお打合せはおすみになりましたか？

そっと眼配せをするおちかの視線に、まるきり気がつかないのか、静かに箸を動かしている。

やがて食事がすみ、若い侍女が膳を捧げて引退った。

——今だ。

口を開こうとすると、あいにく、ほかの侍女が白湯《さゆ》を運んで来た。かと思うと、

「おちかさま、奥方さまのお召物のお誂えを持って、太物《ふともの》（呉服）屋が参っておりまス」

呼びだしがかかって、席をはずさなければならなくなったりして、どうしたわけか、その日は、なかなかおごうと二人きりになる機会がやって来なかった。

その日一日じゅう、耳許で鳴りつづけた乾いた軽やかな木々の葉ずれ——いつもなら、そのさわやかさに心をひたしていられるはずなのに、ひっきりなしのその音が、ひどくおちかを苛立たせた。

夕方近くなって、その音はやっとやんだ。風が落ちると、薄い雲がひろがりはじめたのに、おちかはまだ気づいていない。それよりも刻一刻、無為にすぎてゆく時間に身を切り刻まれるような思いを続けている。

——こうしてはいられないはずなのに……

——姫さまは、いったい、どういうおつもりなのか。

ゆったり構えるのも時によりけりではないか。じりじりしているところへ、与九郎の小姓が、急ぎ足でやって来た。

「殿のお召しでございます」

手をつかえて、少年は言った。

「奥方さまには、急ぎ物見櫓へお越し遊ばされますよう。おちかさまにもお供つかまつれとの御意にございます」

——おお、やっと、そのときが来た。

飛び立つ思いで、おごうの後に従った。

物見櫓の狭い急な階段を上ってゆくと、与九郎の肩幅の広い後姿が見えた。

おごうが近づいても、彼はふりかえらず、押し開かれた窓から、海を見ている。

その幅広い背中が、やがておごうに言った。

「来たか、おごう」

「はい」

「ここへ来い、夕映えがよく見えるぞ」

言われて、はじめておちかは全天にひろがる華麗な夕映えに気がついた。

空も海も燃えていた。朱、真紅、薔薇色、そして暗紅、紫――。まばゆいばかりの色彩の饗宴は、この物見櫓で目にしたどの夕映えよりもはるかに壮麗だった。

「夕映えを見るのもしばらくぶりだな」

そういえば、九州から帰って以来、なぜか、ぷっつりと夕映えを見なくなっていた与九郎だった。

陽の色をそのまま空に溶かしこんでしまったような全天の夕映えは、その間にも刻々色彩を変えつつあった。目くるめく光彩に立ち向ったまま、与九郎の肩はじっと動かない。

やがて、おごうの顔を見ずに、呟くように言った。

「よく見ておけよ、おごう」

「………」

「これが、この城で見る最後の夕映えだからな」

「な、なんと仰せられます。殿さま……」

おちかはわが耳を疑った。

——これが、最後の？

いったい、どういうことなのか、これは……

昨夜この夫婦の間で、どんな事が話し合われたというのか。突然赤い空が頭上でぐらぐらと揺れだしたような気がして、おちかは思わず額を押えた。

与九郎がゆっくり女たちをふりかえったのはこのときである。

静かな瞳をしていた。

その瞳をじっとおちかに向けて彼は淡々と言った。

「おごうには城を出てもらうことになった」

「なぜに、なぜにでございます」

与九郎の足許に身を投げだすようにして、おちかは叫んだ。瞬間、混乱した脳裏にさまざまな思いが明滅した。

——姫さまの言葉が、殿さまのお気に召さなかったのか……

秘かにお茶々に手紙をやるというのは、結果においては、これまでの信雄との関係を裏切ることでもある。もし、おちかの推測以上に、与九郎が信雄に好意を持っていたとしたら、この一本気な若い武将には、おごうの提案が腹に据えかねたのかもしれない。

「申しあげますっ」

おちかはあえぎながら、与九郎を見上げた。

「奥方さまから、昨夜、すでにお聞き及びかと存じますが……」

静かな瞳の色からは、ほとんど何の反応もない。

「もし……もしそのことがお気に障りましたのならお許しくださいませ。あのことは、すべてちかの一存から出たことでございます。いえ、奥方さまに、しいておすすめ申しあげましたのも、何かと佐治のお家のためにと思えばこそでございましたが、もとよりちかの浅智恵、なにとぞ、御成敗をお加えくださいますよう」

与九郎はしばらく黙っていたが、やがて口を開いた。

「ちか」

そのときの与九郎の声には、ほとんど何の感情もこめられてはいなかった。むしろ、その予想外の平静さが、おちかをたじろがせたといってもいい。

「思いちがいをするな」

淡々と与九郎は言ったのである。

「俺は怒っているのではない。まして」

言いさして、強い視線になった。

「織田家に殉じようというのでもない」

「……」

「残念ながら、信雄どのには、故右府（信長）ほどの器量はない。関白（秀吉）と五分に渡りあうのは、まず無理というものだ」

「……」

「が、さりとて、今の俺は、おごうの縁を頼って、一身の安堵を計る気にもなれぬのよ」

なぜだかわかるか、というふうに、はじめて薄い笑みを瞳の底ににじませた。

「女の縁にすがるのが女々しいとか、男の沽券《こけん》にかかわると思っているわけでもない。いや、関白は案外、俺がそんなふうにすることを望んでおられるかもしれぬのだが……」

「……」

「今の俺にはそうするつもりはない、ということだな」

言いさして、海のほうへ向き直った。茜色を深めて来た空を見上げると、腕組みしたまま、彼はぽつりと言った。

「俺は関白に見切りをつけている」

「……」

空を仰いだ後姿は塑像のように動かない。満天を染める紅色の輝きと、奇妙な沈黙に包まれて与九郎はじっとしている。

やがて、その姿勢のまま、彼は語りはじめた。

「九州攻めに行ったとき、博多で関白はバテレンに会った」

このとき秀吉は、彼らがどんな船に乗って、どんなふうにして大海を乗りきって来たかに、ひどく関心をしめした。

バテレンたちは、天下人である彼にお世辞をつかって、

「それでは、ものはためし、私どもの乗ってまいりました船で乗り心地をお味わいください」

と申し出た。

「おお、それはおもしろかろう」

秀吉はすぐ乗り気になった。

与九郎が急いで呼びつけられたのは、このときである。

「佐治与九郎、そちはとりわけ船のことにくわしいそうな」

九州に従っていった大野水軍の足の速さは、早くも秀吉の眼にとまっていたらしい。

「俺の供のような顔をして、明日バテレンの船に乗れ」

彼は与九郎にそう命じたのである。

――願ってもない好機！

与九郎は飛びあがる思いでその声を聞いた。大野にいてはとうてい実現しそうもなかった夢が、思いがけない形で、かなえられることになったのである。

バテレンの乗って来たのはフスタ船という小型の船だった。秀吉や与九郎を乗せた船は、命じられるままに博多湾の中を走りまわった。

船中で南蛮ふうの食事の饗応をうけ、

「なるほど、これは速い」

秀吉は、はじめのうちは、ひどく満足そうだった。

食事がすんだあとで、秀吉は、

「ときにバテレン」

上機嫌の余勢を駆って、思いがけないことを言い出した。

「この南蛮船は、えらく気に入ったぞ。ついては所望がある」

「何デショウカ、カンパッコサマ」

当時のバテレンは、かなり日本語ができたらしいが、発音はいわゆる外国人日本語で、関白のことはカンパッコサマと言ったらしい。

さて、カンパッコ秀吉は、きょとんとした青い眼に、このとき、

「どうせのことなら、お前らの乗って来た大船に乗りたい。いや乗るだけでなく、その船、俺に譲らぬか」

と言い出したのだ。

「フ、フネヲ」

「そうだ。金はいくらでも出す」

バテレンたちは、はたと当惑した。彼らの乗って来たのは、はるばる母国から交易を目的としてやって来たものだ。その船をとりあげられては何にもならない。あれこれと智恵をふりしぼって婉曲にことわると、秀吉は、

「では、乗るだけでも」

と、長崎から博多への回航を命じた。が、博多まで来てしまえば力ずくで船をとりあげられてしまうかもしれない——と警戒したバテレンたちは、後日を約して鄭重にカンパッコさまにお引取りを願い、その後も言を左右にして、とうとうこれを実現させなかった。

——バテレンめが、あざむきおったか、天下人のこの俺を……

激怒した秀吉がキリシタン禁令、パードレ追放を命じたのはこの直後である。

「キリシタンは邪教だ」

というのが表向きの理由だが、事実上のきっかけは、このへんにあったらしい。

そして、このことは、別の意味で秀吉に随行した佐治与九郎にも、大衝撃を与えずにはおかなかったのである。

「正直言って……」

与九郎は、腕組みして空を見上げたまま、彼はそのときのことをおごうとおちかに、いま、はじめてあかすのだった。

「そのフスタ船に、俺はまいった。この大野の海とともに生きて、まず天下で俺の舟より速いものはないところまでの工夫はしたが、その船の堅牢さ、息の長さには及ぶべくもない」

海というものへの取り組み方が全くちがっているということを、いやというほど思い知らされた。

——まして、母船のすばらしさはどんなであろう。

だから、秀吉がその船が欲しい、乗ってみたい、と言ったときは、与九郎も思わず膝を乗り出していた。

——そうだとも、そう来なくちゃあ……

「夢がかなうとはこのことだと思ったな」

おそらく、そのときのことを思いかえしているのだろう、彼の言葉には、深い感慨がこめられていた。

が、それから旬日も経たぬうちに、事態は急変した。歓喜の絶頂から奈落の底へ突き落されるような思いを味わわされたのは、誰よりもこの与九郎だった。

「じたいその船を買おうというのは無理な話だ。金で何でも解決がつくと思っているのはとんだ思いちがいよ」

しかも断られたということにこだわって、バテレンを追放するとは、なんという軽率さであろう。

与九郎は秀吉のことを、こんなふうに言った。

「ほしい菓子がもらえぬので、ひっくりかえってあたり散らす子供のようなものだ。先方だって、そうやすやすと船を渡しはしまいし、また渡されたとて、今の俺たちの力ではよう動かしもできぬ」

ゆっくり向うとつきあって技術も学び、その上で自分たちの力で作ればいいのだ。それを、自分の手で、この道を閉ざすとは、なんたるおろかなことか……

言いさして、与九郎は、ゆっくりおごうとおちかをふりかえった。

「俺が関白という人間に見切りをつけたのはこのときよ……」

真紅に燃える空を背にしているせいだろうか、与九郎の姿は、影絵のように黒く浮き上って、その顔は、ひどく暗い。

――そうだったのか……

おちかは、帰国以来の彼の頬の翳りの理由をはじめて知ったのだった。

「関白は眼の先のことしか考えていない」

与九郎は淡々と言った。

「眼の先は、つまり唐入りだ」

秀吉の朝鮮侵略を、当時は高麗渡海とか唐入りとか呼んでいたのだが、与九郎の眼からすれば、秀吉がバテレンに大船を所望したのも、結局、朝鮮海峡を渡ることだけを考えたにすぎない、というのである。

どうやら、ここまで来て、彼は自分のめざすものと、秀吉のそれのくいちがいを、はっきり覚ったらしい。

「俺がいまここで、おごうの口からひと口、よろしく頼むと言えば、それは、むしろ望むところだろう。船手はいくらでもかき集めたいというのが本音だろうからな」

与九郎は、ゆっくり櫓の中を歩きはじめた。夕映えをうけた影がその位置によって、歪んだり、伸びたり縮んだりするのを、おちかはみつめていた。

「もちろん、俺の舟も、一時は役に立つだろう。が、それがどうなのだ、という気が俺の胸の底にはある。いや、心の底のそれを、なだめきれぬ、といったらいいのかもしれぬ。フスタ船を見てしまった今はな」

自分の持ち舟とは比較にならぬ性能を持ち、与九郎を魅了しつくしたその船に、ふたたび近づき得ないとしたら、どこに張りあいがあるというのか……

「俺は恩賞は望んでいない。何十万石、何百万石の大名になりたいとも、天下人になりたいとも思わないのだ」

与九郎の影がゆっくり伸び縮みして揺れてゆく。おちかは、与九郎自身よりも、その影が、ひとりごとを言っているのを聞く思いがした。現実の五万石の城主、佐治与九郎ではなく、そこにつきまとって離れない影――いや、あるいは、それこそ真の与九郎自身であるかもしれない何物かが、生身《なまみ》の彼に代って語っているように思えたのだ。

と、このとき、揺れ動いていた影が、ふと立ちどまった。

「覚悟をすべきときだと思う」

静かな声であった。

「こんな俺をおろかというかもしれぬ。これこそ出世のしおどき、という人もいるだろう、ちか」

「は、はい」

与九郎にじっとみつめられたおちかは、ちくぜんとのやりとりを見透かされたような気がして、どぎまぎした。

おちかが身をすくませたとき、ふと与九郎の視線がなごやかになった。

「なあに、言いたいやつには、言わしておけばいいのよ、な、そうだろう」

「は、はい」

「池に餌をまけば、魚はそれに食いつく。が、俺は魚ではないのでな、飛びつかぬときもある、というわけよ」

「………」

「いわば俺のわがままでもある。当然関白はこの大野の城を召上げるだろう。そうなっては家中に気の毒だとも思ったが、幸い今は戦国だ。佐治の扶持を離れても奉公の口には事欠くまい」

ましてて、選りぬきの船手とあっては、と与九郎は言い、

「そして、おごう、そなたもな」

じっとおごうをみつめた。

その視線の前で、おごうは首を垂れていた。

「城を投げだしてもいい、というのは、俺のわがままだ。おごうにまで迷惑をかけたくない」

それから、ゆっくりおちかのほうをふりかえった。

「おごうの身柄は、お茶々どのにお預けしようと思う」

「は、はい……」

手をつきながら、突然つきつけられた思いがけない結論に、おちかは何と返事をしてよいかわからなかった。

たしかに、与九郎の決心が右のようなことだとすれば、秀吉が激怒し、領地を召上げられるのは眼に見えている。

——俺はそれでもよいが、おごうにまで、不幸を味わわせたくはない。

という与九郎の言葉には、あたたかな愛情が溢れていた。

これは戦国の作法でもある。姻戚関係にあった両国が戦わなければならなくなったような場合、嫁いで来た女性は、戦端が開かれる前に、親許に送りかえされるのが普通だった。

じじつ、おごうは、母のお市とともに、そんなふうにして父の浅井長政の許から織田家に送りかえされている。

が、その一方で、おちかは、同じお市が、二度めの夫の柴田勝家とともに北庄の城で死んでいった例を目の前に見ている。これはむしろ例外だし、現在の与九郎は武力で秀吉に敵対しようというのではないが、

——しかし……

とおちかは思わざるを得ない。

出世の道に顔をそむけて、およそ風変りな道を選ぼうという与九郎の心情を理解するならば、おごうは、どの道を選ぶべきか……

母君のように、この城を出て行くのか、それとも、与九郎に従うのか、あるいは、もう一度彼を説得して、思い返させるか。

——もし私だったら……

おちか自身が、その位置に置かれたら、自分の身を投げだして、夫に訴えずにはおかないだろう。

「お心はよくわかりました。でも、もう一度お考えなおしていただくわけにはゆきませぬか。せっかく戦国の世に殿御として生れた御生涯を、ここでお捨てになるのは、あまりにも惜しゅうございます」

それでも、夫がいやだと言ったら、自分は、ためらいなく、夫に従うだろう。

「それなら、私をお連れくださいませ。どこまでもお供いたします」

では、おごうは何と言うだろうか……

おちかはその口許を見守った。おごうと、そして与九郎の運命を変えるかもしれない一言が、ぽってりした唇から洩れるのを聞きのがすまいとして……

が、おごうは、黙ったままだ。生来口の重い彼女は、日頃でも、まとまったことを言おうとするときは、かなり時間がかかる。せっかちのおちかなどは、おごうの言葉をひ

きとって、

「こうでございますか」

言ってしまったあとで、

「ええ、そう」

ゆっくりとおごうがうなずく、という場合が多いのだが、今日ばかりは、そういうわけにはゆかない。

もう一度、夫に思い返してくれるように頼むのか、それとも、夫に従ってゆくのか。それはおごうの意志ひとつにかかっている。

いま、与九郎はじっとおごうをみつめている。口には出さないが、その瞳には、やさしさが溢れている。この無口な夫婦が数年かかって育てあげて来た静かな愛のあかしを、おちかはそこに見るような気がした。

——小田原に御出陣なさったときにも、こんなふうな眼で姫さまをごらんになったっけ……

そこにはきらきらしい言葉も大げさな身ぶりもない。が、それでいて、それらをはるかに越えた人間的な共感の上に立った、ほのあたたかい何かがある。人の心をゆすぶらずにはおかない何かが……

それに答えて、おごうは何と言うつもりなのか。自分の胸の思いを言葉にすることの不得手な彼女は、こんなときは、ますます言葉を探しあぐんでしまうらしい。

とはいえ、もう猶予は許されない——と思ったとき、やっとおごうの唇が動いた。

その小さな声を耳にしたとき、思わずおちかは息を呑んだ。

——聞きちがいではないか……

その口許を見直した。

「では……」

と、おごうは言ったのである。

「与九郎さまも、おすこやかに」

それだけ言って、ゆっくり頭をさげた。

——与九郎さまも、おすこやかに？……

まるで別れの挨拶ではないか。それでは、おごうは、与九郎の言うなりに、この城を出てゆくというのか……

夫婦として五年以上も生活をともにし、無言のうちに通じあう何かを育てて来たはずの妻に、そんなことができるのか。いや、おごうが、与九郎を愛していると思ったのは、おちかの独り合点にすぎなかったのか……

——姫さま。いったい、姫さまは、殿さまのお気持がおわかりなのでございますか。

おちかは、おごうの胸許をつかんで、ゆすぶりたい衝動に駆られている。

与九郎が、

「城を出てゆけ」

と言ったのは、これから先自分の身に訪れるであろう困難な生活を、妻に味わわせたくないという思いやりにほかならないということに、おごうは気づいているのか。

もし、気づいているとしたら、そして、おごう自身も与九郎を愛しているとしたら、とうていこうあっさりと、別れの言葉を口にすることはできないはずだ。

このときふと、おちかの頭をかすめるものがあった。

いやな記憶である。思い出したくない声だった。が、その声は、おごうについてこう言ったのだ。

「おまけに、姉妹じゅうで、いちばん鈍いと来ている」

まぎれもない、ちくぜんの声であった。あのときは、

「まあ、失礼な」

と眉を逆立てて憤慨したもののいまここで、与九郎に対して、何の感情もしめさないおごうを見ると、

——姫さまは、やっぱり……

という気がしてくる。

「城を出てゆけ」

と言われれば、

「はい」

おとなしく出て行こうとしているおごう。従順といえばそれまでだが、与九郎の彼女

に対する思いやりがわかっていたら、そう簡単にはすまされないはずだ。

——姫さま……いったい殿さまのお気持がおわかりなのでございますか。

が、歯がゆさのあまり、おちかがひと膝にじり寄ろうとしたとき、ひと足早く、与九郎は、

「うん」

と大きくうなずいていた。

「おごう、そなたも達者でな」

ひどくからりとした調子で言った一言で、すべてはきまってしまった感じだった。夫婦が別れるにしては、あっけなさすぎるその瞬間——ひとりどぎまぎしていたのはおちかだったのか。

気がつくと、夕映えはほとんど終りかけていた。西の空に色あせた黄金《きん》色の余韻が揺曳し、わずかな雲の切れ目が血のように紅い。

海はまさに燃えつきようとしているのであった。

足音もたてずにしのび寄って来る闇の気配を感じたとき、おちかは、すべての「時」はとりかえしようもなくすぎてしまったことを思い知ったのだった。

ひとつの城の命が終り、人々が別れの近づいて来たことを確かめあう、灰色の時間が来ているのだ。そして二人の主役は、あたかも影絵のように、泣きもせず、叫びもせずに、淡々とその灰色の時間に吸いこまれようとしている。

おごうが城を去ったのは、その数日後だった。波のおだやかなその日、彼女たちの一行は、嫁いで来たときのように、船で大野を去った。

海の男たちは、ほとんど無言だった。軽快な船脚は、おちかの感傷をふりきるような速さで一行を運んでゆく。

沖へ出ると、松の木に蔽われた丘の上に、大野城の板壁や黒い瓦が見えて来た。気がつくと、おごうは船べりに身をもたせかけるようにして、じっと城をみつめている。重たげな瞼をわずかに持ちあげるようにして城を見守るその横顔は無表情である。昨日までの、ほのぼのとした無邪気さは、そこには全く見られなかった。

その瞬間、ふいにおちかは急に胸をしめつけられた。それが、怒りや悲しみの一切を封じこめた無表情さであることに気づいたからだ。生れてこのかた自分の感情にまかせて泣きわめいたことのないおごうであってみれば、いま与九郎に対してどのような別れ方ができるであろう。そしてそのとき、ふと思ったのは、

——殿さまも、きっと黙って櫓からこの船を見送っておられる。

ということだった。今となっては、櫓の上の人影をたしかめる術《すべ》もないのだが、おちかはそう信じて疑わなかった。その間にも船は海上を滑るように走り、城影はみるみる小さくなっていった。

招かれざる客

間の悪いということはあるものである。

当人の責任は何ひとつないにもかかわらず、ただそこに居あわせたというだけで、その場の不幸はすべて、その人間が縁起でもない凶運を身につけてやって来たからだと見られてしまうような……

まさに、おごうは、そんな間の悪さで、今は淀どのと呼ばれている、淀城の女あるじ、お茶々の許にやって来た。

もっともその城門をくぐったときは、城の中はまだ静かで、何の異変も感じられなかった。

「尾張大野より、元佐治与九郎内室、おごうの方さま参上されました」

もちろん、前もってその旨は申入れてあったが、改めて到着を告げた一行は、それでも車寄せに近い小さな座敷で、長いこと待たされた。

一刻ほども経ってからだろうか、慌しい衣ずれの音がしたかと思ったら、大野あたりでは見たこともない、きらびやかな小袖をまとったはでな顔立ちの女が、ひょいと部屋の中をのぞきこんだ。

「まあ、ここに……」

呆れたというふうに、眉をしかめ、

「奥では、さっきからお待ちかねなのでございますよ」

咎めだてをするかのように言った。

——そんなこと言ったって、誰も連絡してくれなかったじゃあないの。

おごうの側にひかえたおちかは喉許までこみあげて来る言葉をやっと抑えた。

——これだから田舎者はしようがない。

というふうな眼付で女はおごうたちをみつめてから、

「さ、どうぞ、こちらへ」

わざとらしく腰をかがめた。

淀城はさほど大きな城ではない。しかし天下人秀吉が、愛妾お茶々のために粋をこらして作ったものだけあって、武骨一点張りの大野城からみると、まさに別世界に来た感じだった。

織細な欄間の透し、贅《ぜい》を尽した金細工の釘かくし……

——天下人の寵を得て、この瀟洒《しょうしゃ》な小城の女あるじとなっている姉と、いま無一物となって戻って来た妹と……

いまさらながら、二人の運の開きを、まざまざと見せつけられた感じであった。

奥の居間の襖が押し開かれると、左右に侍女を侍《はべ》らせたお茶々が脇息によりかかって、こちらを見ていた。

青海波《せいがいは》に千鳥――金銀をふんだんに使った豪華な衣裳をまとったお茶々は、子供を産んでから幾分肥り気味になったようだ。

おごうは、姉にゆっくりと視線をあて、それから手をつかえた。

「お久しゅうございます。姉上さまには、お変りもあらせられず、まことに御機嫌うるわしく、心より……」

半ば口の中でもぐもぐと呟くような口上であった。

お茶々は眉根ひとつ動かさずにそれを聞いている。が、その瞳には、あきらかに、不満の色が漂っていた。

おごうの、もぐもぐと呟いている口上には、お茶々が期待していたものが、どこにも読みとれなかったからだ。

――おごう、それが一別以来のあんたの挨拶なの。

そう言いたげな眼の色を読みとって、ひとりやきもきしているのはおちかであった。

お茶々が、いま何を言ってもらいたがっているか、彼女には手にとるようにわかるのだ。

五年ぶりにめぐりあう姉妹らしいなつかしさにあふれた言葉――しかも、それは、あくまで馴れ馴れしすぎてはいけない。五年の間に威勢ならびない関白夫人としての地位を得てしまった彼女への讃嘆と、おごう自身の現在のみじめな境遇をはっきり認識したものでなくてはならないのだ。

——お初さまなら、きっとうまいことをおっしゃるだろうけれど……

口下手なおごうにそれを望むのは無理というものであろう。

お茶々の側に、幼児を抱いた侍女が侍っている。絹に秋草の模様を散らせた豪奢な衣裳にくるまった、子供にしては皺《しわ》くちゃな、どこか猿に似たその幼児こそ、秀吉との間に儲けた鶴松である。

のんびりやのおごうも、さすがにこの幼児には気づいたらしく、

「若君にも、御機嫌うるわしく……」

挨拶すると、

「この子を見るのは、はじめてでしたね」

お茶々は何気なさそうに言った。

「お初はあのとき来てくれたから、とっくに見ているけれど」

——ということは、あのとき、すぐには上洛もしなかったわね、ということでございますよ。姫さま。

おちかは急いで眼配せをしたが、おごうは平然たるものだ。

「左様でございますか」

にこにこしてそう言うと、

「ちょっと私にも抱かせてくださいませんか」

膝をにじり寄せて手をのばした。

幼児は、はじめおとなしくおごうの手に抱きとられた。

「まあ……」

おごうが、小さな声を洩らした。

「ずいぶん熱いお手々ですこと」

「子供ってものは、みんなそうなんですよ」

お茶々の声には、やや高飛車な調子があった。

そのときである。おごうに抱きとられた幼児が火がついたように泣きだしたのは……

「おお、よしよし」

抱き馴れない腕の居心地がよくないからか、幼児はからだをのけぞらせて泣き叫ぶ。

お茶々が眉をしかめたのを見て、慌てて侍女が鶴松を奪いとるようにして抱きかかえた。

「おむずかり遊ばしますな」

ほいほいと抱いてまわったが、いっこうに泣きやまない。

「おお、どうなされました」

ゆすぶりつづけていた侍女が、ふと首をかしげて立ちどまり、額に手をやった。

「まあ、大変なお熱」

「え、なんですって」

お茶々の顔色が変ったとき、幼児は一声、喉をつまらせたような悲鳴をあげたかと思うと、口から白いものを吐いた。

「まあ、若君が……」

一座は騒然となる。

「お医者を早く……」

「それよりお召替えを」

「いえ、お薬湯ですよ」

「だめです。おもどしになったばかりで、お薬湯を召しあがるもんですか」

その間も、鶴松は火のように泣き叫ぶのを、おごうは何も言わずに、じっと見守っている。

それは多分、今でいう自家中毒のようなものであったかもしれない。生れた途端から過保護に育てられたこの幼児は、ひどく病弱で、何かといえば、熱を出したりひきつけたりした。

おかげで、いくら乳を飲ませても肥る暇がなく、赤ん坊らしいふっくらしたかわいらしさはどこにもない。したがって、いたずらに豪華な着物に埋もれたその子は、ますます親父どのそっくりの、しなびた子猿のような趣を呈していたのであるが……

いってみれば、そのときもいつもの発作にすぎなかったのであって、おごうが抱いたから吐いたわけではない。むしろそれまでに発熱していることに気づかなかった侍女こそ責められるべきであろう。

が、あまりにも、そのタイミングがぴったりしすぎたのだ。よいことにはなかなかぶつからないくせに、間の悪いことには、吸いこまれるように出遇ってしまうというのは、おごうの持って生れた星のめぐりあわせであろうか。

一座の女たちの間には、

——おごうさまが、いらぬことをなさったばっかりに……

言わず語らずのうちに、そんな気配が漂いはじめている。

しかも、不器用なおごうは、そのばつの悪さをとりつくろうことも思いつかず、黙ってその騒ぎを眺めている。ちょうど小岩ひとつが、大きな渦巻きの中に巻きこまれずに、ぽつんと立ちつくしているように——

そんなとき、渦巻たちはしぶきをあげて、口々に罵るであろう。

——なんて邪魔っけなんだろう、この岩。

——ちょっとは私たちに挨拶でもしたらどうなの。

その嗷々《ごうごう》たる叫びが、おちかの耳には聞えて来る。

が、おごうは依然として、石のように押し黙っているばかりである。

そのとき、お茶々が、つと目顔で侍女に合図した。うなずいた侍女は急いでおちかに近寄ると、

「今日は、ひとまず、これにて」

と囁いた。

「ほんとうに、とんだところにお伺いしてしまいました。若君さまをくれぐれもお大事に。奥方さまへもよしなに……」

挨拶しながら、おちかは、目の前にいるおごうにじかに声をかけようともしないお茶々の怒りの深さを思った。

——なんて気がきかないんだろうね、おごう！

——いつまで縁起でもない顔をさらしている気なの。

とも知らず、静かに一礼したおごうは、ゆっくりした足どりで部屋を立ち去ってゆく。

久々の再会は、さんざんのていたらくで終った。

——このぶんでは、いったいどうなることやら……

おちかの心は重くならざるを得ない。

もっとも、このとき、お茶々が不機嫌だったのは、おごうのせいばかりではなかった。小田原攻めのついでに、奥州まで足をのばして、その地方一帯の支配を確立させて都に帰って来た秀吉が、なかなか淀城に姿を見せないことに、彼女は苛立っていたのだった。

秀吉よりひと足先に帰って来たお茶々は、それまで大坂城の北政所に預けておいた鶴松を、自分の手許にひきとった。

それには、彼女一流の深い計算があったからだ。小田原征伐が始まるまでの間、お茶々が心ならずも愛児鶴松との別居を強いられていたのは、秀吉の意思によるものだった。

「そのほうが和子《わこ》のためだ」

と彼が言ったのである。

故右大臣信長の血筋をひき、天下に美貌を誇るお茶々——といっても、表向きは秀吉の側室の一人にすぎない。とすれば鶴松は、今のままでは、あくまでも側室腹の庶子の一人である。

「だから辛いだろうが、この子のためを思って、な」

こう言って、彼は鶴松を大坂城へ連れていって嫡子として披露し、正妻であるおねね——北政所に預け、彼女を、

「まんかかさま」

と呼ばせた。

が、鶴松が一日一日成長し、歯が生えた、おすわりを覚えた、と聞くにつけ、お茶々はいてもたってもたまらず、小田原の陣に招かれたのを幸い、

「ここから帰りましたら、あの子は私の手許で育てさせてください」

と、秀吉をくどき落してしまったのである。表向きには、産みの母の溺愛ぶりをむき出しにしたお茶々であったが、もちろん、仮面の下には、彼女らしい計算があった。お茶々以上に子煩悩になってしまっている秀吉は、そうなれば鶴松にひかれて淀城にやっ

て来ずにはいないだろうし、これにひかれて、しぜん諸将もここに集まって来る。となれば、小なりといえども淀城は、大坂城や聚楽第をさしおいて、天下の中心になり得るであろう……

もっとも、ことは必ずしも彼女の計画どおりには運ばなかった。凱陣してみると、秀吉は山積している重要な政務にとりまかれ、なかなか淀城へ顔を見せないのだ。

二十日ころにかならず参候てわかぎみだき申すべく、その夜《よ》さにそもじをもそばにねさせ申候べく候。

二十日ごろには必ず行って、若君を抱くし、そのとき、そなたをも、側へ寝させてやるぞ——というぬけぬけとした手紙をよこしたりしたが、本人はいっこうに現われない。

お茶々はいい加減焦れていた。そこへかんじんの鶴松が熱を出したとあっては、秀吉が、どんな顔をするだろうか。

——お前たち、いったい、どこへ眼をつけて守りをしているんだ！

と、怒鳴りちらし、せっかくの対面がめちゃくちゃになってしまうではないか。しぜん、おごうを見る眼付もけわしくなろうというものである。

幸い秀吉の下向もそれからまた数日間のびのびになり、鶴松の発熱も、その間にどうやらおさまった。おかげで、

「おお鶴松、達者でいたか」

顔じゅう皺だらけにした秀吉が、自分によく似た皺くちゃな幼児に頰ずりしたとき、

「はい、ほんとうにお健やかで、御機嫌よう殿さまをお待ちでございました」

口をぬぐって一同はひれ伏したというしだいなのであったが……

「おお、よしよし」

しゃにむに頬をこすりつけられて、鶴松は泣きべそ顔になった。

「ほい、これは御機嫌の悪い」

「いえ」

お茶々はすぐ引き取った。

「あまりにおいでが遅いのでむずかっているのでございますよ」

「これはしたり」

秀吉は、おどけて自分の頭を叩いて見せた。

「若君は、父《てて》の来るのが遅いと、おむずかりか。いやあ悪かった、悪かった。すぐにも来たかったのだが、大事な御用がたまっていたのでな」

「大事な御用？　この鶴松のお顔を見るより大事な御用がおありなのですか」

お茶々はちくりちくりと嫌味を言う。

「うう、そりゃ若君がいちばん大事じゃが、困ったことに、遠くから俺に会いたいという使が来て待っておった」

「どこから」

「高麗から」

この話は嘘ではなかった。じじつ秀吉はこのころすでに「唐入り」を計画して、対馬《つしま》の宗義智《そうよしとも》に朝鮮と交渉させていた。そして朝鮮からの使がやって来て、紫野大徳寺で彼の帰りを待っていたのである。

「な、許してくりゃれ、若君。これ、このとおりじゃ」

秀吉はわざと鶴松の前に這いつくばる。

「ほんとに、半年見ぬまに、よう大きくなったの」

「ごらんください、もう歩くようになりました」

「ほう、どれ、どれ」

お茶々がそっと手を離すと、鶴松は危なげな足どりでよろよろと歩きだす。

「おお！」

まるで奇蹟でも見るような声をあげる秀吉。

「ひいのふうのみ、よ、わっ、危ない」

幼児が転がるより先に自分がその足許に転がりこんで抱きあげてしまった。

「危ない危ない。倒れて頭でも打ったらどうする」

大げさに騒いでみせる秀吉のまわりで侍女たちが笑いこけた。

が、そのとき——

広間の片隅に、その笑いの渦に置きざりにされた一角があった。さざめきが終らない

「まあ……」

うちに、早くも秀吉は、それに気づいたようである。

そこにぽつんと坐っている女二人――。いわずと知れた、おごうとおちかである。ふいに、秀吉の眼から、今までのふざけきった笑いの色が消えた。と同時に、おちかは、眼に見えない、鋭い、敏感な触角で、からだをひと撫でされたような気がした。

あれは？

たずねかけて、わが声を押しとどめるようにして、もう一度、秀吉は二人をみつめた。何かを記憶の底から手繰りだそうとする眼であった。それに気づいたお茶々が、

――あの、妹のおごうが……

言い出すのを、大きく手で押えて、

「待て」

もう一度じっと視線をあて、

「憶えがある」

ひと息ついてからくりかえした。

「その小袖に憶えがある」

なるほど、その日、おごうは、秀吉からもらった片身がわりの緋色と藍の地に桜の模様を散らせたあの小袖を身につけていたのであった。

「おごうだな」

静かに頭をさげる彼女に、秀吉は大きくうなずいた。

「そうか、戻ったか」

秀吉がうなずいたとき、ちょっと皮肉な微笑を見せたのは、お茶々であった。

「お憶えのよろしいこと」

からかうように言った。

「五年も前におつかわしになった小袖の柄をお忘れにならないなんて」

「おおさ、俺は着道楽じゃもの」

秀吉は鼻をうごめかした。彼の主人織田信長も、はで好みだったが、秀吉も着るものには凝らねば気がすまぬほうである。九州や小田原の出陣に際しても、いちいち人の眼を驚かすような趣向を凝らしているし、南蛮渡来のゴブラン織りなどにも早速とびついて陣羽織を作らせている。今もその衣裳が大坂城や高台寺に残っているが、デザインの斬新さは現代の若者のシャツの比ではない。たった一つのこと——それが彼に似合うかどうかということだけを除けば、彼は、日本人中最も創意に富むデザイナーであったかもしれない。

そのくらいだから、女にくれてやる着物のことはなかなかうるさい。

「たしかにその小袖、俺が選んでやった憶えがある。俺はな、誰にどんな小袖をやったか、決して忘れはしないんだ。いや、そうしておかぬと、とんだ行きちがいがおこることもあるからな、おっと、これは言いすぎたわい」

うっかり本音を吐いたのか、それともわざと言ってみせたのか、秀吉はそんなことまで言って、お茶々を苦笑させた。

「いや、それは別として、そんな小袖を着ておれば、こりゃあ目につく。第一、そんな柄はもう時代おくれじゃ、この淀の城で、そのような柄を着ているものは一人もおらんわい」

たしかにそのとおりだ。五年前には、お初やお茶々をうらやましがらせたあの小袖も、今となってはその緋と藍の取合せがひどく野暮ったく見える。

「それにもう一つ――」

秀吉は首を傾けて、おごうの顔と衣裳をじっと見くらべるようにした。

「いかに何でも、その小袖、おごうには似合わぬ」

女あるじの側につつましく手をつかえながら、おちかは、五年前のことを思い出していた。おごうの許にこの小袖が送り届けられたあとで、お茶々とお初――二人の姉たちは、首をすくめて囁きあっていたではないか。

「いくらはやりかもしれないけれど、あんな小袖、おごうに似合うわけないいじゃないの」

五年の歳月を一足飛びにして、その世界に戻って来てしまったような気がした。

――関白さまもひどいお方。ご自分で選んでおきながら、いまさらなんということを……

が、これはどうやら、おちかの思いちがいだったようだ。さらに秀吉は上機嫌で一座を見まわした。

「わかるかな、皆のもの」

「は？」

「時代おくれというだけではない。たとえば、十年着ても肌にめりこんだように似合うものもある。が、今のおごうにはそれは似合わぬ。ということはだな」

秀吉はからだを乗り出した。

「おごうが変ったということよ。あのときのあどけないおごうにはこれがぴったりだったが、今の色気は、その柄には、包みきれぬ。なんとそうではないか」

おちかの耳の側で、秀吉の言葉が躍りはねる。

「今の色気は……」

いろけ？

この、おごうさまに色気？

秀吉にみつめられたときの、眼に見えない細い鋭敏な触角でひと撫でされたような、さっきの感覚を思い出した。

あの一瞬のうちに、目の前のこの秀吉という人は、何をおごうの中に読みとったというのか。

おちかには秀吉の言葉が信じられない。

五年間与九郎と生活をともにしたとはいえ、おごうはほとんど変っていない。たしかに十九歳になった今は、嫁ぐころから見ればずっと大人びてはいるが、ひかえめすぎる性格のせいか、どこか、「女」と呼ぶにはいまひとつ足りない感じの稚《おさな》さが残っている。

なのに、いま、突然秀吉に、

「色気がある」

と言い切られては、どぎまぎせざるを得ない。

——女の私には、見る眼がなかったのか……

おちかのどぎまぎしている様子を見ると、秀吉はますます無遠慮になった。

「佐治与九郎もおろかなやつよ」

「………」

「そなたのからだを、そこまで馴らし育てておいて手放すとはな」

「………」

「頼みます、とただ一言、この俺に言えば何のことはないものを。いや、おごうから、淀どのに話を通じてもことはすむのだ。それを織田信雄の阿呆めに義理だてをしてあたら身代を棒にふった」

おちかは手をついたまま、おごうをちらりとぬすみ見た。

ややうつむき加減に、ちんまりと坐っているおごうは、ほとんど無表情である。

黙っている二人の女のまわりで、秀吉の言葉は、さらに景気よく舞いつづける。

「もっとも、物は考えようだな。与九郎はまだ若いから、そなたの色気を育てておきながら、案外そのことに気づいていなかったのかもしれぬ。若い夫婦というのは、そういうもったいなさ知らずのところもあるからな」

「……」

「おごう、与九郎は、別にその小袖似合わぬとは言わなかったか」

しばらくして、ゆっくりとおごうは口を開いた。

「いいえ」

おごうのその短い言葉には、多少注釈が必要だったかもしれない。なぜなら、おちかの記憶ではおごうは、大野ではほとんどこの小袖を着たことはなかったからだ。が、口の重い彼女は、短い返事をどさりと投げだしただけで、また黙ってしまった。

——なるほど。口数が少ないというのも、いいものだわ。

おちかはこのとき、はじめておごうの口の重さに、ある効用を発見した。

いいえ、という言葉には嘘はない。与九郎がこの小袖を見ていない以上、とやかく言うはずもないからだ。さすがの秀吉も、それには気づかなかったらしく、

「そうか、そうか」

ますます調子づくと、お茶々をふりむいた。

「なあお茶々、いくら何でも五年前のこの小袖ではひどすぎる。おごうに何か買ってやらずばなるまい。いや、それより」

うつむいているおごうをのぞきこむようにして、

「おごう、もちっと側に寄れ。そうそう、そうでなくては話が見えぬ。そしてだ、小袖もいいが、その前に、おごうに聚楽第を見せてやらねばなるまい、なあお茶々」

聚楽第は、近ごろの秀吉の自慢のたねだ。大坂城は武将秀吉の権威のための城だが、聚楽第のほうは、関白秀吉のための住居である。およそ王朝以来、これほど豪奢な住居を作った摂政関白はいないだろうというので、この館ができると、早速彼は後陽成天皇の臨幸をねがって大饗宴を催した。その後も折があれば、誰彼となく声をかけて、

「見に来い、見に来い」

と言うのだが、呼ばれたほうも、まさか手ぶらで行くわけにもいかないから、しかるべき献上品を捧げてやって来る。何のことはない高い見物料を払わされているようなものなのだが、秀吉はこの館におごうも招いてやろうという気になったらしい。

――何はともあれ、実物教育が大事。

というつもりなのであろう。

――聚楽の豪奢をこの眼で見れば、自分がどんな小袖を着たらいいか、自然とわかるだろう。

しかし、お茶々はこの話にあまり乗気ではないらしかった。

「何もわざわざお連れにならなくても……」

と、秀吉は、あっさりと自分の提案を引っこめた。

「そうか。まあ急ぐことでもないからな」

お茶々には甘いという評判どおりに、ふんふんとうなずくと、鶴松を抱きあげ、

「おお、よしよし。そうだな、凱陣祝いに、和子には何を進ぜようかな」

子煩悩な好々爺に戻った。それなりおごうは、また話の渦からとりのこされた形になった。

時間にすれば、その間、ものの数分とは経っていなかったかもしれない。が、気がついたとき、おちかはまるで見えない太い綱で縛りあげられたように、こちこちになってしまっていた。

秀吉はおちかには何ひとつ声をかけなかった。しかし、安土の城から佐治へ嫁ぐとき、特に呼ばれて、

——夫婦仲よくするようにとりもて。

と意味ありげに囁かれたことを思えば、よもや彼女の顔を見忘れたわけでもあるまい。しかも秀吉が命じたその言葉の意味が、おごうのからだで与九郎をとりこにせよということであってみれば、

——これだけ色気たっぷりの女に成長していながら、ついに与九郎をつなぎとめることはできなかったのか。

いま、ここで、言外の批難をおごうとおちかに向けているのかもしれなかった。

それでいながら——

このときの秀吉の言葉には、妙な響きが含まれていた。

――よもや……

そう思いながら、おちかは余計にからだを硬くせざるを得ないのである。

おちかは秀吉の言葉の響きにこだわっている。いってみれば、そこには、幼馴染みの女を見て、下々の男たちが舌なめずりして、

――てへっ、こいつ、えらくいい女になりゃがったな。

とでもいうような、無遠慮きわまる、あまりにもなまな男の声がこもっていたからだ。

――でも、まさかお天下さまが……それもお茶々さまのいらっしゃる前で。

打消してはみたものの、

――なるほど、そのあたりが、このお方の女好きといわれるところか。

と内心舌を巻かざるを得ない。これほどあけすけに、

「色気がある」

と言い切ってしまえば、あとから、お茶々に逆ねじをくわせられても、

「いや、あれはほんの冗談。本気ならなんでそんなこと口にするものか」

ちょろりと逃げることもできる。たとえ、

「その手はくいませんよ」

と、斬りこんで来たとしても、

「それだけ色気があるのに、なぜ与九郎を言うなりに操れなかったんだ、という意味で言ったまでのことさ。おちかに聞いてみるがいい。嫁ぐ前に、ちゃんと申し渡しをして

ある」と言うつもりなのかもしれない。どちらに転んでも、ちゃんと抜け道は作ってある。

もっとも、お茶々のほうもさるものだ。秀吉が「聚楽第に連れていこうか」と言ったら、あっさり断った。秀吉も深追いせずに、さっと退いたが、あの短い会話の中には、

「いやに御親切ですこと」

「それほどでもないさ。ただお前の妹だからと思って言ってやったまでのことでね」

「とぼけるのはおよしなさいな」

「お気に召しませんでしたか。そりゃあどうも」

「変なまねは今後もおつつしみなさいませ」

「そう本気になるなよ」

といった、さまざまの駆引が含まれていたのではないだろうか。

いってみれば名人同士がパッと刀を抜いて、二、三合打ちあったと思うと、眼にもとまらぬ早さで鞘におさめ、素人にはわからない意味深長な笑みを洩らすような……そんな気配が感じられたのだ。もしこれが全然自分に関係のないところで行われたことだったら、

——なかなかやるじゃないの、御両所……

にやにや高みの見物と行きたいところである。が、今は、そんなゆとりはない。おちかはそっとおごうをぬすみ見た。

例によって、おごうは無表情である。頬の筋ひとつ動かすわけでもなく、じっと鶴松の無心の動作をみつめている。自分の周囲に何がおこったのか、そのことが自分にどんな関係があるのか、考えてもいないらしい。

その顔を見たとき、正直いって、

——救われた。

と思った。日頃はそうしたおごうに気を揉みつづけて来たおちかだったが、今のこの微妙な場面を乗り切るには、これ以外に手があるとも思えなかった。

それにしても、この先どうなるのか。思えば気骨の折れる淀の暮しである。

秀吉はその後も淀城に来るたびに、

「聚楽を見せてやろう」

と言って、おごうを誘った。そして、そのつど、お茶々は、

「おごうは疲れておりますので」

とか、

「明日この城の女どもが石清水《いわしみず》にお詣りいたします。人少なになりますので、やはりおごうにもいてもらいませんと……」

などとさりげない口実を作って断るのが常だった。もちろん、おごうは疲れてもいず、侍女たちも石清水詣での予定などありもしなかったのだが……

聞くなり、秀吉は、

「ああ、そうか」

あっさり申し出をひっこめる。それは、岸辺に打ち寄せる波が、ざざっと砂浜をひと洗いして、それで気がすんだというように、さっさと退いてゆくのに似ていたし、それでいてまた飽きもせず、岸辺にめがけて押しかけて来るのにいっそうよく似ていた。

今までの秀吉ならこうではなかった。一人の女に興味を持ちはじめると、他の愛人たちに全く覚られないうちに、しかるべき所に住まわせてしまう。そうなってから、はじめて他の女たちは彼女の存在に気づく、というしだいだった。

が、今度は秀吉はそんなことはしなかった。いとも無邪気に、そして大っぴらに、おごうを聚楽第へ誘うのだ。側にいるお茶々に、

「まさかお前の妹に、この俺が変な魂胆を持つわけはない。そうだろう」

といわぬばかりなその態度は、一見あけすけに見えて、そのじつ、したたかな計算をひそませているようでもあった。もちろん、お茶々はそのことに気づかないわけではない。それだからこそ、わざと知らぬ顔をしてさりげない断り方をするのである。

小波と岸辺と――

一見たわむれに似たくりかえし。それでいて、しつこく、意地の悪いやりとり。それがともかくもバランスを保って、しばらく続けられたのは、当のおごうが、その中にあって、おとなしく、黙りこくっていたからかもしれない。

彼女はいつも、二人を眺めて微笑するばかりである。厚ぼったい唇を少しすぼめ加減にすると、ぽってりとした花びらを口許に押しつけた感じになる。そしてそれは、秀吉の申出の意味を解しかねているようでもあり、また、才気ある姉の前で手も足も出ず、二人のやりとりに、とまどっているようでもあった。

それからしばらくして、秀吉は淀へやって来ると、例によって、

「どうだ、おごう、聚楽へ来ないか」

にやにやしながら、誘いをかけた。

――まあ、なんてしつっこい。

腹の中でお茶々は罵りながら、婉然とおごうをふりかえる。

「どう、おごう」

笑みを含んだ眼の底が、瞬間きらりと光ったようだった。

――もちろん、どう御返事するか、わかってるでしょうけど。

いつもなら、おごうは、こんなとき、うつむきがちに微笑するばかりだった。が、どうしたわけか、このときおごうはうつむかず、厚ぼったい唇をかすかに動かした。

緩慢な動作であった。

重たげな瞼をあげて二人を等分に見くらべた後、ぽってりした唇から言葉らしいものが洩れるまで、どんなに時間がかかったことか。

しかし、このとき、たしかに、おごうは言ったのである。

「では、伺わせていただきましょう」

小さな声だった。このときおごうからやや離れて坐っていたおちかには、ほとんど何も聞きとれなかった。それを覚らせてくれたのは、むしろ、そのときの秀吉とお茶々の表情だったといってもいい。

――おっ！

――まあ！

二人の表情が、ひどく揺れたのである。中でも不意を衝かれて狼狽の色をかくしきれなかったのはお茶々であろう。

――まあ、おごう。あんたはなんということを……

――私が、あんたを行かせたくないと思っているのが、わからないの。

――これまでの私の言葉をどう思って聞いていたの。

――どこまで、あんたは鈍いんだろう！

二人きりなら、雨霰のごとく、そんな言葉を投げつけたかもしれない。秀吉や侍女がいる現在では、そのひときれをも投げつけられない、この悔しさ……。切れの長い凄艶な瞳が、きりきりとつりあがるのをおちかは見た。一方、秀吉はといえば、うまく狙いが当りすぎて、かえってきょとんとしている。ややあって、

――ほ、来ると言うたな。

思わずしまりのない口許になるのを押えるように、慌てて、顎のあたりをひと撫でし

た。

おちかはもう一度、そっとおごうのほうをぬすみ見した。その頰には、いつもと同じような微笑があった。

が、このとき――

おちかの背筋にかすかな戦慄が走った。これまでと変りのないおだやかな微笑のように見えながら、そこには、大野でしばしば見せた無邪気さは、全くなかった。微笑しながらも、彼女は無表情でいるときよりも、いっそう無表情なのだ。

たとえていえば、冬の陽を浴びて、鈍《にび》色に光る、森の中の底なし沼――

秀吉とお茶々のやりとりを、全部承知の上で、

――おかしな方たちねえ。

とからかっているようでもあり、何もかもめんどうくさくて、どうにでもなれ、とみずから投げだし、おごう自身、そんな自分を微笑して眺めている、といったふうでもある。

底なし沼に似たこの静かさ。

が、そのゆえに、鈍色に光る沼は、人を捉え、その中に引きずりこまずにはおかないだろう。

――いつのまに、姫さまはこういうお方になられたのか……

与九郎と別れたことがおごうを変えてしまったのか……おちかははじめて、秀吉が、

「色気がある」と言った意味がわかったような気がした。

「おお、やっと来る気になったとみえるな」

秀吉の声に、おちかは現実の世界に引戻された。

さすがにお茶々は、聚楽第に行くと言い出したおごうをとめようとはしなかった。

それと知ってか、

「来るときまれば、早いほうがいいな」

秀吉は、すかさず膝を進める。

「明日か、明後日か……」

気の早い言葉におごうは微笑した。

「四、五日のうちに……」

「そうか、よしよし」

秀吉は笑いのとまらないような口許になった。

「では、その日迎えの輿をよこそう。身のまわりの世話をする女たちもさしむけるからな、おごうは身一つで来ればいい」

ということは、暗に、

「おちかはついて来るな」

というつもりなのであろう。これでいよいよ秀吉の魂胆は、はっきりしたといってもいい。

――姫さま……

これまでほとんど言うなりになっていたおごうが、突然、むっくり起きあがって、ひとりで歩きだしたような――そんな感じに、おちかはとまどった。

おごうが聚楽へ行くときまると、お茶々や侍女たちは、一段とよそよそしくなったようだ。

おごうは、それを全く何も感じていないのだろうか、これまで同様に、朝の身じまいをすませるとお茶々の居間に挨拶にゆく。

「お早うございます」

「お早う」

お茶々はそれしか言わない。

二日、三日とすぎ、秀吉から迎えの輿がやって来た。

おごうはその日、秀吉からもらった例の小袖を着ていた。季節はずれの、時代おくれのその小袖を着ると、のんびりした彼女の面差が、どこか物悲しげに見える。

いつものようにお茶々の居間に行って、

「では行ってまいります」

手をついて挨拶したとき、

「……」

お茶々は何か言ったようだが、はっきり聞きとれなかった。あるいは口先を動かしただけだったのかもしれない。ただその瞳が鋭くおごうの小袖にそそがれていたことだけはたしかである。

「では、姫さま、お気をつけて」

輿の際まで付添っていったおちかはおごうの耳に囁くように言った。輿は足早に走り去ってゆく。大事に両手で抱えていたものが、ふいに眼に見えない力によってとりあげられてしまったような心許なさにおそわれた。

淀から都まで、さしたる距離ではない。が、出かけた以上、日帰りで帰って来るとは思われなかった。

——いったい、この先、どんな運命が待ちうけているのか。

考えれば考えるほど落着かなくなるので、おちかはその日早いところ床にもぐりこんだ。

が、いくら眼をつぶっても、なかなか寝つかれない。

——姫さまと別の屋根の下に寝るなんて、これまでにないことだもの……

今ごろは？　と思うとますます眼が冴えて来る。

——今ごろは、姫さまは？　そして、関白さまは……

妄想を払いのけようとすればするほど、脳裏にある光景が浮かんで来る。それでもいつか眠りにおちて、おちかは、おごうの夢を見ていた。

夢の中のおごうは、裸であった。

「姫さま、まあ、そのお姿は？」

おちかは思わず立ちすくんだ。

おごうは、その眼を避けるでもなく、横坐りのまま、白い肌をさらしている。

「お召物は、いったいどうなさいました」

「ああ、あの小袖のこと？」

おごうは、ものうげに答える。

「ここへ来るとすぐ、関白さまが持っていらっしゃったわ」

「まあ、では、姫さまは、ずっと……」

「ええ、こうしているの」

一糸まとわぬ姿のまま、恥じらいも見せず、おごうは言う。

――こんなお方ではなかったのに……

眩しいものでも見るように、そっとおごうをぬすみ見る。

これまでも大野の城で湯浴みをするのを手伝ったりして、その裸を知らないわけではない。

が、同じそれが、今日はなんとなまめかしく見えることか。

――やっぱり、姫さまは……

それに答えるように、おごうはおちかを見た。重たげに瞼をわずかに動かしたとき、はっとするような色気がふりこぼれた。

と、そこへ、秀吉がきらびやかな小袖を抱えて足早に入って来た。

「おごう。これだ。そなたにはこれが似合うぞ。いや、それよりもまず」

小袖を無造作にほうり出すと、おごうを抱えこむようにして、唇を吸った。

秀吉の膝の上で、おごうの白いからだが、水藻のようにゆらめく。

——ああっ。

秀吉の老いさらばえた指が、おごうの胸を辿ったとき、あたかも自分のそれを弄《もてあそ》ばれているような感覚が、おちかのからだをさしつらぬいた。

——これは、いったい、どうしたことなのか。

思いがけなく、忘れていた感覚が、からだの中によみがえって来た。

おごうはまだ放恣にゆらめきつづけている。足の小指の先まで、今は甘やかな陶酔のきわみにあることを隠そうとはしない。

それでいながら、おちかはいま自分自身が秀吉に抱かれているのを感じている。久々に訪れて来た快美の思いを、ひとしずくも残すまいと貪欲になっている自分に気がつき、はっとしたとき我にかえった。

——夢だったのか……

からだじゅうの力が抜けてしまったような気がした。

——ああ、夢でよかった。

闇の中で、思わずあたりを見まわした。

何刻《なんどき》なのか。まだ夜は深い様子である。

夢というには、あまりになまなましすぎるこの感覚——。気がついてみると、ぐっしょり冷汗をかいていた。

——もしかすると、いまごろ、姫さまは……

鮮やかすぎるその夢は、まさしくひとつの啓示かもしれない。そのまま、まんじりともせず夜をあかした。

おごうはそれから数日経っても淀へは戻らなかった。おちかの許に、輿がさしむけられ、

「至急出向くように」

というおごうの言伝てがつたえられたのはさらに数日後のことであった。

行く先は当然聚楽第——

と思っていたら、おちかの輿がおろされたのは、全く見知らぬ邸の前だった。

さして広くはないが、手入れの行届いた庭や小さな池を持つ、かなりの構えである。

「まあ、ここは？」

出迎えた侍は、それには答えず、

「奥方さまがお待ちでございます」

廊下を先に立って歩きだした。

「では、聚楽第にはいらっしゃらなかったのですか」

「数日前、こちらにお移りになられました」

言いながら、庭に面したとある部屋の前に立つと、静かに障子をあけた。

おちかは、瞬間入るのをためらった。

おごうの顔を見るのがこわかったのだ。あの夜の夢を思い出したからである。

——もし、夢で見たような表情を、重たげな瞼の下に見出したら……

が、立ちどまるわけにはゆかない。

「おちかがまいりましてございます」

平伏してから思い切って顔をあげた。室内の暗さに馴れた瞳が、やや奥まった上段の間に、白っぽい桐を散らせた裲襠を羽織ったそのひとの顔の表情を捉え得たとき、戦慄に似たものが、背筋を走った。

——ああ、あの眼だ。

重たげな瞼を少し押しあげるようにしたとき、匂いたつような甘やかな色気が、細い瞳からふりこぼれた。

——あの夢は嘘ではなかったのか。

からだががくがくとぎごちなく揺れるのが自分でもわかった。聚楽第での数日の間に、いったい、どんなことがおこったか。

が、おごうは、どぎまぎしているおちかに気づかないのか、

「御苦労でした。急がせてすまなかったね」

いつもの調子で、ゆっくり言った。

「い、いいえ。あの、聚楽第においでかと存じましたが」

おごうは黙って笑っている。このぶんでは、聚楽第でどんなことがあったか、なんでこの邸に移ったのか、その口から聞き出すまでには、かなりの暇がかかるかもしれない。

「聚楽第のお館はいかがでございましたか。さぞごりっぱなことでございましょう」

「そうね、金のお屛風、蒔絵のお道具などたくさんあって、きれいなものでした。でも、お人が多すぎて……」

「よくおやすみになれましたか」

「ええ、それはもう」

そこで話が途絶えた。

「関白さまが御案内くださったのでございますか」

「ちょっとはね」

またそこで話が切れてしまう。

「で、こちらのお館は？」

それに答えず、おごうは、別のことを言い出した。

「いま、お風呂を用意してくれています」

「お風呂を」

「ええ、そなたを急いで呼んだのも、介添えを頼もうと思ったものだから……」

当時の風呂といえば蒸し風呂のことだ。これはちょっとした贅沢で、室町時代には、貴族が将軍を招いて、もてなしのひとつにしたものである。

当時の蒸し風呂には、湯帷子《ゆかたびら》を着て入ったものらしい。この湯帷子が、すなわちゆかたの前身である。

風呂に下りていったきり、おごうは物音ひとつたてない。動作の緩慢な彼女としては、決して珍しいことではないのだが、かわりの湯帷子を用意して待っているおちかには、それがいささか気がかりでもある。

聚楽第での数日は、おごうにとって、決して尋常な経験ではなかったと思われるからだ。

——いま、姫さまは、お風呂の中で、何を考えていらっしゃるのか?

身動きもせずに、ひっそりと眼を閉じて……

ともすれば、風呂の中のおごうの姿に、夢の中のおごうの裸身が重なって来て、待っているおちかのほうが、ひどく息苦しくなってしまう。

熱い湯気に身をまかせて、おごうは何を払い落そうとしているのだろうか。

そのとき、風呂へ通じる戸が、かたりと音をたてた。

「お上りでございますか」

慌てて戸をあけると、ぼうっと乳色の湯気が流れこんで来た。その柔らかい光彩の中央に、おごうの姿があった。

「お加減はいかがでございましたか？」

たずねると、例によって黙ってうなずく。湯帷子は、ぐっしょり汗になって、おごうのからだに張りついている。

やがて、湯帷子をゆっくりはぎとりはじめた。快い熱気にあたためられ、ほんのり桜色に色づいた丸い肩がむき出しになり、ついで、双つの乳が現われた。

おごうは、いま、何もまとってはいない。

が、金銀をぬいとりした裲襠を羽織っていたときよりも、裸のおごうは、ずっと華やかに見える。皮膚の下に、じっとかがまっていた何かが、熱によって溶かされて、香気を放ちはじめたような……まともに見るには、眩しすぎるおごうのからだであった。

——姫さまは、こういうからだをしていらしたかしら。

大きくはないが形のよい乳房、胸から腹のひきしまった肉づき。たしかに前に見た憶えのあるその裸身が、おちかの眼には、全く別のものに見えてならない。

——姫さまは、お変りになった……

ふと頭に浮かんだのは、淀城での秀吉の言葉である。

「おごうの今の色気は……」

あのとき早くも、彼は、小袖の下に隠されていたおごうの裸形を見ぬいていたというのだろうか。それとも、聚楽第での何日かが彼女を変えてしまったのか……

もっとも、おごう自身は、自分の裸身のまぶしさに、いっこうに気がついていないのか、おちかの眼を避けるでもなく、ゆっくりと新しい湯帷子を受取った。

二度、三度――

湯帷子を替えて汗を吸いとらせていったが、ほんのり色づいた肌の香気は、去りもやらぬ気配である。そしてふしぎなことだが、幾分上気した彼女の面差は、今までのどのときよりも美しく見えた。

重たげな瞼、厚ぼったい唇――どこといって取柄のない平凡な顔立ちなのに、美貌のお茶々にもないふしぎな魅力があるように、おちかには思われた。

「よいお風呂でした」

おごうがはじめてそう洩らしたのは、居間に帰ってひと息ついてからである。

「これで疲れもとれました」

「ほんとうに、お疲れでございましたでしょう」

おちかは、いろいろの思いをこめてうなずいた。

「ええ、疲れましたとも、だって……」

おごうの片頬に、かすかな微笑が浮かんだのはこのときである。

「おちか」

「はい」

おごうの片頬の笑いが深まった。

「聚楽で何をしたか、わかりますか、そなた」

「は？　いいえ」

「教えてあげましょうか」

いつになく、いたずらっぽい口調でおごうは言う。

「あのね」

「は……」

重たげな瞼が、ゆっくり持ちあげられ、細い瞳が、おちかをみつめた。

「お見合いをしたのです」

瞬間、おちかはわが耳を疑った。おごうの言葉を聞きちがえたのかと思った。

「お見合い？　どなたが」

「まあ、ほほほ」

ほとんど声をたてずにおごうは笑った。

「私が、ですよ」

「――見合い？　姫さまが？　それはいったい、どういうことなのでございます」

話が飛躍しすぎていて、さっぱり見当がつかなかった。

「あの……姫さまは、はじめからこのことを御承知だったので？」

「いいえ、ちっとも」

「それならどうして？」

「さあ……私にもよくわかりませんけれど、そういうことになってしまったのです」

他人事《ひとごと》のように、おごうは言った。

「姫さま、もう少し、わかるようにお話ししてくださいませぬと……」

断片的な物言いには、いつもてこずらされているおちかである。たいていは、

——こういうことか。

適当に想像で補っているのだが、今度は、想像をしようにも、手がかりもつかめない。

「いったい、聚楽第で、関白さまは、何と仰せられたのですか？」

「気にいったら、ここにとどまれ——と」

——ということは、秀吉の意に従って、側室になれ、ということなのだろう。

おちかは、目の前に秀吉がいるかのように息をつまらせた。

「で、何とお答えになりましたので？」

「お断りしました」

おごうはさらりと言った。

「あのような、きらびやかな住居は好きではありませんから」

「それで？　関白さまは？」

「そうか、と仰せられて……」

「それから？」

「それだけです」

ほんとうだろうか。

女にうるさい秀吉が、そのくらいで引退ったとは考えられない。

が、目の前で、にこにこ微笑しているおごうに、この先何とたずねたらよいのか。言葉をさがしあぐねているおちかの眼の先に、しきりと、先刻のおごうの、まぶしいばかりの裸形がちらつく。

あのなまめかしさ。あの華やかさ。よもや見誤りはないはずだ。佐治家に嫁いだとき、人妻となったおごうの変化が読みとれず、我ながら節穴同然の眼だと歎いたものだが、

――その節穴の私の眼にさえ、これだけ変って映るのだもの……

おちかは内心うなずきをくりかえす。なのにおごうは、何もなかったと言う。

――御本心でございますか、姫さま……

が、何度問いただしたところで、これ以上おごうは何ひとつ答えないであろう。あきらかに、おごうは変ったのだ。ふと目の前の存在が、ひどく遠いものに思えてくる。無邪気でのどやかな、童女めいたおごうは佐治家を去ったそのとき、遠い所に行ってしまった……

しかし、おごうのこの変り方は、あざやかに人の眼につくというものではなかった。いかにもおごうらしく、気がついてみると、ふうわりと自分のまわりに煙色の紗《しゃ》をかけたように、人々との間に隔てを作ってしまったのだ。紗の向うにいるおごうは、捉えられそうでいて、ひどく捉えにくい。めったなことでは、他人を心の中に踏みこませなくなってしまっている。

おそらく――。聚楽第における秀吉も、彼女の心の中に踏みこめなかったのではあるまいか。あるいは、おごうの言うごとく、二人の間には何もなかったのかもしれない。いや二人が秘密の時間を持ち、そのことが、おごうのからだを、より華やかにいろどったにせよ、おごう自身の心とは何のかかわりもなかったことだけはたしかなようだ。

一方の秀吉はといえば、人の心の中に土足でずかずかとあがりこむような男である。おごう相手では大分勝手がちがったのではないか。が、機微を捉えるに敏な彼のことだ。

――こいつは出直しじゃ。

未練を残しながらも、あっさり向きを変えてしまったかもしれない。それにしても、その場ですぐ他の男と見合いをさせるのは、少し手まわしがよすぎる。ともかく、そのいきさつを聞かねばならぬ。

「姫さま……で、そのお見合いのお相手というのは？」

「………」

その間にもおごうの細い眼がちらと動いた。そのたびに、何ともいえない色気がふりこぼれる感じである。

おごうは、すぐにはその問いには答えなかった。

「聚楽にはね、大勢の方が来ていました。ほら、あちこちでお国替えがあったでしょう……」

「はあ」

「信雄さまのおあとは、豊臣秀次さま——関白さまの甥御さまね。家康どのが関東に移られたあと、甲州と信濃には、その弟の丹波少将秀勝さまが入られるのですって」

「左様で……」

なかなか肝心な話題に入らないので、おちかはいい加減に相槌を打った。

「で、いよいよお移りになるとかで御挨拶に来たのかと思っていたら……」

「は？」

「どうやら、私のことを待っておられたらしいの」

「えっ、なんでございますって」

おちかは思わず聞きかえした。

「あの……その秀勝さまが、姫さまを？」

「ええ」

「まあ……」

二の句が継げなかった。

当時丹波少将といわれた小吉秀勝は、秀吉の姉の子で、現在は秀吉の養子分になっている。

「でも、関白さまからは、そんなお話はございませんでしたねえ」

おちかが言うと、おごうはおかしそうにくすりと笑った。

「秀勝さまもね、何のことやらさっぱりわからぬ、って言っておいでででした」

「聚楽へ着いたら、明日は見合いだと言われたのですって。養父上《ちち》の気まぐれには馴れているが、今度みたいなことは、はじめてだ、って」

「まあ」

「それで、いかに何でも養父上《ちち》、明日とは唐突すぎまするると申しあげたら、うん、俺もそう思う。もともと、そなたにやるつもりはなかったんだがって……」

聞いているうちに、これには、もう一つ、秀吉以外の人間が嚙んでいる、という気がして来た。それはほかならぬお茶々である。

おごうが聚楽第へ行くと言い出したあとで、多分、お茶々は秀吉に猛烈な勢いでつめ寄ったのではないだろうか。

「あなた、いったい、どういうおつもりで、おごうをお招きになったのです。よもや変なお考えをお持ちではございませんでしょうね」

このくらいなことは言いかねないお茶々だ。その前では秀吉もついたじたじとなる。

「うん、ふん、何の魂胆もあるものか。しんそこいとしいのは、お茶々、そなた一人じゃ」

「一人ではございません」

「や、や、なんと？」

「鶴松がおります」

「まあ」

「もういい加減に、お物好きはおつつしみ遊ばせ」

「いや、何の、物好きなど……ただ、若い身空で連れあいと別れては、退屈だと思ったから聚楽へ呼んで――」

「それほどお気づかいなら婿をさがしておやりになったら？」

「う、それも考えぬではない」

「どこのどんな男を」

「う……そうさな」

お茶々はますます手きびしく催促したにちがいない。

「婿はきまりましたか」

「う、む、む……」

「さあ、さあ、お早く」

そこで秀吉は苦しまぎれにちょうど居あわせた秀勝に白羽の矢を立てたというところではあるまいか。

が、眼の前のおごうは、ひどくさばさばした顔付である。

「秀勝さまもびっくり、私もびっくり。そんなことで夫婦ってうまくゆくものなのかしらね」

他人事のように笑っている。

聞けばここは秀勝の京の邸であるという。

「まあ、では……。もうお輿入れはすんだわけでございますか」

呆れておちかが言うと、おごうは微笑した。

「ええ、でも、秀勝どのはお見合いだけすませてお国に帰っておしまいになりましたからね。本当の祝言は、甲斐に行ってからするのです。今は秀勝どのの客として泊めていただくわけ。でも……」

それから、ふっと肩をすくめた。

「淀のお城より住みやすそうですね」

まさにそのとおりである。招かれざる客としてお茶々の意地悪な視線に耐えながら、じっとしているより、ずっとましというものであろう。おごうはしずしずと言う。

「いつまでもあそこにいるわけにもゆきません。聚楽へ行って、関白さまにお願いしようと思っていたのですが、思いがけず、おもしろいことになりました」

すべて人まかせに見えて、おごうは案外、確実な道を選びとったのだろうか……

岐阜御前

丹波少将秀勝、二十三歳。

新たに登場して来た、おごうの婚約者について、まずその人相からはじめたい。というのは、彼については、ふしぎな伝説があるからだ。

というのは――

生れついて片眼が不自由だったというのである。

これっきとした学者もそう書いていたので、かつて短篇小説に登場させた折、筆者もこの説に従っておいた。根拠は『多聞院日記』という当時の史料にある。奈良の興福寺の中の多聞院にいた僧侶の書き継いだ日記で、そのころの世の中の動きが克明に記されてあって、戦国史料としてこの上ない価値を持つ。当時の執筆者は英俊《えいしゅん》という僧侶だが、その中に、この秀勝について、

一眼也。

という言葉が出て来るのだ。

ところが、最近になって、これは「一眼」ではなく「一腹」だと訂正された。現存の『多聞院日記』は原本ではなく、後の写本だから、写しているうちに誤ったのだろう、というのである。

そういえば、この記事の少し前に、

　中納言殿（秀次）ノ弟也。

とあるから、それをさらにくわしく、秀次と同腹だといったと見たほうがいいかもしれない。

念のため、手許にある戦後の版（角川書店発行）を見たら、

　一腹也。

になっていた。四百年かかって開眼した彼に敬意を表して、今後は改めなければならない。

ところで、もう一つ、彼にはややこしい問題がつきまとっている。秀吉の子供あるいは子供分で秀勝と名乗る人物が、彼のほかに二人もいるのだ。

一人は秀吉の実子らしい秀勝。彼の存在はほとんど知られていないが、秀吉が長浜城主だったころ生れ、幼児のうちに死んでしまった。

その後まもなく、秀吉は信長の第四子を養子に迎えた。於《お》次丸《つぎまる》というこの少年に、同じく秀勝と名乗らせたところを見ると、さきに亡くした子供のことが忘れられなかった

のだろうか。

この養子の秀勝は、秀吉にとっては、なかなか孝行息子だった。

第一に、彼は養父秀吉の家柄コンプレックスを解消させた。信長の子を養子にしたことで、自然と秀吉自身も格上げされた形になったのである。

第二に、本能寺の変以後の猛烈な跡目争いにあたって有力な持駒として活躍した。信長の血をひいた息子がいる、というだけで、秀吉はこのときずいぶん得をしている。

やがて彼は丹波亀山の城主となり、左近衛少将《さこんえのしょうしょう》に任じられたが、生れつき病身だったらしく、天正十三（一五八五）年十二月、十八歳の若さで死んでしまった。

すると秀吉は、早速その後釜を物色しはじめた。白羽の矢が立ったのが、姉の次男の小吉――それがすなわちこの秀勝なのだ。

二代目秀勝が死んだころは、もちろん秀吉はお茶々を迎えてはいなかったし、鶴松も生れていなかったから、養子を迎えたのは当然としても、なぜ、かくも、彼は、「秀勝」という名に執着したのだろうか。初代秀勝への哀惜の情のためだろうか？　いや、それだけではあるまい。

信長の血をひき、秀吉の天下取りの支えになってくれた養子二代目秀勝が有能だっただけに、彼が死んだとき、彼は是が非でも、この穴を埋める必要を感じたのだ。

が、いまさら信長の血筋をさがすこともできない。とすれば、さしあたって、年格好の似ているものでも……と、そこで選ばれたのが、一つ年下の小吉だったのである。

どういう星のめぐりあわせか、彼はどうやら代役のために生れて来た男である。

最初は秀勝の身替りとなって領地と少将の位を手に入れた。

ついで、お茶々のやきもちのとばっちりをうけて、秀吉の代役をひきうけて、おごうをもらう羽目になった。

そのことを彼自身どう思っているのか――おちかたちがそれをたしかめるのは少し先になってからである。祝言は年があけて早々ということで、おごうとの見合いをすませた秀勝は甲府の新領地へ出向いたのだが、その後突発的な事件がおこって、輿入れは、二、三か月延びてしまった。

その事件の一つは、秀吉の愛児鶴松の発病である。日頃から大事にされすぎている虚弱児は、何の理由もなしに風邪をひき、熱を出したかと思うと下痢をおこし、たちまちのうちに息も絶え絶えになってしまったのだ。

「おお、おお、和子《わこ》よ、和子よ」

秀吉はとるものもとりあえず淀に駈けつけ、涙と鼻汁に顔をくしゃくしゃさせて幼児に抱きついたが、ぐったりしたその子は、もう父を見わける力もなかった。

さすがのお茶々も唇から血の気を失い、夜も寝ずに付添っていると聞いて、おちかは、

――えらいことになった。

と思う半面、ひそかに胸を撫でおろさざるを得ない。

――もしもあのまま、淀のお城にいたら？……

ことごとくお茶々に八つ当りされて、あたかも、おごうが転がりこんで来たから鶴松が病気になったように言われるかもしれない。

おごうのことだから、そんなときにも、気のきいた見舞ひとつ言えるわけはなし、

——なんて気がきかないんだろう。

城の侍女たちからも白い眼で見られるにきまっている。とすればともかく、あの淀城をぬけだしているということに、大いに感謝しなくてはならない。

——それにしても……

と、おちかは、ちょっとふしぎな気がする。よもやおごうが今日の有様を見抜いていたとは思えないのだが、結果においては、うまいことになったものである。

——お茶々さまのような、眼もさめるような御運もないかわり、どうやら、とことんまで追いつめられないでもすむ、といったこの感じ……。このあたりが姫さまの身についた御運なのか。

鶴松の病状が一進一退しているころ、秀吉の周辺には、もう一つ凶事がおこった。大和大納言と呼ばれていた彼の父ちがいの弟、秀長が亡くなったのだ。

この秀長は表面には出ないが、なかなかの人物である。近年やたらと気まぐれで怒りっぽくなって来ている秀吉の行きすぎやら失敗やらを蔭にまわって適当に処理する一方、その失態をなるべく未然に防ぐように、楫《かじ》をとりつづけていたのは彼だった。

特に木下一族にとっては、彼はなくてはならない存在でもあった。尾張の農民出で、

ろくな良識も持ちあわせていない彼らが野放図な要求を持ち出したときに、やんわりと諫めたり、一族内部の摩擦がおきないように配慮したり――泥芋に似た一族が、ともかくぼろを出さないですんで来たのは、この秀長の力によるといっていい。

――あの方なら、姫さまのよい御相談相手になってくださったかもしれないのに……

おちかも、ちょっぴり残念に思わないでもない。

と、そのうち、おちかの耳に、とてつもない噂が舞いこんで来た。

「わあ、驚いた。聚楽の大門の近くにね、一条戻橋というのがあるでしょ。そこで木像がはりつけになってたわよ」

小女《こおんな》が騒々しく喋っている。

「まあ、誰の木像が？」

聞くと、

「千利休って、関白さまのお茶頭衆《さどうしゅう》ですって」

「えっ、またなんで……」

言いかけたとき、突然、空を裂いて、蒼白い光が走り、

どかあん！

爆発するような雷鳴がとどろいた。

「わっ！」

思わず腰をぬかしたとき、沛然《はいぜん》たる大豪雨がやって来た。

今でいう春の嵐——

それが突然襲って来たのである。この日、例の木像の主《ぬし》、千利休が、秀吉の命によって割腹自殺を遂げたことを、おちかはあとになって聞いた。

その首は早速、戻橋に木像とともにさらされた。このときも、

「何でもね、お道具の目ききをするとき、ろくでもないものをとりあげて褒めたりして、お金をとっていたのがばれたんですって」

と小女は言った。真偽はともかく、当時の都には、そうした噂が流れていたことはたしかで、例の『多聞院日記』にも、

近年新儀ノ道具ドモ用意シテ高値ニ売ル。マイス（売僧）ノ頂上ナリトテ以テノ外、関白殿御腹立。

と書いてある。

ところで、この時期におこったいくつかの事件のうち、秀長の死は、おごうたちに、早くも影響を与えはじめた。

甲斐と信濃に新領地を与えられたばかりの婚約者、秀勝から、国替えの知らせが届いたのだ。しかも転封先は岐阜であるという。

「まあ、もうお国替えですって？」

いかに何でも早すぎる、とおちかは眼をこすった。

甲府から岐阜城へ——

若い秀勝にとっては、身に余るほどの出世である。それも、彼自身この時期に何ひとつ手柄をたてているわけでもないのに……。ともあれ、嫁ぐ身にとっては、甲斐より道中は短いし、美濃といえば、ついこの間まですごしていた尾張の隣国だから、何となく気も楽になる。特に岐阜城なら、もとはといえば、おごうの母方、織田家ゆかりの城だから、あまり他所《よそ》へゆくという感じがしない。

二度目の祝言だから、というので、おごうの輿入れは万事ひかえめにすすめられた。ところが、旅立ち間際になって秀吉から豪華な金襴の裲襠が届いたりして、嫁入り支度はかなりはでやかになった。さすがに、お茶々もそっぽを向いているわけにもゆかないと見えて、なにがしかの金に、小袖を添えて送って来た。

と、そのころ、この侘住居《わびずまい》に珍しい客が現われた。

「まあ、しばらく」

家じゅうに響き渡るような嬌声の主はおごうのすぐ上の姉――お初だった。

「岐阜へいってしまわないうちに一度会っておきたかったの」

こぼれるような笑いをふりまいた。お茶々が少し太り気味になったのにくらべて、お初は頰の肉が少し落ちたようだ。

「久しぶりだったわねえ」

ひどくなつかしげに、からだをこすりつけるようにした。

「今度はほんとにおめでとう」

佐治与九郎とのことには一切ふれず、秀勝とのことにだけ祝いをのべた。

「岐阜のお城に入るんですってねえ。お母さまは伯父さまがあのお城にお移りになるころ、浅井のお家にお嫁にいらしったのよ。そりゃあ、あのころとは変ってしまったでしょうけれど、でも、織田家に御縁のあるお城へ入れるなんてうらやましいわ」

相変らず甘ったるい声でさえずりつづけ、しんじつうらやましそうな顔をした。

さすがに、娘時代に見せた底意地の悪さは消えている。が、手放しでうらやましがっていると見せかけて、そこには微妙な屈折のあることが、傍らに坐っているおちかには手にとるようにわかる。

いま、お初の夫は近江八幡二万八千石。秀吉の一族であり、天下の名城、岐阜をわがものとした秀勝との間には、数段の開きがある。

この数年の間にお茶々に引き離されたお初は、いまやおごうにも完全に追いぬかれた形になった。

もしお茶々がこの立場に立たされたとしたら、

——ふん、何さ。

完全にそっぽを向き、挨拶などには来ないだろう。

が、お初は、くるりと了見を変え、手の裏を返すように下手《したで》に出た。家柄ばかりはよくても、小身の大名としての苦労が身にしみているからであろうか。

——しかし、このあたりが、かえってお初さまのしぶといところだ。

と、おちかは思う。

妹に追いぬかれたお初の心の中は、多分煮えくりかえっているにちがいない。ふつうなら、死んでもうらやましげな顔などはできないところである。しかし、こんなときお初は、思いきって逆手を使うのだ。いや、逆手を使えるのがお初のお初たるところなのである。

いま、おごうの前で、うらやましげな顔をしてみせているお初——。もちろん、うらやましいにはちがいないがこれは彼女の本心そのままではない。内心にうごめく羨望の念を、お初は、いま、みごとに仮面化して、うらやましがるという演技をしてみせている。

それはなぜか？

さしあたっては、そうしておいたほうが得だ、という彼女の本能といってもいい、すばやい計算がなされているからだ。よそから見れば、自分を追いこした妹の前でうらやましそうな顔をするなどは呆れ果てた根性のなさだ。

——まあ、なんてみっともないことを。

肩をすくめて笑うかもしれない。また、うらやましがられたほうは、

——ざまァ見ろ。

一応いい気持になってそっくり返りたいところである。

——あのときは、私のこと見下したけど、今じゃあどうやら、私のほうがえらくなっ

たようね。

と。

が、もし、そんなことをしたらそれこそお初のつけ目なのだ。そうとわかったら、多分彼女は、舌をぺろりと出して笑いころげるだろう。

——うふふ、うらやましそうな顔をしてやったら、いい気になって、そっくり返って……

また、あたりの観客たちに向っても、

——あんたたち、私が手放しでうらやましがってると思ってるの？

と言ってせせら笑ってみせるにちがいない。そのあたり、むしろお初は、お茶々以上に手ごわい相手なのである。

——姫さま、お気をつけ遊ばせ。

おちかはそっとおごうのほうをぬすみ見たが、例によって彼女はほのぼのとした微笑をうかべたまま、お初の言葉に、かすかにうなずくばかりである。

時折、

「ええ」

とか、

「はあ」

とか、ひどく頼りない返事が唇から洩れるだけなのが、かえって今は都合がいい。

——そう、そう。そんなぐあいに……

その無策ぶりも、ときには思いのほかの効果を発揮するものだ。

お初は、飽きもせずしゃべりつづけている。しばらく見ない間に、ずいぶんきれいになったの、その小袖はよく似合うのと、ますますなめらかに舌はまわりつづける。そのくせ、秀吉とかお茶々という名前が一切出て来ないところを見ると、野放図に喋りつづけているように見えて、これでなかなか用心深く話題を選んでいると見える。

側で聞いているおちかはひどく気疲れがした。よそ目には、数年ぶりにめぐりあった姉妹ふたりの仲むつまじい語らいに見えたかもしれない。が、お初のとろけるようなやさしさのゆえに、かえって、そらぞらしいものを感じないではいられない。あたかもその日、邸の外に吹きつづけていた早春の冷たい風に肌をなぶられているような……。そんな感じの一日だった。

岐阜城に秀勝が入城したのは天正十九（一五九一）年の三月。少し落着いたころを見計らって、おごうの輿は都を発った。

岐阜は織田信長ゆかりの地だ。かつて斎藤氏の本拠時代は、井ノ口と呼ばれていたらしいが、信長は斎藤氏を降して、ここに進出すると、同時に「岐阜」と呼び名を変えた。学者の説によると、岐阜というのは岐蘇《きそ》（木曾）に対する呼び方で、古くから、雅びやかな名前として伝わっていたともいう。

それにもう一つ——古く中国で周の国をおこした文王が、岐山《きざん》に拠って天下を平らげたことにちなんだともいう。

とにかく、ここに本拠を定め、地名を一新したとき、信長は本気で天下を取る気になったらしいし、城もそれにふさわしいスケールのものに作りかえた。

そのころ、ここへやって来たポルトガル人の宣教師が、「地上の天国だ」と眼を丸くしているくらいだから、その豪華さは、当時としては、ずばぬけていたようだ。もっとも、そのあと、信長は、さらに豪華な安土城を作り、秀吉は、よりスケールの大きい大坂城を作ったから、いささかその影は薄くなってしまったものの、いまなお、天下の美城の一つであることはまちがいない。

例の宣教師の報告によると、岐阜城の一階には大広間のほか、十五から二十の座敷があり、襖の引き手や釘かくしは金ずくめ、木材は鏡のようにピカピカ光っていたという。二階は婦人用の部屋で、ここは一階よりさらに美しく、金襴の布が貼ってあったというから、おそらく、ここがおごうの居間になったのではないかと思う。

おちかにとっても、こういうりっぱなお城暮しは、はじめてである。以前に北庄の城が落ち、おごうたちの母のお市が死んだあと、しばらく三人の娘たちと安土城に身を寄せていたことがあったが、このとき安土城はすでに火災に遇ったあとで、見る影もなかった。

――これからは、ここが姫さまのお住居《すまい》か。

あたりを見まわしていると、

ざわっざわっざわっ——

慌しげな衣ずれの音がして、一人の老女が現われた。

「いま着いたの？」

いやに横柄な口のききかたで、あたりをきょろきょろ眺めまわし、

「おごうどのはどこに？」

突っ立ったままたずねた。

——まあ、なんて失礼な。

侍女頭でもあろうか。いや、渋紙色の皺だらけのその顔は、そのあたりの農家の古女房——お城づとめの柄ではない。呆れてその顔をおちかは見守った。

が、とにかく、こちらは来て早々の人間である。一応礼儀を尽して、

「あちらに……」

静かに答えた。相手の礼儀知らずを皮肉るつもりも多少はあった。と、老女は返事もせずに、足早に歩きだし、今度は、勢いあまってか、おごうの前を通りすぎてしまった。

「あの、もし……こちらでございます」

追いすがって言うと、やっとふりむき、

「ああ、これが……」

立ちどまって、おごうの顔をしげしげとのぞきこみ、

「へえ……まあ」

失望をあらわにした。

「淀のお方とは、ちっとも似ていないねえ」

傲慢無礼なその老女が、ややあってから口にしたのは、それだった。

——何をぬかす。

憤りにおちかは口もきけない。いやしくも、今日からこの城の女あるじになろうとしているおごうに向って、なんたる口のきき方であろう。育ちのいやしい秀吉一族のしつけの悪さは、かねて聞いてはいたが、この城の侍女は、主人に向ってどういう言葉をつかったらいいのかということも知らないのか。

お市に仕えたときの浅井の小谷城でも、海のあらくれ男たちにとりまかれていた大野の城でも、こういうことはかつてなかった。この絢爛たる岐阜城と、しつけの悪いこの老女と——この取合せはちぐはぐすぎる。おごうたちは、どうやら、とんでもない世界に飛びこんでしまったらしい。

一方の老女は、自分の非礼にいっこう気がついていないようだ。なおも立ったまま、

「いえね、今日来るという話だったから、さっきから待っていたのさ。でも、いくら待っていても顔を見せないから」

「何ですって？」

おちかは、こらえきれなくなって、気色ばんで、老女につめ寄った。

「ここにおいでになるのは、おごうの方さまですよ。この城の御《おん》あるじの花嫁さまじゃ

ありませんか」

「ああ、それは聞いたよ」

「まあ……じゃ、そのおごうの方さまが、なんでわざわざ、自分のほうから――」

あんたのところへ挨拶に出向く義理があるのか、と言いかけたとき、

「あの、ちょっと……」

集まってきた侍女たちをかきわけるようにして顔をのぞかせた女がいた。

「ちょっとお待ちくださいまし」

人垣の後ろから現われたその顔を見たとき、

「あっ」

おちかは声を呑んだ。

「そなたは……おたあ……」

「お久しゅうございます」

白いふっくらした頰に笑みをうかべて会釈したその顔は、忘れもしないおたあであった。

「そ、そなた、どうしてここに」

「ま、そのことはあとにして、それよりも、おちかさま……」

耳の側にすり寄って、囁いた。

「そこにいらっしゃるそのお方はね、少将さまのお母君なんですよ」

「えっ……」

今度は、おちかがのけぞる番であった。

「このお方が、殿さまのお母君……。というと、あの、関白さまの――」

「そう、お姉君のおとものお方さま」

「まあっ……」

慌ててその場に手をついた。

「ちっとも存じませず、御無礼申しあげました」

こんなに驚いたことはない。この皺くちゃ婆さんが、城主秀勝の生母とは……

恐縮して挨拶するおちかを、老女はじろりと見た。

「あんたは、何者かね。このお城の殿さまのことを、何も知らないと見えるね」

――それにしても……

おちかには、どうしても合点がゆかない。

秀勝の生母――つまり秀吉の姉にあたるおともは、三好武蔵守の妻になっている。現在、夫の吉房は出家して一路と名乗り、三位法印に任じられている。おともは夫ともども、長子の三好秀次の許にいるはずだった。

したがって、秀次が尾張、伊勢を与えられて以来、尾張の犬山城を与えられそこに住んでいると思ったのに、どうしてまた何の前ぶれもなく、この岐阜城に来ているのか。

そうした予備知識もなく、この皺くちゃ婆さんと顔をあわせれば、下働きの老女と思うのがあたりまえだ。

が、おともはそれが気にいらないらしく、

「ほんとに、このごろの女はしつけが悪いったら」

さも憎々しげに言う。

——まあ、呆れた。

しつけのないのは、そっちではないか。城主の母親なら、鷹揚に構えて使をよこせばいいのに、自分でひょこひょこ出て来るから、めんくらうのである。

が、何といっても、おちかはおごうの侍女だ。新米の花嫁が、姑の気をそこねることのないように今はひたすら謝らねばならない。

こんなとき、唯一の救いは、おごうのおっとりした動作である。おともがおちかを睨みつけている間に、彼女は音もなく坐り直し、

「お母さままでいらっしゃいますか。ごうでございます」

いとものどやかに一礼した。

「……」

虚を衝かれた感じで、姑は一瞬おごうを見守ったが、無遠慮に顎をしゃくると、

「淀どのにはちっとも似てないんだねえ」

もう一度くりかえした。

「淀どのは、ほんとうに御器量よしだけど……」

これでは全く形なしではないか。が、おごうは顔色も変えずに、静かに笑っている。言うだけ言って気がすんだのか姑は早くも歩きはじめていた。

「じゃ、殿さまのところへ、ちょっと知らせてくるから……」

殿さま——というのは、わが子の秀勝のことらしい。

いつかおごうたちをとりまくように集まっていたおとも方《がた》の侍女も、衣ずれの音を残して立ち去ってゆく。

その中から、おたあの白い顔がちらと眼配せした。

——このお婆さん、いつもこうなんですからね……

といったその表情に、おちかはこれから先の、この姑との交渉を思ってうんざりした。

とんだ飛入りの一幕があったが、何とか無事に着替えもすませて、おごうは秀勝との祝言の席に臨んだ。ふたたび白の幸菱の裲襠をまとったおごうは、はじめて嫁ぐ花嫁のように、ういういしく見えた。

——だってまだ二十でいらっしゃるのだもの……

これからはじめて人生を歩みだすとしても決しておそくはない年頃である。

祝言の場にも、例のおともはしゃしゃり出て来て、何かと嘴《くちばし》を入れてはおちかをいらいらさせた。それでもとにかく無事に盃事をすませ、二人が床入りをしたあとで、おたあが、こっそり、おちかの部屋にやって来た。

「お久しゅうございます、おちかさま……」

おたあにそう言われてみると、あのころの微妙なせりあいよりもなつかしさが先に立つ。いや、それもだが、あの奇っ怪な姑《しゅうと》どののいるこのお城では、少しでも情報に通じている旧知がいることは心強い。

「あれっきり、姿を隠してしまったので、どうしてるかと思ってましたよ」

いささか気が咎めるが、口ごもりながらそう言うと、おたあは、けろりとして、

「黙ってお城を飛びだしちゃったんですものね」

他人事のように言った。

「あれから、そなた……」

「子供を産みました。ちくぜんの堕胎薬《おろし》は、やっぱり嘘だったんですね。それに生れてみるとかわいくなっちゃって。でも……」

「でも？……」

「死んじゃったんです。三月《み》ぐらいで」

「まあ、それは……」

「やっぱり親になる柄じゃないらしいのね、私って」

「で……あの……」

ちくぜんという言葉はさすがに口に出しにくかったが、おたあのほうは、いっこうにこたえてはいないのか、

「ああ、あのちくぜんのこと？　もう忘れちゃったわ」

さばさばと言った。

「女ってものはね、そのときどきに口を吸いあう男のことしか考えないものよ」

「じゃあ、あれから？」

「ええ、いろんなことが……」

にやりとして見せて、

「でも何だか何もかもつまらなくなっちゃって、またお城づとめすることにしたんです。といっても、清洲の信雄さまは、お城をとりあげられておしまいになったし、ってを頼って、ここに落着いたんです」

「まあ、そこにまた姫さまが縁づきなさるなんてねえ。お城の中のこと、万事よろしく頼みますよ」

この際うんと下手に出た。

と、おたあは、すぐさま膝を進めて来た。

「なにしろ、あの、お姑さまですからねえ」

「ほんとに、私も知りませんでした。三好法印さま御夫婦は、犬山のお城にいらっしゃるのだとばっかり思っていたのに……」

「とんでもない」

おたあは手を振って、眉をしかめてみせた。

「もう、このお城に入りびたりなんですよ」

「何でもね、殿さまがこのお城に入るようになったのも、あのお姑さまのさしがねなんですって。甲斐や信濃じゃ遠すぎます、あの子の顔が見られないようじゃ、私は生きてる気がしませんって、関白さまに直訴なさったんだという話ですよ」

「まあ」

ふふ、と軽く笑って、おたあはうなずいた。

「まあ、大変なお子さま思いなのね」

「それもあるけど、あの方、大変な欲張りでね」

「………」

「この岐阜のお城を、どうしても殿さまのものにしたかったらしいの。いえ、今度だけじゃないんですよ。この前も殿さまを突っついて、関白さまにおねだりをさせたおかげで、とんだしくじりをしたこともあるんです」

人間が生きてゆく以上、ある程度の欲は必要だ。それは生存本能といってもいいだろう。それがなくては人生の競争から脱落してしまうし、これをうまくコントロールしながら、タイミングよく泳いでゆけば、思いがけない大きな運をつかむこともできる。関白秀吉などは、その成功例であろう。

ところが——

この欲を、むき出しのまま投げだされたら、手がつけられない。岐阜城のあるじ、秀勝の生母のおともの場合が、まさにそれなのだ……

眉をしかめながら、おたあが語ったのは、ほぼ、そんなところだった。

「なにしろ、あの婆さんの欲は、天井知らずなんですからねえ」

おたあの話によれば、以前に一度秀勝が秀吉の機嫌をそこね、危うく追払われかけたというのは、こういういきさつからである。

「於次丸秀勝さま——前の御養子が亡くなられたあと、同じく秀勝というお名前をもらって亀山城へお入りになったでしょ。そのときは、おともさまも大変お喜びになったんだけど、そのうち、それじゃ満足しなくなったの」

「へえ」

おちかは、昼間見た、おともの顔を思い出した。皺くちゃな割に眼が丸くてきらきら光っていた。そういえば、あの眼、どこか泥棒猫に似ていないこともない。

「ちょうどそのころ九州攻めが始まって、秀勝さまも御出陣になったの。何でもそのとき、お手柄があったとかいう話だけど、ほんとうをいうと名前だけの大将格で、実際には前田利家さまとか蒲生氏郷さまとかがお働きになったんですって。そりゃそうでしょう、秀勝さまは、まだ十七、八でいらしったんですものね、ところが——」

おたあは、顎をしゃくった。

「あの奥にいる婆さんが、あとになって秀勝さまを突っついて、手柄をたてたからには、御加増をお願いします、って言わせたんですってさ」

「まあ」

秀吉はそれを聞いて、

「小吉め、何をぬかす」

飛びあがって怒鳴ったという。

「阿呆め。本気で自分が手柄をたてたと思っているのか。だいたいお前なんか、亀山だけだってやりすぎだと思っている。於次（秀勝）が死なななけりゃあ、お前なんかにやるつもりはなかったんだぞ」

よおし、それなら、亀山の城もとりあげだ。さっさと出てゆけ、と満面朱をそそいで怒号した。

――南無三、しまった！

秀勝はすっ飛んで逃げだして、慌てて、叔父（秀吉の弟）の秀長のところに身を寄せた。

「しようのないやつだな」

秀長は苦笑しながら、彼をたしなめた。

「だいたい、お前のおふくろは欲が深すぎる。が、親に焚きつけられて、そのまま、兄上の耳に入れるお前もお前だぞ」

そう言っておいて、秀吉のところへゆき、一応彼が亀山城を預かるという形にして、その場をおさめてやった。

温厚で思慮の深い秀長に対しては、秀吉も日頃一目おいていたので、しぶしぶながらも彼の意見に従わざるを得なかったのだ。しかも秀長の秀勝に対する好意は、それだけに止まらず、秀吉の怒りがさめたころを見計らって、秀勝のために、さらに口添えをしてやっている。

ちょうどそのころ、越前の蜂屋《はちや》頼隆という武将が死んだ。すると秀長は、

——その跡を秀勝に……

秀吉にそう言ってやったのである。蜂屋頼隆は、所領は五万石だが、長い間蓄えた財宝をかなり持っている内福の大名だった。

そろそろ秀勝を怒鳴りすぎたと後悔しかけている秀吉は、あっさりそれを聞き入れた。秀長がこうまで秀勝のめんどうを見てやったのは、一つには、子のない彼が、秀勝の弟の秀保《ひでやす》を養子に迎えていたからかもしれない。それに……。さなきだに少ない木下一族を何とかとりまとめ、欲にからんだ争いで仲間割れさせないように、という配慮も働いていたからであろう。

「木下家はいま、全国の注目を集めています。あまりはしたないことはなさらぬよう」

おともに対しても、やんわりいましめることは忘れなかったらしい。

その秀長が今年の正月に死んだ。

「ね、だから……」

わかるでしょ、というふうに、おたあは片眼をつぶって見せた。

「今度の秀勝さまの岐阜入りを、おともさまは、早速関白さまにおねだりしたってわけ

なのよ」

甲斐はあまりに遠すぎます、というのが、その口実となった。

「秀長さまがお亡くなりになって、文句を言われなくなったから、ってわけね」

「ええ、そうなの。いま、秀次さまが尾張と伊勢をおもらいになって御自分が犬山に迎えられたでしょ。だから、もう一人の息子にもすぐ会えるように、関白さまにおねだりになったのよ」

冷静に考えれば、そんな手前勝手な要求の出せる時機ではなかった。甲斐、信濃は、関東に移転させた徳川家康に対する防衛線の一環である。いまいちばん油断のならない存在であるところの家康――。この男に対して、木下家の先鋒として、秀勝は関八州に向けて眼を光らせていなければならないはずなのに、その母親が、顔を見たいから、といって岐阜に移すことを願い出るとは、あまりにも勝手すぎる。

どうやらおともという人間は、自分のことしか考えられない女らしい。

成上りには、えてしてこういうタイプがいる。なまじ幸運に恵まれて出世し、暮しが楽になると感謝を忘れて、ますますとほうもない望みを抱きはじめる。それもじつに手前勝手なことばかりで、その望みが叶えられてあたりまえというような顔をしている。

――やれやれ……

思わぬ伏勢《ふせぜい》の出現に、おちかはうんざりせざるを得ない。

――こんなお方と一生つきあわなければならないのか……

それを裏づけるように、おたあは言った。

「なにしろ、御自分の力で秀勝さまを呼び寄せた、と思ってるでしょ。まるで自分のお城のような顔をして入りびたりよ。あれじゃ、犬山御前じゃなくて、岐阜御前だって、みんな言ってるくらい」

当然岐阜御前と呼ばれるべきおごうより前に、先任の岐阜御前が鎮座しているとは……

おたあが自分の部屋に帰っていったのは、大分夜がふけてからだったが、おちかは、そのあとも、なぜか眼が冴えて眠れなかった。

度々寝返りを打って、ひとしきりとろとろしたと思ったらもう朝だった。起きあがると、頭がくらくらしたが、思いきって床をあげ、身じまいをした。

まだ朝の光は弱かったが、戸をあけると、はるか眼の下に岐阜の町が開けているのが見える。

――この町が、この城が、姫さまのものなのか……

それらがすべて、何となくよそよそしく見えるのは、岐阜御前と異名をとっている秀勝の母、おとものせいであろうか。

――これから先、いったいどんな日が待っているのか。

この日、はじめて、おちかは、花婿秀勝の顔をまともに見た。祝言の間は、むしろ儀式の進行に気をとられていたので、その顔をまじまじ見る暇もなかったのだ。

「うわあ、寝た寝た」

それが、その朝、おちかが最初に聞いた秀勝の声だった。ひどく耳に響く声である。さほど高くはないのだが、ジャリジャリといった響きが混っているので、耳にこたえる。

彼は手をついているおちかなどに眼もくれず、つかつかと縁先に出てゆくと、大きなのびをした。と思うと、ポリポリと顎をかく。首を振る。

忙しいことこの上ない。

しかも、それらの動作のひとつひとつが、どことなく秀吉に似ている。そして秀吉よりも、ひとまわりせせこましい感じなのである。

——おや、まあ……

おちかは心中首をすくめた。

——関白さまの代理をつとめるのにはもってこいだわ。

ひょんな風の吹きまわしから、おごうの夫におさまってしまった秀勝。しぐさだけはまさしく、秀吉の身替りをつとめるに十分である。

が、それと同時に、無意識のうちに、おごうのかつての夫、佐治与九郎とくらべないではいられない。

——与九郎さまは、こんなふうではなかった……

ぶすっとして、全く愛想がなかったが、じつに堂々として泰然たる若者だった。

これにくらべると、秀勝は、位も所領も与九郎などの及びもつかないものを持っているが、何となく軽々しい。

昨夜、おたあの口から、秀吉に怒鳴りつけられた一件を聞いてしまったからだろうか。それにしても、母親に突つかれて、所領を無心したり、秀吉に怒られると、叔父のところへすっ飛んで行ったり、何となく腰の定まらない感じだが、それはそのまま、彼の動作に反映しているとはいえないだろうか。

与九郎にくらべれば、たしかに陽のあたる場所を歩きつづけている彼だが、そういうことと、人間の持っている「格」とは違うらしい。

そのとき、例のジャリジャリした声が、忙《せわ》しく耳許で響いた。

「どうだ。城の中を見せてやろうか」

おごうをふりかえって秀勝はそう言うと、先に立った。左右の肩を小刻みに振る、気ぜわしい歩き方である。

「三階は茶室だ。もっとも俺はあまり茶の湯は好かんがね」

と後ろから声がした。

「小吉ィ、小吉」

昨日の老婆である。

「どこへ行く、小吉」

息子に負けない、せかせかした足どりでおともはやって来た。小吉――と彼女は呼びなれた昔の名前で息子を呼ぶ。

そのころ、やっと侍女たちが息をはずませて追いついて来た。老婆の足が早すぎるのでお上品に歩いていては間にあわないのだ。その中には、おたあの顔も混っている。

「おお、母者か」

秀勝はボリボリと顎をかいた。何やら、いたずらを見つけられた子供のしぐさに似ている。

「なあにね、ちょっと、おごうに城の中を見せてやろうと思って」

「ふん、そうかえ」

おともは、露骨におもしろくもない、という顔をした。

「その前に、私のところへ来るのかと思っていたよ」

「あっ、そうだったなあ」

秀勝は頓狂ともいえる声をはりあげた。どうも、この年になってもおふくろさまには首根っ子を抑えられているらしい。

――まあ呆れた。

おちかは心中はなはだおもしろくない。どうせ母親のところへ挨拶に行くのはきまっているのだから、城主の母たるもの、少しは落着いて待っていてもよさそうなものなのに……

また息子も息子である。母親の前で手も足も出ないとは情ない。

ふと眼をあげると、おたあの顔が、人の後ろからのぞいている。

――これですからね。

とでも言いたげに、薄く片眼をつぶってみせ、

――あとで。

というふうに、意味ありげなうずき方をした。

ことのしだいによっては険悪になりそうなその場の空気だったが、例によって、おごうひとりは、平然たるものである。そんな親子のやりとりは一切耳に入らないような顔で、

「おはようございまする」

ゆったりと一礼した。

童女のようなそのすなおさに、おともは、かえって虚を衝かれたようだった。

「いま、御挨拶に伺うところでございました」

おごうは、しずしずと言った。

「おや、そうかえ。じゃ、まあいい。それより私が城の中を案内しよう」

くるりと機嫌が直ったところを見ると、根はそれほど意地悪ではないのかもしれない。もっとも、その案内ぶりといったら、おちかの眉をまたしてもひそめさせるようなものではあったが……

たとえば、一つの部屋に入ると、

「この釘かくしは純金で、値はどのくらい……」

といった具合に、必ずお金の話が先に立つのだ。そしてその度に、

「この私が口をきかなきゃあ、この城も、お前のものにならなかったんだからなあ、小吉」

というセリフが投げこまれるのである。

どうやら、おともは、息子のために、この岐阜城を手に入れてやったことがうれしくてならないらしいのだ。

城の中をひとまわりして部屋に戻ると、おたあがやって来た。

「いつもああなのよ、あの婆さん。でも、挨拶に来るのを待ってたなんて、呆れるわねえ」

それから声をひそめた。

「夜あけまで、殿さまの御寝所の脇で、聞き耳立ててたくせにさ」

「えっ、何ですって?」

「あたし、見ちゃったのよ」

おたあは、はっきり片眼をつぶって見せた。どうやら、さっき意味ありげなうなずき方をしてみせたのは、このことを言おうがためだったらしい。

「ゆうべおそく、おちかさまのお部屋から帰ったでしょ。そのときに……」

それは全くの偶然だった。

廊下の先に人影が――いや、見えたわけではない。人の気配のようなものを感じて、

おたあは、はっと身をすくませたのである。

──見つけられてはまずい。

悪いことをしているわけではないが、半ば本能的に柱の蔭に隠れた。足音はどうやら、廊下の彼方に遠ざかってゆく様子である。

──やれ、やれ……

と、思ったとき、足音がはた、ととまった。それからしばらくするとこちらに戻って来る気配である。

──これはいけない……

ますますからだを縮めていると、軽い小さな足音は、自分のほうには来ず、中途で廊下を曲った。

「おや、と思ったのはこのときなの」

と、おたあは言った。

その方角には、城主秀勝とおごうの寝所しかない。ふしぎに思って、そっとその後を追い、闇の中に眼をこらすと、どうやらおともの、少しかがんだ背中が見えたような気がした。

「まあ、よくわかったのねえ、闇の中で」

おちかは少し合点のゆかない顔をした。

「それには、わけがありましてね」

「まあ、どんな?」

「ま、それはあとにして……」

小さな足音は秀勝の寝所の外側まで来ると、ぴたりととまった。それから、音をしのばせて襖が引きあけられた。

「それでね、もうこれは、あの婆さんにまちがいなし、と思ったわけ」

「というと……」

「おふくろさまの御寝所のぞきっていうの、この城の名物の一つだって聞いていたんですもの」

「おふくろさまが、あの……殿さまの御寝所を」

それなり絶句したおちかを、おたあは、にやにやみつめている。

「まさか……」

「嘘なもんですか、私がげんにこの眼で見たんですもの」

おたあは、大きくうなずいた。

「前からそう聞いてたの。おともさまはお城に来るごとに、そうなさるんだって」

「……」

「ゆうべも、あの婆さん、ずっとのぞいていたのね。そして、いったん帰りかけたけど、また気になって、後戻りしたのだと思うの」

そっと隠れて見ていたら、そのあとも、おともは帰りかけては戻り、帰りかけては戻り、廊下を二度も三度も往復したという。

——まあ、なんてことを……

「いったいどういう気持なのかしら……」

と言うと、おたあはにやりとした。

「さあ……おちかさまはどうお思いになって？」

「………」

「いい年をして、度はずれた色ごと好き？　それとも、やきもち？」

——色ごと好き？

いやしくも、岐阜城のあるじ、少将秀勝の生母ともあろう人が？

しかしそのそばから、別の考えが首をもたげて来るのを、おちかは制することができない。

——なにしろ、秀吉公の実の姉君ではねえ……

好色の血が流れていないとは保証はできないのである。

と、おたあが、その心の底を見透かすように、また、にやりとした。

「そうですとも、誰だって、大変な色ごと好きだと思うわよ。ところがねえ」

「え？」

「それがちがうのよ」

「まあ——」

「しかもねえ」

おたあは眉を寄せた。

「かわいい息子をとられたっていう、やきもちでもないのよ」

「へえ」

「そんなやきもちなら、よくある話よね。それならそれでかわいげがあるけれど、ここの婆さんのはそれともちがうの」

「まあ」

「ちがうから困るんだわ」

おちかは、きょとんとして、おたあの顔を見直した。

「もし、ただの色ごと好きなら、おやめください、はしたのうございますって申しあげれば、いかにおふくろさまだって、おやめになるでしょう。ところが、あの婆さんには、それがおかしいことだっていう考えがないのよ」

「……………」

「私のやっていることは、いいことだって思いこんでるから、始末が悪いの」

「ど、どうして……」

つまり、おともは、秀勝のことが、かわいくてかわいくてならないのである。

この子のために、領地も欲しい。城も欲しい。他人にはおよそ強欲と見えるそれも、彼女にとっては、かわいいわが子のため、という大義名分に輝く要求なのである。

いわば、彼女は、人を蹴とばし突き倒しても、いちばん先に電車に飛びこんで、子供のために席をとってやるという「けなげな母親」なのだ。

その母親の眼からすれば、夜の寝所の女とのひとときなどは、はなはだ危険きわまることだった。

たしかに、そのころは、お嫁にゆくとき、

「夫と寝所をともにするときでも、懐剣だけは忘れるな」

と言いきかされて家を出るのが普通だった。いつ実家と婚家先とが仲違いして、敵味方になるかもわからない世の中だったから、身を護る刀は、恍惚の瞬間でも肌身を離してはいけない、というのである。

と、同時にそれは、

「いつでも側に寝ている男の寝首を掻く準備をしておけ」

ということでもある。農民あがりのおともが恐れるのはそこなのだ。そこで、女にうつつをぬかして、つい前後不覚になってしまうかもしれない息子に代って、眼を光らせていよう、というのが、おともの発想だったのである。

そこまで聞いて、おちかが思わず吹き出すと、

「笑いごとじゃないわよ」

わざと大まじめな表情を作っておたあは言った。

たしかに――

おともにとっては笑いごとではないであろう。自分の息子が女と交わって我を忘れるかもしれないそのとき——生命の危険にさらされはしないかどうか見張っていてやろうというのだから、これ以上の親切（?）はないはずだ。

が、一歩退ってみると、これ以上滑稽な構図もないであろう。その「瞬間」をいわゆる「のぞき見」とはおよそ違った真剣な眼付でみつめる母親——

「そして、それがおかしいってことに、あの婆さんは、ちっとも気がついてないんだからねえ」

どうしようもないんだ、もう……というような顔付をおたあはしてみせた。

「なるほどねえ」

おちかはやっと、昨日からのおともの、何やらちぐはぐな行動も合点がいったと思った。

姑顔してのさばろうとか、おごうの前で威張ってみせようというのではないのだ。ただただ秀勝が大事であり、自分が秀勝にとって大事な人であることをひけらかしたいのである。

「根は悪い人じゃないのね」

「強欲だってことを別にすればね」

おたあは、すかさず言った。

「でも悪いとかいいってこととは別よ、困った婆さんだってことには変りはないわ」

「そりゃあそうだけれど」

もっとも徳川時代に入ると、半ば儀式化されて、将軍の床には、必ずこうした監視役がついた。これはむしろ相手をつとめる女が、閨の中で人事や政治問題でのねだりごとをするのを監視するためのものだったようだが。してみると、おともは、その滑稽な儀式の先駆者であったことになろうか……

ともあれ、おともの、滑稽なほどの心の配りようは、当然岐阜城の夜に波紋を巻きおこした。そしてその被害をまともにくらったのは、当の秀勝だった。

「そりゃそうでしょう」

おたあは首をすくめて舌を出さんばかりにした。

「暗闇で変な婆さんが眼を光らしてちゃあ、相手はみんな硬くなっちゃうわ」

「……」

「だからね、殿さまは、ほんとの女ってものをご存じないのよ」

おたあらしい、あけすけな口ぶりでずばりと言った。

「でも、まさかねえ、今度お輿入れして来た御内室さまには、そんなことはしないと思ったのに、ちゃあんと立ってるんですものね」

とすれば、もう習慣のようなものになってしまったのだろうか。ともあれ、この岐阜御前は、かなり毛色の変った存在である。

「で、殿さまは、おたしなめにならないの」

「ふふふ」

おたあは低くしのび笑いを洩らした。

「そのあたりが、どうもね」

おたあに言わせると——

秀勝というのも、奇妙な人物なのだという。わが夜の床にまで母親にしゃしゃり出て来られたら、たいがいの息子なら、

「変なまねはしないでくれよ」

とねじこむところであるが、秀勝は、いっこうにそうした気配をしめさない。

「もっとも……」

おたあは、ちょっと肩をすくませた。

「いっこうに、おふくろさまがのぞいているのもご存じない、という話もあるけど——」

「まさか」

言いながら、おちかは、ひそかに、今朝のおごうの顔を思いうかべずにはいられなかった。

昨夜のおともの振舞を、よもや気づかないおごうでもあるまい。それにしては、さっきの、

「おはようございまする」

と挨拶したその言葉の、どこにもわだかまりは感じられなかった。

――いったいどうお考えになっておられるのか。

水のように静かだったおごうの表情からは、昨夜の夫婦の秘事については、何の手がかりも得られなかったし、また改めてそれをたずねたとしても、おごうは、静かな水面を微風が渡ったときの、かすかな波立ちほどの微笑をうかべるにすぎないであろう。

――ときどき、私には姫さまのお気持がわからなくなる。

おちかは、ほっと吐息をつく。おごうが遠くへ行ってしまった、と思うのは、こんなときである。

それにしても、まばゆいばかりの金細工に飾りたてられたこの岐阜の城の中の奇妙な住み心地。

「与九郎さまはどうしていらっしゃるのかしらねえ」

おたあの前で、ほとんど唐突に、おごうのかつての夫の名を口にしてしまったのは、

――あのとき、与九郎さまとお別れにならなければ、こんな奇妙な渦の中に巻きこまれはしなかったのに……

と思う気持が働いていたからかもしれない。

「ああ、与九郎さまのこと？」

うなずいたおたあは、思いがけないくらい、佐治与九郎の消息に通じていた。

「御内室さまとお別れになったあと、すぐ城をお捨てになったの。はじめは信雄さまが

御隠栖になられた烏山にゆかれるおつもりだったらしいけれど、そちらはほんの侘住居で、そこでのお暮しは御無理なので、信長公の弟君の信包《のぶかね》さまのところへ身をお寄せになったそうよ」

「信包さま？」

「ええ、いま、伊勢の安濃津《あのつ》にいらっしゃるお方……」

「そう」

おちかは一瞬押し黙り、それから、ぽつりと言った。

「御無事だったのね」

「ええ」

「でも、やっぱり、御不自由でいらっしゃるでしょうね」

一城のあるじとして人々にかしずかれていた身と、他家の掛人《かかりうど》となった今との差を思いやったが、

「さあ、そうともかぎらないと思うわ」

おたあは首を振った。

自分の眼でたしかめてみたわけではないが——といって、おたあが語ってくれたところによると、信包は、織田一族の血に連なる与九郎に何くれと気をつかってくれているという。

「それに——」

おたあは、声をひそめた。

「お側には、殿さまの身のまわりをお世話するお方がいるらしいのよ」

「まあ」

「何でも、信包さまの御家中の、渡辺小大膳とかいう人の娘御だという話だけど、御器量のいい方ですって」

「………」

「どうやら、お子さまをみごもったらしいということも聞いたわ」

「ほ、ほんと、それ」

「さあ。私の眼で見たんじゃないって申しあげたでしょ」

まだ清洲の町でぶらぶらしているころ、ふと佐治に仕えていた旧臣の一人に出会って聞いたのだから――と言ってから、

「でも、そんなこと、いちいち驚くことはないじゃないの」

けろりと言った。

「御内室さまだって、こうして、こちらの殿さまに御縁づきなさるんですもの」

それはそうだ。

が、おごうの場合は、ちょっとちがう、とおちかは思う。さまざまの事情が折り重なって、この秀勝に嫁がざるを得なくなって来たのである。

しかし、おたあの見方は全く別だった。

「女と男って、そんなものよ。そうね、右と左から転がって来た石がかちんとぶつかって、また別々の方向へ飛んでいってしまう。もう、もとへ戻ろうったって、これは無理なのよ」

「………」

「あたしだってそうよ。あのころは、ちくぜんにどうしても会いたいと思った。からだが黙っていなかった。だから夢中で飛びだしちゃったけど、もうどこをさがしても、あの男の思い出なんかない。どこかに消えちゃった」

「………」

「自分でも、ふしぎなくらいよ。女のからだは、惚れた男のことを一生忘れない、なんて嘘ね。あれは、男が女を魔法にかけようと思って考えついた言葉だと思うわ。いま憶えているのは、ちくぜんよりも新しい男。そしてその男より新しい男……」

おちかは唾を呑みこんだ。喉がひりひりして、急には声が出なかったからだ。

「そりゃね、あんたはそうかもしれないわ。でも、姫さまは――」

「あら、どこがちがうの」

そう言われると言葉がない。げんにおごうは秀勝に嫁ぎ、佐治与九郎は安濃津で新しい妻を迎えているのが現実なのだから。

いま、はっきり言えるのは、与九郎とおごうは、それぞれ、全くちがった人生を歩みはじめている、ということだ。

その時間を逆戻りさせて、与九郎とおごうを結びつけて考えるのは徒労かもしれない。おのが人生をわが手で断ち切ってしまった与九郎であってみれば、淀の——お茶々の妹を妻として、歴史の渦の中に巻きこまれることは本意ではなかったのだろう。してみれば、新しい妻をめとったということも、彼の人生への姿勢をしめすものともいえるだろう。

これが戦いの世なのだ——とおちかは無理にも思いこもうとした。

生者必滅《しょうじゃひつめつ》、会者定離《えしゃじょうり》。

生きているものも必ず滅び、会ったものは別れる、と昔から言いならわされているではないか。

してみれば、ひとたびめぐりあった与九郎とおごうが、それぞれ別の人生を歩みはじめていることを、はたから、めそめそと歎くには及ばないのだ。

織田信包の家中の娘を迎えて、与九郎は、ひっそりと世の中に背を向けて生きて行こうとしている。これも人生の決意のひとつであろう。むしろその姿勢に、おちかは、痛ましさよりも、決然たる男らしさを感じた。

——それにくらべて姫さまは……

おごうの前途に、奇妙な不安を感じるのは、気のせいだろうか。

よそ目には、おごうは与九郎と別れることによって、以前に数倍する幸運をつかんだようにも見える。威風堂々とした岐阜城は、大野の城とはくらべものにならないみごとさだし、夫の秀勝は関白の養子である。

打算的な見方をするならば、たしかに、おごうは、離婚して大儲けをした、と見られないこともない。

——しかし……

岐阜城の現実が、決してそんなふうに手放しで喜べるものでないことは、輿入れした第一日めからいやというほど味わわされた。

——女と男なんて、そんなものよ。

おたあは、けろりとして言ったが、それほど簡単に割りきれるものかどうか。

それよりも、いまおちかの胸を静かにひたしてゆくのは、

——人間とは、なんとひとりぼっちなものか……

という思いであった。

会えば必ず別れ、しかもそれぞれにひきずってゆく人生は限りなく重い。

——与九郎さまのことを、姫さまのお耳に入れるのはよそう。

いま考えられるのは、そのことぐらいである。岐阜城で、おごうがいかに奇妙な第一夜を送ったか、ということを、与九郎が聞くことを好まないであろうと同様に、おごうにも、与九郎の消息を伝えるなどという、余計なことはしないほうがいいのではないか。

——それよりも……

いまさしあたって、しなければならないことが、おちかにはある。

──あの姑どのを、どうやって追い払うか……

「ね、何とかいい智恵はないものかしらねえ」

おたあにも相談してみたが、

「さあねえ。ほんとに困った婆さんだけど……」

首を振るだけで、さしあたっての名案はないらしい。

とも知らず、当の姑どのは、来る夜も来る夜も、息子夫婦の寝所へ通いつづけている。しかも朝になれば、せかせかとやって来ては、

「おごう、おごう」

気安く呼びつけては、飽きもせずに、この城を秀勝のためにとってやったことをくりかえして聞かせている。

もうけっこうです、とおっしゃいませ、姫さま……

微笑をうかべたおごうの側でおちかがやきもきしているうちに、岐阜城の夏は終ろうとしていた。

高麗だより

難問である。

おとも自身に全く気づかれずに彼女をうまくこの城から追い出すことは……。いざとなると、それがどんなに不可能に近いかを、おちかはいやというほど覚らされた。

まるで根が生えてしまったように、老婆はこの城から出て行こうとしない。しかも、例の寝所見まわりを一夜も欠かしたことがない、というつとめぶり（？）には、いまいましさを通りこして、呆れ果てるというよりほかはない。

「全く、あれでよくからだが保《も》つわね」

おたあに言うと首をすくめた。

「そのかわり、お昼はぐうぐう高いびきよ。まるで昼と夜をとりちがえたような――」

しかも、おともはよく食べ、よく動く。

「ぶち殺しても死なないってのはああいうのを言うんだわ」

農民育ちはからだのできがちがうのだと、二人は顔を見合わせてうなずきあうのだった。

――とにかく、このままではお姫さまがお気の毒だ。おちおちおやすみにもなれまいし、殿さまとの仲もしっくりいかなくなるのではないか――

とつおいつ考えていると、ある日、こっそり、おたあがやって来た。

「おちかさま、どうやら、このへんで考え方を変えたほうがいいのじゃないかしら」

「考え方を変える？」

「ええ、私たち、今まであの婆さんを追い出すことばかり考えたわね」

「ええ」

「それが無理なら、追い出しはやめて、夜歩きを封じたら？」

「でも、そんなことが――」

「そりゃ、うまくいくかどうかわからないけれど……」

言いながら、おたあは帯の間をまさぐって、小さな袋を取り出した。

「思い出したのよ、これを……」

「え？」

「袋をあけてごらんなさいな」

おちかが手にとって中をあけると、真っ黒な丸薬が十粒ほど入っていた。

「これは？」

「もらってあったのよ」

「誰に？」

「ちくぜんに――」

その名を聞いたとき、おちかは危うく、その薬をとり落しそうになった。

「じゃ、あなたは、やっぱり、まだちくぜんと……」

「思いちがいはしないでよ」

おたあは、けらけらと笑った。

「あの男のことなんか、とっくに忘れちまったって言ったでしょ。忘れてしまったから、この薬のことも思い出さなかったのよ」

まだ大野のお城にいたころ、彼としのびあいをつづけていたとき、

「めったには使うなよ」

と言って、手渡したのだという。

「俺がどうしてもお前のところへしのんで行かなければならなくなったときに、門番とか、同室の女たちに、そっと飲ませろ。一刻《とき》くらい経つうちに、深酒でもしたときのように眠りこけてしまうから」

してみると、掌《てのひら》の中の黒い丸薬は、眠り薬？

――ほんとうかしら？

その表情を読みとったのか、おたあも薄ら笑いをうかべている。

「堕胎薬《おろし》のこともあるし……あんまりあてにはできないけれど」

たしかに、あてにはできない。あのちくぜんという男の言うことは、作り話が多すぎる。しかし、さしあたって、おとも追い出しの妙案が浮かばないということになると、ものは試し、この薬を使って、おともを眠らせるよりしようがないのではないか……

「やってみましょうよ。だめでもともとだわ」

おたあがおともの食膳に奉仕する番がまわって来たときに、ともかく試してみようということになった。

「ちょうど、あさっての夜が私の番だから……」

それからの一日半が、なんと長く感じられたことだろう。

翌々日の夕方、おたあがおともの居間から退って来るころを見計らって、何くわぬ顔をして廊下に出た。しばらく風に吹かれているような顔をしていると、廊下の先に人影が見えた。

おたあである。しずしずと食膳を捧げている。困ったことに、後からもう一人、湯茶の道具を捧げて従って来る侍女がいる。

——まずかったかな？

おたあ一人でなかったとすれば、薬を入れる隙はなかったかもしれない。が、衣ずれの音をさせたおたあは、すれちがいざま、ちらと片眼をつぶってみせた。どうやら、

——首尾は上々……

ということらしい。

——さすがは、おたあ……

小憎らしいけれど、こんなときは、なかなか頼りになる。

あとは薬の効果を待つばかりだ。

——ちくぜんは、一刻ぐらいのうちに、と言ったとか……

その一刻が、これまでの一日半に匹敵するほどの長さに思われた。おごうの居間、自分の部屋を出たり入ったりしては、時折廊下に立って、おともの居間のほうを窺ってみる。が、おともの居間からは、物音ひとつ聞えない。

何度めかに廊下に立ったとき、ふたたび、廊下の向うに人影を認めた。前よりもさらに足音をしのばせるようにして歩いて来るのは、おたあらしい。

おちかは、からだを硬くして、廊下に立ちどまっていた。その間にもひそひそとおたあは近づいて来る。

ほの暗い廊下ではあったが、やっと表情が見分けられる距離までおたあは近づいた。が、彼女は足をとめない。わざと他人行儀に会釈をしてすれちがう瞬間、おたあの唇が、かすかに動いた。小さな花びらが、風にそよぐほどの動きであったが、おちかの眼には、まさしく、

「効いたわ」

と読みとれた。

——やっぱり、ちくぜんの言うことは嘘ではなかった……

そんな思いが、心の片隅をゆすぶった。

が、今は、それにかかずらっているときではない。おごうの居間に飛びこむと、

「姫さま……」

息を殺した。

「御寝所入りのお支度を遊ばしますよう」

今のうちに急がねばならぬ。

いつもの刻限よりも、それはあまりにも早すぎた。

が、ともかくも、鬼のいぬ間に……である。姑どのの眠りはいつさめるかわからない——その意味では、おちかは、ちくぜんの薬を信用していなかったことになるが——という状態であってみれば、いくら急いでも、急ぎすぎるということはないであろう。

こんなとき、おごうの無口はありがたい。

「なんで、こんなに早く？」

などと聞くことがないからだ。黙って肩から裲襠をすべり落す後ろにまわって、おちかは、手早く夜の小袖を着せかけた。

秀勝のほうは、多分、おたあが心得て取り計らっているはずである。燭を片手に、おごうを寝所に導き入れたところで、おちかはほっとひと息ついた。

——やっとお二人きりの時がやって来た……

してみれば、今宵は、二人にとって、まことの初夜というべきだろうか。

ふと考えて奇妙な気がした。おちか自身、秀勝のことは、決しておごうにふさわしい夫だとは思っていない。ともすれば、別れてしまった与九郎を思い出し、

——人間の御器量では、とうてい及ばない……

今度の結婚については、双手をあげて喜ぶ気にはなれないのに、結果においては、その婿どののためにせっせと力を貸してやったことにもなる。どうやら、秀勝というこの男、まわりがちゃんとお膳立てしてくれるような運を持ち合わせていると見える。

はるかに寝所のほうをうかがいながら、廊下に立っていると虫の声がしきりにした。そういえば、今日まで、虫の声もろくに耳に入らなかったのだ、と気がついた。すでに八月の初め——。稚《わか》い月は早くも落ち、おごうたちの寝所をとりまく闇は、しだいに深まって来ている。

——この月が盈《み》ちて来れば、もう名月……

ふと指を折ってみる。おたあのあの薬は、どうやら十粒そこそこだった。とすれば、名月が来るまでには使いきってしまう。その間に、また別の計略を考えねば……

と、そのとき——

ふいに虫の音が途絶えた。

廊下を渡って来る慌しい足音が寝所に近づいて来る。

——あっ、姑どのが眼をさましたのか……

急いで身を隠したとき、

「恐れながら、御寝《ぎょし》遊ばされましたでしょうか」

押し殺した声が、闇を伝わって来た。

おともではなかった。秀勝付きの老女の声である。

「ただいま、表方より知らせがございまして、関白さまより、急のお使が……」

――ああ、なんたる間の悪さか。

おちかは闇の中で歯がみした。せっかく、二人きりの夜が訪れたというのに……。それにしても、いったい今ごろ、何の使なのであろう。

おちかの立っている廊下から秀勝たちの寝所までは、少し距離がある。中の様子はよくわからなかったが、ややあって人の動く気配がし、廊下を踏んで表座敷へと歩いて行く足音がしたところをみると、寝こみを叩きおこされた秀勝は、秀吉からの急使に会うべく、出て行ったものらしい。

それを見すましてから、おちかは、そっと寝所に近づいた。

「姫さま……」

声をかけると、すでにおごうはちゃんと身じまいをすませてしまっていた。

「何のお使でございましょう」

「さあ……とにかく、行ってみましょう。関白さまのお使というからには、私もお目にかかったほうがよいでしょう」

と、静かに立ちあがった。

表座敷に来てみると、驚いたことに、眠りこけていたはずのおとも、すでに姿を見せていた。

「つい、うっかり、うたた寝してしもうた。どうも頭がはっきりせんぞな」

ぶつぶつ呟きながら、頭を撫でては、あくびをくりかえしている。

——まだ、薬が効いているんだわ。

寝ぼけた顔を横目に見て、おちかは心中で首をすくめた。

——このまま、眠りこけていてくれればよかったのに、本当に具合の悪いこと……

上段の間に座した秀勝の前には今しも黒塗りの文箱が据えられたところであった。一礼した秀勝が蓋をとる。中身を開くと、その顔色が変った。

「おごう……」

「は？」

「若君の御容態がおよろしくないとのことだ」

「まあ——」

秀吉の秘蔵息子の鶴松は、その年の正月から、たびたび熱を出したり、下痢をくりかえしている。そのために、ひどく発育がおくれているらしいということは、耳にしないではなかったが、生命にかかわるほどの病状になろうとは思ってもみなかった。

「まあ、それで……」

姑どのが膝を進めた。

「よほどお悪いのかい」

「はあ、都じゅうの医師を招いておられるそうですが、どうも思わしくないと——」

秀勝のその言葉を遮るようにして、おともが口を挟んだのはこのときである。

「すぐ行くんじゃな」

「は？」

「今夜、これからでも発つか」

今しがたまでの、とろんとした眠そうな表情はどこへやら、きらきらと眼を光らせて、おともは言った。

——まあ、なんて珍しい。

ともかく秀勝べったりで、出陣のときなど、なるべく行ってくれるな、と鎧の袖をひっぱりかねないおともが、これはいかなる心境の変化なのか。

もちろん、今度の上洛は出陣とはちがって、その身の上には何の気づかいもないわけではあったが、それにしても、

「早けりゃ、早いほどいい」

とは、せっかちすぎる言葉である。

「は、それではただちに……」

秀勝は、すぐに座を起とうとした。

松明《たいまつ》の灯に送られて、秀勝の一行が岐阜城の門を出るまで、ものの半刻とはかからなかった。

「急げよ。若君のお命が、それまで保てばいいが」

そう言って送り出したおともは、最後のぎりぎりになってから、例の過保護ぶりをのぞかせた。

「まだ夜は深いで、居眠りして馬から落ちなさるなよ」

——まさか、あなたとちがって、殿さまは、眠り薬は飲まされてはいませんからね。

おちかは、吹き出しそうになるのを危うくこらえた。

「気いつけてゆきなされや」

おともがまだ馬上の秀勝の背にくどくどと言葉を投げかけているうちに、灯はみるみる小さく遠ざかっていった。城の櫓に上って、身を乗り出すようにしてその行方を追っていたおともは、灯がすっかり見えなくなると、やがて大あくびをした。

「寝入りばなを叩きおこされて、何やら頭が重い。どれ、もうひと眠りするか」

案外けろりとしてそう言ったところをみると、弟秀吉の一粒種の生死を、それほど案じているのでもないらしい。

「変なお方ねえ……」

顔を合わせたおたあをそっと突っつくと、

「これが、あの婆さんの強欲なところなのよ」

声をひそめて言った。

「え？　何ですって」

「鶴松さまが御病気と聞くなり、殿さまにすぐ行け、とおっしゃったのは、なぜだと思う？」

「大急ぎで駈けつけて、忠義ぶりを――」

「そうじゃないのよ」

「じゃあ、なぜ？」

「婆さんの勘ではね」

ますますおたあは声を低くした。

「鶴松さまは多分助からない、と思ったのよ」

「まあ」

「となると、関白さまのお跡継は、振りだしに戻るわね」

「………」

「そうなりゃ、いちばん有力なのは、ここのお殿さま」

――あっ！

思わずおちかは声を呑んだ。ただの成上りと思っていたおともの腹の底のしぶとさを、改めて思い知らされた。

なるほど、秀勝は秀吉の養子である。が、跡継の候補は、秀勝だけではない。秀吉の正妻おねねの甥にあたる秀秋は、小さいときから秀吉の膝許で育てられ、おねねの養子分として、まだ少年ながら、すでに左衛門佐《さえもんのすけ》に任じられている。

——あの、おねねの甥っ子にとられるよりは……

いつになく、おともが秀勝の上洛をせかせたのは、そうした下心があってのことらしい。

おたあのこの推測は、どうやら当っていたようだ。というのは、翌日になると、おともは、おごうに、

「そなたも行ったほうがよくはないかね」

と言い出したのだ。この際、おごうからも、淀どの、すなわち実姉お茶々にごまをすっておけというのだろう。

「そうでございますね」

例によって、おごうがのんびりした返事をしているうちに、都からの第二の使者が着いた。

鶴松が死んだ——

第二の使者のもたらした知らせはそれであった。秀吉、お茶々のつききりの看病の甲斐もなく、天正十九（一五九一）年八月五日、ついに、鶴松の幼い命の炎は燃えつきた。二年三か月の短い生涯だった。

「もう俺は生きてる甲斐がない」

秀吉は身も世もあらず嘆き悲しみ、ばっさり髻《もとどり》を切り落してしまった。亡き児の冥福を祈り、出家遁世を志す、というわけである。

こうなると側の者も黙って見ているわけにはいかない。徳川家康、毛利輝元といったお歴々をはじめ、葬儀に駈けつけた武将たちが争って髻を切ったので、塚ができたとさえいわれている。もちろん、髻を切った中には、岐阜城主、秀勝の神妙な顔も混っていた。一方、岐阜城では、後に残ったおともが、地団駄を踏んでいる。

「惜しいことをしたねえ、全く」

鶴松の命が、ではない。おごうがその死に目に間にあわなかったことが残念なのである。

病児の床に駈けつけて、

「姉上さま、お気をたしかに」

かいがいしく介抱してやればよかったのに――と、しきりに歯がゆがっている。が、これは、おともがまだおごうのことを知らないための無理な注文だと、おちかは思う。

――姫さまのことだ。たとえその場に駈けつけても、気のきいた慰め方など、おできにならないことは眼に見えている。もぞもぞと口の中で挨拶をくりかえし、あの勝気なお茶々を苛立たせ、

「おごう、そなた、何しに来たの。ひとの悲しむのを見に来たっていうの」

ひと睨みされるくらいが、おちなのだから。

鶴松の葬儀はやがて終ったが、秀勝はなかなか帰らなかった。跡継問題が微妙なときであるだけに、都を離れることができなかったのだ。

——うまく薬が効いたと思ったのに……

皮肉にも、今度は秀勝に城をあけられ、おともとおごうが残るようになろうとは……。世の中はどうもうまくいかないものである。

都からの噂によれば——

秀吉はひどく気落ちし、はたの見る眼も痛々しいくらいに老けこんでしまったという。髻を切ったというのも、一時の激情に駆られてのことではないらしい。家康や輝元の場合はもちろんおつきあいでしかなかったが、彼ひとりは、本気で出家遁世を考えているとか……

どうやらそれは、根も葉もない嘘ではなかったらしい。十二月になると、噂どおり、秀吉は関白を辞した。が、それと前後して、

「豊臣家の跡継」

として発表されたのは、秀勝でも秀秋でもなかった。

権大納言豊臣秀次——秀勝の一つちがいの兄が豊臣家を背負うものとして、関白に任命された。

この決定に、おともは少なからず意外の思いをしたようだ。秀次にしたところで、自分の腹を痛めた子だから、異存のあるはずはなかったが、

「へえ、そうかねえ」

と首をかしげている。おちかにはその舞台裏が、わかるような気がする。

——秀次が関白の座に坐るについては、かなり、お茶々の意志が働いているのではないか。

おちかには、そう思えてならないのだ。

秀秋は、秀吉の正妻、おねねの養子分であり、その血をひいているから論外である。

「あんな子を跡継にするなんて、とんでもない」

お茶々は猛烈に抵抗したにちがいない。

では、秀勝は？

これについても、多分、お茶々は、言下に、

「いやです」

と言ったのではないかと思う。

なぜなら、秀勝の側にはおごうがいる。

――私の不幸と引換えに、おごうを出世させてやるなんて！

勝気なお茶々には、それが我慢ならなかったのだ。これまで常に誰かの代役をひきうけて来た秀勝が、秀吉の代役として、おごうをもらいうけたそのことによって、今度は鶴松の代役をつとめそこねたというのも、歴史の皮肉というべきかもしれない。

しかも、秀吉の裁断は、あきらかに秀勝のこれから先の運命を決定づけた。そのこと

に、彼も、おともまだ気づいてはいない。けれども耳を澄ますならば、ある足音が刻々近づきつつあったことを覚ることはできたかもしれない。彼ばかりでなく、当時の武将たちにさまざまの影響を与えた秀吉のとほうもない遠征計画――唐入《からい》りは、着々進められていたのだから……

世に文禄・慶長の役とよばれる秀吉の朝鮮侵略は、愛児鶴松を失った痛手を忘れようとして、彼が熱中しはじめた計画だといわれている。一国の運命を左右するようなことを、よもや幼児の命と引換えに思いたったとは思えないし、事実、鶴松が死ぬ以前、すでに九州征伐当時から、中国への出兵は念頭においていたようだが、それにしても、この計画には、「愛児を亡くした憂さばらし」といわれても仕方がないような杜撰《ずさん》さがあった。

第一に、秀吉は朝鮮や中国に対して、全く認識が足りなかった。国内の小田原攻めや九州攻めとひとしなみに考えていたらしい形跡がある。社会のしくみ、言語、風習の差などについて、彼は何ひとつ予備知識を持っていなかった。

しかも、このとき、彼の決意を支えたのは、

「俺は必ず勝つ」

という単純きわまる信念であった。それも理詰めの根拠は何もない。ただ、これまで負けなかったから勝つ、というだけのことなのだ。一国の支配者としてはあまりに単細胞的な考え方を、一種の老衰と見る学者もある。事実このころ、すでに夜中の失禁が始

まっているところを見ると、それも事実かもしれない。

滑稽なのは、彼が朝鮮、中国の征服を信じ、天皇を奉じて北京に乗りこむことを、大まじめで考えていたことだ。そのとき、秀次は大唐の関白になり、本国日本の留守居役は故秀長の養子秀保とする。そして、日本と中国の間にある高麗（朝鮮）の関白に予定されていたのがほかならぬ秀勝だった。

高麗関白、豊臣秀勝。

考えただけでも吹き出しそうな空手形だが、少なくとも当時の秀吉は大まじめだった。じじつ、高麗には、鶴松が死ぬ以前から、

「明国征伐にゆく道案内をしろ」

と言ってやっている。これは、はじめからできない相談で、当時、明国を宗主と仰いでいた高麗には、全く筋ちがいな申入れであった。この交渉では埒があきそうもない、と見ると、秀吉は、性急に高麗侵略の決定を下した。ときに八月十八日、鶴松の二七日《ふたなぬか》にあたる日のことである。

出陣は翌年の三月一日と定められ、大規模の動員計画が練られはじめた。肥前の名護屋に城が築かれ、秀吉自身もそこへ移った。もちろん、高麗関白を予定されている秀勝も出発を命じられている。すでに先発隊は高麗に渡っていたが、彼が船に乗ったのは、少し後になってからである。

出発に先立って彼は従四位下、参議に任じられている。参議というのは、今なら国務

大臣クラスで、別名を宰相《さいしょう》と呼ばれる。それまで、秀勝は都との往復にあけくれ、ほとんど岐阜に腰を落着ける暇がなかった。帰って来れば、たちまちおともが犬山からやって来て、

「小吉ィ、小吉」

とまつわりつく。

——あれでは、姫さまとお話する折もない。

もう、おちかは、半ばは諦めかけている。しかも秀勝の帰城が突然なので、その日におたあがおともの食膳に奉仕する番に当らなかったりして、例の丸薬もなかなか使う機会がない。

やがて半島に出発ときまった彼が、新岐阜宰相として城に戻って来ると、おともは、ひどく不安げな顔をした。

「ほんとうに行ってしまうのかえ、高麗とやらへ……」

「ああ」

いささかめんどうくさげに秀勝はうなずく。

「そなた、その高麗とかの関白になるのかい」

「太閤さまは、そう言っておられる」

「でも、いってしまうと、お前、なかなか帰れないのだろうね」

「ああ」

と、突然、おともは、息子の手を握って叫んだ。

「行かないでおくれよ、小吉。あたしゃ、淋しい」

「そ、そんなこと言ったって無理だよ」

せかせかと顎を撫でながら言った。秀勝も、いささかこの母はもてあまし気味らしい。

秀勝が出て行くと、城の中はめっきり静かになった。おごうは例によって、一日でも二日でも黙っていられるほうだから、おともが犬山に引揚げてしまうと、城の中は薄気味悪いほど静かになる。暇をもてあましたおちかは、このところ、おたあと喋りくらす夜が多い。

「ねえ、あの薬、ほんとうにあのとき効いていたのかしら」

「そういえば、あの婆さん、あのとき、案外気は確かだったわね」

やがて、月も半ばをすぎ、にわかに肌寒くなった。

「高麗って、ひどく寒いって話だけれど……」

言いさして、ふと口を噤んだ。庭の植込みの蔭に、ちらと動くものを見たような気がしたからだ。

気のせいだったかもしれない。

満月を少しすぎたばかりだったが、初冬の月はなぜか暗かった。その冷たい、錆びた銀色の中で何かが動いた、と見たのは、枝の先が夜風に揺れただけだったのではなかったか。

「どうかなさって?」

ふと言葉をとぎらせたおちかをおたあは、ふしぎそうにみつめた。

いいえ、あの……と言いかけておちかは口を噤んだ。

なぜだか、わからない。

庭先に何かが、というより早く自分で首を横に振ってしまっていたのだ。庭先に揺れたものを、なぜこのとき、おたあに覚られたくなかったのか。

——だって、そんなこと、言うにも及ばないもの。

言いわけめいたことを次々考えだしている自分に気づいて、はっとした。幸い、おたあには、おちかの微妙な動揺は感じとれなかったらしい。ああ、と小さなあくびを嚙みころし、

「太閤さまも、その高麗とやらにお渡りになるって、ほんとう?」

あまり興味のなさそうな声でたずねた。

「さあ、どうかしら」

秀吉はこれより少し前に実母の大政所が亡くなったので、名護屋から飛んで帰ったはずである。母の死を聞いて卒倒し、気を失ったという噂のある秀吉が、その後、名護屋に戻ったかどうかもおちかは知らない。と、おたあは、

「そりゃあ、お戻りでしょうとも」

ひどく確信ありげに言う。

「どうして？」

「だってさ、名護屋に、お茶々さまをおいてらしったんですもの。一日だって、ほっとけないと思うわ」

さきに小田原の陣にも、秀吉はお茶々を伴っている。その恒例にまかせて、という口実で、今度もお茶々を九州まで連れていったのだ。

「それにね」

おたあは、どこから聞きかじったのか、妙なことを言い出した。

「このごろ、太閤さまはそりゃお元気なんですって」

「お元気って？」

鈍いのねえ、というように、おたあはにやりとした。

「お元気っていえば、あのほうのことだわ。一時はもうすっかりいけなくおなりだったのが、九州にいらしってから、すっかり若返ったとかいうお話よ」.

「まあ、どうして」

「妙薬のおかげで……」

「へえ」

「高麗から送って来たのよ」

「どんなもの？」

「虎の脳味噌」

「そうなんですって。加藤清正さまが塩づけにして送って来たのを召しあがったら、たちまち勇気百倍……」

「あてにならないわ、そんな話、いったい誰から聞いたの？」

おたあは黙ってにやにやしている。人間を性の面からしか見ようとしないのは、あまりにも割りきりすぎた見方だが、しかし、彼女の眼は、時として、案外に真実を見ぬいているときもあるから、一概に笑いすてるわけにもゆかない。

「もう寝ましょうか」

いいかげんに話を打ち切ろうとした。

おたあは、ひどく物足りなそうな顔をした。

「もう寝ておしまいになるの？」

「だって」

おちかは腰をうかしかけた。

「虎の脳味噌の話を聞いてたってしようがないもの」

「あら、この話、まだ先があるのよ」

「どんな？」

「太閤さまはね、その脳味噌を誰かに舐められはしまいか、と御心配なんですって。その虎公のおかげで、妙な気持になって、お茶々さまに近づくようなやつがいはしないかって」

「まあ……」

「それに、もし、お茶々さまが舐めたら、どうなるかって」

「……」

「もっとも、女にも効くかどうかはわからないけれどね」

だんだん話が露骨になって来るので、

「いい加減になさいな」

呆れておちかは座を起った。

それに――

さっき、ちらと気になったことを、自分ひとりで、もう一度たしかめて見たかったのだ。おたあが立ち去ったあと、おちかは、寝所に入らず、縁に出た。庭先の植込みで、ちらと動いたものを、もう一度たしかめたかったのだ。が、眼をこらしても、植込みは暗い月光を吸って、黒い石の塊のように、静まりかえっている。

――やっぱり、思いすごしだったのだわ。

安心したような、物足りないような思いを抱いて、その夜は床についた。

その翌日、夕方になってから、都から荷が着いた。新春《はる》の準備に、誂えておいたおごうとおともの裲襠が織りあがったのである。常識はずれの、とんでもない姑だが、やはり正月ともなれば、裲襠の一つぐらいは贈らねばならない。

——あの婆さんにはもったいない柄だこと。

優雅な菊を織り出したその布を裁って縫うべくひろげていると、

かさ——

と小さなこよりが、布の間からおちかの膝にこぼれ落ちた。

——おや。

紙屑でもまぎれこんだとしか思えないそれを拾いあげたとき、おちかは、なぜか昨夜の庭の風景を眼にうかべていた。あたりに気づかれぬように、そっと膝の下へ押しこみ、人々が去ったあとで、物蔭に隠れて紙をひろげた。その字が眼に飛びこんで来るなり、

ぞくっ。

と背筋に走るものがあった。

「ち」

見おぼえのある仮名のその一字だけで、ちくぜんの筆跡であることはたしかだった。

戦慄は瞬時のうちに、おちかのからだの中を駈けめぐった。

——ちくぜんが、また来ている……

その「ち」の字をかこむようにして、薄い墨の色で、まるでいたずら書きでもしたように、三つの文字が散らしてあった。おそらく人の眼に触れるときのことをおもんぱかってのことであろう。

その字は「長」「良」「川」

——長良川のほとりで待っているというのか。

おちかは、つと顔をあげた。

城から長良川まで——

そう離れているわけではない。

しかしすでにときは夕暮。辿りつくまでには、かなり暗くなっているであろう。が、そのことより、いま、おちかの胸を占めているのは、このことだったのか……。しかし、いかにちくぜんが身軽であろうとも、この岐阜城の中にのこのこ入って来ることは不可能であろう。あのことは、今日を予感しての、おののきであったのか。

植込みのあたりで何かが動いたと思ったのは、昨夜の記憶である。

今になって、はじめて、おちかは、おたあの瞳を避けようとした理由に思い当った。現代でいう潜在意識のようなものが、自分でも気がつかないうちに働いていたのである。自分の胸底に隠れていたものを、ひっぱり出されて、眼の前につきつけられたような気がして、思わずおちかは頰を赤らめた。

ともかく、猶予はできない。

急いで身支度をととのえた。今はおたあに見つけられずに城を出ればいいのである。今の今までこの城でいちばん頼りにしていた彼女なのに、くるりと考え方を変えてしまっている身勝手さは、いささか気恥しくはあったが……

幸い、おたあには見つけられずに城をぬけだした。

それから先は、飛ぶように、川べりまで走った。走ったばかりではない。おちかの気持も、いま、前のめりになって、ちくぜんに向って近づいている。

それは、しばらく離れていたための錯覚であったかもしれない。それほど親しくなかったのに、いや、むしろ憎しみに近い感情を持っていた相手なのに、久しぶりでめぐりあうと、以前の感情をすっかり忘れ、それどころか、前から親しかったかのように思いこむ。こんなことはよくあることだ。

おちかはひたすら走った。初冬の日は暮れやすく、薄墨色の靄が川の面《おも》を一刷毛はいたと思ったら、もう闇は足許までしのびよって来ていた。

が、おちかは、そのためにちくぜんに会えなくなるとは思っていなかった。あの男のことである。どこかに隠れて、おちかが城から出るのを見ていて、やがて見えかくれに後をつけて来るにきまっているからだ。

おちかは立ちどまった。

あたりに人影はない。

ゆっくり後ろをふりかえり、被衣《かずき》の中から眼をこらしたが、後にも人の近づいて来る気配はなかった。

――おや、どうしたのかしら。

と、思ったとき、ふいに川原の末枯《うらが》れたすすきの穂がゆらいだ。

どうやら、ちくぜんは、先まわりして、おちかを待ちうけていたらしい。ゆっくりすすきの群を押しわけるようにして、一歩一歩近づいて来た。

――まあ、いつもこうなんだから……

思わず肩をすくめたくなった。

「お待ちになって？」
二、三歩降りかけて、はっと足をとめた。
ちくぜんは笑っていない。

薄闇の中で、切れ長の瞳が、じっと冷たくおちかをみつめている。彼と後味のよくない別れ方をしていることを、鮮やかに思い出したのはこのときであった。

大野城を出るにあたって、おちかは、ちくぜんに待ちぼうけをくわせている。

「俺が力になろう」

その意図はどうあれ、そうまで言ってくれた彼に、何の連絡もせずに、おちかは、おごうに従って慌しく大野城をあとにしたのだ。

――それを思えば、ちくぜんが喜んで私を迎えるはずはなかったのだわ。それを、いそいそと会いに来たなんて、ずいぶん、ひとりよがりの私……

思わず立ちすくんだが、もうここから逃げだすことはできなかった。ちくぜんの冷たい手が、つとのびて来て、おちかの手をぎゅっと握ってしまっている。

にこりともせず、ちくぜんは、その手を強くひいた。危うく前のめりになりながら、おちかは、河原へひきおろされる形になった。その間も彼は無言だった。おそろしく強い力で、ぐいぐいおちかをひっぱってゆく。もう流れは足許のすぐ側にあった。すでにあたりは闇の気配が濃い。その中で、川の流れだけが、寒々と光っている。そこだけ闇の中にとけこまずに、別の生きものであることを主張しているかに見える。その寒々しい光が、冷たい刃物のように、胸を切り裂く、と思ったのはその瞬間である。

——ちくぜんは、私を、この川に突き落すつもりではないのか。

思わず、ぎょっとして、立ちすくんだ。

いや、立ちすくもうとして、足を踏んばったがだめだった。必死の抵抗などはものともせず、ちくぜんは、なおも、おちかをひっぱって行く。

「ま、待って……」

叫ぼうとすると口をふさがれた。そのまま横抱きにされ、ずるずると、葦の繁みの中に引きずりこまれた。

——もうだめだ。

息をつまらせたとき、急にちくぜんが腕をゆるめた。さすがに呼吸は荒いが、気がついてみると、眼の光が穏やかになっている。息をととのえながら、彼は、吐息とも言葉ともつかないものを、唇の間から押し出した。

「なんて声を出すんだ」

「——え？」

むしろ、あっけにとられて、おちかは、その顔を見守った。

「あんなところで、お待ちになって？　なんて……」

「……」

「人に聞かれたら、どうするつもりだ」

声を殺し、その間も、繁みの中から、外の闇を窺う眼付になっている。人気の全くない河原の、しかも闇の中でもまだ安心できず、葦の繁みに隠れて、ひそひそと囁くとは……

「いったい、どうしたの？」

「しいっ」

眼の色がまたきびしくなった。

「驚くなよ」

「え？」

「俺は今まで、どこへいっていたと思う？」

「どこって？」

「遠くだ」

「……」

「高麗だよ」

「まさか……」

「嘘なものか。そこから、ふっ飛んで帰ったところさ」

「どうして？」

「驚くなよ」

もう一度眼が光った。

おちかはものも言えず、ちくぜんの顔を見ていた。はるばる高麗まで行っていたというこの男。その話をどこまで信じていいのか、わからないにしても、今の彼には、日頃の人を小馬鹿にしたようなそぶりはない。

「どうしてなの。どうして飛んで帰って来たの？」

なるべく、ゆっくりたずねた。それは自分を納得させるためであったかもしれない。ちくぜんは、何か言いかけて口を噤んだ。

ある決意をもって、口を開きかけ、最後の瞬間に、ふと気おくれがしてためらっているかのようだった。これも、ちくぜんにしては珍しいことだった。

「どうしたの、いったい」

「驚かないでくれ」

やや改まった口調になって、じっとおちかの眼をみつめた。その間にも闇は濃くなって、ちくぜんの表情は読みとりがたくなって来ている。が、その中で切れの長い白眼が、妙にはっきり見えた。

ちくぜんは、それからふと視線をはずした。

「岐阜宰相どのは、亡くなられた」

しっかりした声音《こわね》で、一語一語をおちかの耳に貼りつけてゆくような言い方をした。

「………」

おちかは瞬間その言葉の意味を解しかねた。

――何を言っているのかしら、このひとは……

――いったい、岐阜宰相って誰のこと？

そのとき、おちかの思考力は完全に陥没していたのだった。しかし、おちかにはかなりの長さに思えたその奇妙な状態も、あるいは、ほんの一瞬のことだったのかもしれない。次の瞬間、おちかはわななきながら、ちくぜんにとりすがっていた。

「そ、それ、ほんとう」

ちくぜんは、ゆっくり、うなずいた。

「まちがいない。九月九日だ」

「それで、あんたは？」

「急いで高麗を発ったが、途中舟のつごうが悪かったりして、二十日もかかって博多へ着いた。それから夜を日についで、ここまでやって来たというわけさ」

「まあ……、じゃ太閤さまはご存じなのね」

「うむ、しかし、名護屋はいま、あれこれ事件が多くて、始末がつかない様子だからな。こちらの奥方への使者はまだ先のことになるんじゃないか？」

「………」

このころになって、はじめておちかは、事の重大さに気づいて来た。

「あんなにお元気だったのに」

若くて、いくらかせっかちで、滑稽なほど叔父秀吉に動作が似ていたことも、今となっては、むしろ哀れにさえ思えてくる。おごうの夫としては、いまひとつ物足りない感じで、必ずしもよい印象を持ってはいなかったが、いま、はじめておちかは、

——決して悪いお方ではなかったのだ……

奇妙ななつかしささえ感じられる。

——その殿さまはもうこの世にはいらっしゃらない。人間とはなんとはかないものか……

今は、しかし感傷に沈んでいる場合ではなかった。

——ともあれ、姫さまにお知らせしなくてはならぬ。

岐阜のあのお城はどうなるのか。先祖代々この城に住みついていて、しかも子供も成人しているという場合ならいざしらず、おごうのような立場に立たされたものにとって、戦国の掟は苛酷である。城を預かる当主が死ねば、家族たちはその城を立ち去らねばならないのだ。

自分がその地を切り取って大名にのしあがった連中とちがって、秀勝は、いわばサラリーマン重役だ。大きな出張所を任されてはいたものの、彼が死ねば未亡人は「城」という名の「社宅」を引き払わねばならないのである。

——ほんとうに、束の間のことだったわ。

天下の名城の一つに入れたと思ったが、ここもまた、安住の地ではなかった。我にかえって、おちかは、ちくぜんにお礼を言った。

「ありがとう。よく知らせてくれました」

その言葉を聞くと、ちくぜんは、

「いや」

あいまいに首を振って、むしろ顔をそむけようとした。照れたのだろうか。これも、ちくぜんにしては珍しいことであった。

「こんなにあんたのお世話になろうとはね。でも、なんで高麗にいっていたの？」

「うん、それはな……」

ちょっとためらってから、ちくぜんは、意を決したというふうに口を開いた。

「前に、島井宗室という博多商人のことを話したろう」

「ええ。博多で一番か二番という大商人《あきうど》」

「俺はそこで働かせてもらっている」

「やっぱり、そうなの。じゃあ宗室どのの手代《てがわ》りの方？」

「いやそれほどのこともないが」

ちょっと曖昧な言い方をした。

「そうだったの。私は、あなたのこと、もしかしたら、太閤さまからのまわし者かと思っていた」

「まさか……」

ちくぜんは、苦笑いし、

「そのことは、またあとで折があったら話す。ところでだ、この島井宗室というお方は、高麗のことにくわしいお人でな」

「へえ」

島井家の財産は、いわば対朝鮮貿易によって築いたものだ、とちくぜんは説明し、

「ま、そんなわけだから今度の高麗入りでは、裏にまわって、いろいろと働いている」

「……」

「宗室どのと、対馬の殿さまの宗義智さま、それから太閤側近の小西行長どの。このあたりの苦労は大変なものでな。俺もそんなわけで、宗室どののお供をしていっていたのさ」

「そうだったの。それにしてもふしぎな御縁ねえ」

ちくぜんはまだ何か言いたそうだったが、

「またあとでな。今は人目につくとまずい」

おちかの肩を押した。

「俺はしばらく、御城下の油治《あぶじ》という油屋にいる。博多の宗室の手の者といってたずねて来てくれ。身内だっていう顔をしてな」

それから急いでつけ加えた。

「あ、そのときは、お城づとめの格好では困るぜ」

ちくぜんの最後の言葉を、心にとめて聞いているだけの余裕はおちかにはなかった。夢中で岐阜城へとって返し、そのままおごうの居間に走りこもうとしたところで、はっとして足をとめた。

——おちか、その話を誰から？　と聞かれたら……

ちくぜんというあの男のことを何と言ったらよいものか。またそれを、おたあに聞きつけられたら……

とはいうものの、自分の立場を悪くするのをおそれて、このまま知らぬふりをしてしまうことは、おごうへの裏切りである。

——辛いことだけれど、やっぱりお話ししなくては……

秀吉からの使が来るまで黙っていて、そこではじめて、びっくりしたような顔をしてみせるなどということは、おちかのとうていできる芸ではない。

しかたがない……

眼を閉じて息をととのえ、度胸をきめた。

「御免くださりませ。ちかでございます」

声をかけて襖を押し開くと、おごうは、ひとり脇息にもたれていた。

いつもの姿勢である。

おごうは、ひとりでいるとき、何もしないでいられるという特技の持主だ。ふつうの人間だったら、本を読むとか、縫いものをするとか、何かをせずにはいられないのに、おごうは放っておけば、いつまでも、ひっそりと黙って坐っている。子供のころから、はでな性格の姉たちに無視されて、隅っこでじっとしているようにしつけられてしまったからであろうか。

が、今夜のおちかにはおごうの姿が、ひどく淋しそうに見えた。

「お寒くはございませんか。どこかお加減でも」

やや間をおいて、おごうはおちかのほうをみつめ、ゆっくりかぶりを振った。

「いいえ、別に。ただ、ちょっと考えごとをしておりました」

「何をお考えで？」

「秀勝どのは、今ごろ、どうしておいでかと……」

背筋に寒気が走り、おちかは唇を凍りつかせた。

――なんという偶然の一致か。夫婦というものの、ふしぎさ、恐ろしさを思い知らされたような気がした。

――その姫さまに、殿さまの訃報《ふほう》をお知らせするなんてことができるだろうか。

危うく後退りしそうになる自分を、辛うじて押しかえした。

――落着かねば……

――ここで逃げれば、私は姫さまを裏切ったことになる。

「姫さま……」

意を決して、おちかは口を切った。我ながら声が震えているのがよくわかる。

——多分私は、眼の玉が飛びだしそうな顔をしているにちがいない。

おごうのふっくらとした顔が、ゆっくりとおちかのほうへ向けられた。

「その殿さまのお身の上につきまして……容易ならぬことを耳にいたしました」

「……」

ゆっくり、おごうはたずねた。

「……どのような？」

「姫さま」

おちかは顔をこわばらせた。

「お驚き遊ばされますな」

気がついてみたら、おちかは、ちくぜんと同じような言葉を口にしていた。しかしこの場合、ほかにどんな言い方があるだろう。もう一寸のばしは許されなかった。

おちかはおごうをみつめた。

「殿さまは、彼《か》の地で、お果て遊ばされた由にございます」

眼に見えない、大きな氷の塊のようなものが、二人の間を通りぬけ、おごうはいま、その彼方にいる。いくら自分が手をさしのべても、彼女を抱きとり、温めてやることはできない……

夫の死というものが、妻にとってどんな意味を持つのか——をおちかは改めて思い知らされたような気がした。人間がそれに出遇ったとき、その痛みも重みも、決して誰も代ってやるわけにはいかないのである。

ややあって、かすかな言葉が、おごうの唇から洩れた。

「そうですか……」

それからまた黙りこんだ。その沈黙が、おちかをだんだん不安にした。

「あの……まだ名護屋からお知らせがあったわけではございませんし、はっきりそうとは……」

「なにしろ遠い海の向うのことでございますから……」

黙っていられなくなって、しきりに言いわけがましいことを口にしてしまった。

おごうはやっとうなずいた。

「わかりました」

静かな声であった。

「そうであるかもしれぬし、またそうでないかもしれませぬ。ともかく、おちか」

「はい」

「今夜は退っておやすみ」

「は？」

何か言わなくてはいけない。しかし、おちかは言うべき言葉を失っている。と、おごうは重たげな瞼をあげて、じっと、おちかを見た。

「名護屋からの知らせを待ちましょう」

「では……私はいらぬことをお耳に入れてしまいましたのでございましょうか」

「いえ、そんなことはありませぬ」

ゆっくりかぶりを振った。

「知らせてもらって礼を言います。名護屋からお使が来たときの、心の用意ができましたから」

「………」

「今はとにかく、そのお知らせを待ちましょう。そしてそれまでは……」

おごうはふたたび、重たげな瞼をあげた。

「しばらく、私をひとりにさせてほしいのです」

おちかは絶句した。

おごうはまだ眼に見えぬ氷の塊の彼方にいる。しかも、そこで救いを求めようともせず、じっと佇んでいる。

いつもぼうっとしていて、人まかせで、おちかが支えていなければ何ひとつできもしないように見えるおごうが、最も助けを必要とする今、たった一人で立つことを望んでいる。

それなり黙りこんでしまったおごうは、もうおちかのいることも心にとめず、自分の想念の中に沈んで行くようだった。

その胸の中の思いが何なのか、踏みこめないままに、おちかはうなだれて座を起った。

岐阜宰相豊臣秀勝死す――

名護屋からの正式の知らせは、それから数日おくれて岐阜城に届いた。

それまでのおちかは、まるで穴倉の中で息をつめるようにして生きていた。誰にもこのことは口外できない。おごうの顔もまともには見られない……

それにくらべて、おごうのほうは、驚くばかり冷静だった。いつもと同じように起き、着替えをし、食事をしたためる。それ以外は、何もしないでじっとしている。といっても、日頃も何もしないおごうだったから、侍女たちは彼女が何を考えているか、気づくはずもなかったのであるが。

そこへ知らせが来た。城中が一時にぐゎーんと大揺れに揺れた感じであった。眼のまわるような忙しさが始まった。

「殿さまが御急逝と？」

「御遺体の引取りは？」

「高麗へ渡った手勢の指揮は誰がとるのか？」

「こちらのお城はどうなる？」

何はともあれ、犬山城にいる母親のおとものところへ使が飛ばされた。

「な、な、なんだって。小吉が死んだと」

おばばどのは息せききって駈けつけて来た。遺骨の戻って来ない間、とりあえず位牌がわりに定置されている鎧と太刀にとりすがって、おともは子供のように、声をあげて泣いた。

「小吉ィ。小吉。だから行くなって言ったでねえか、小吉」

いつのまにか、昔の言葉づかいを丸出しにしていた。

「ともかく、高麗は大変な寒さでございまして……」

秀吉からの使は、おともをなだめるように言った。

「その上、悪いはやり病が流行いたし、毛利輝元さま、宇喜多秀家さまなど、次々御病気になられましたが、中でも岐阜宰相さまは御運悪く……」

「んだとも」

おともは、大きくうなずいた。

「なんと運の悪いことだか。小吉だけが死ぬなんてなあ。誰も助けてはくれなかっただなあ」

「あ、いや、申すまでもなく御介抱は手を尽しましたのでございますが」

弁明には耳もかさず、

「哀れなやつよなあ、小吉は」

老婆は老いのくりごとをやめなかった。

「ほんとになあ、あのとき、行かなければなあ」

「あんなに行くなってとめたのになあ……」

頬をつたう涙を拭いもせずにとめどなくくりかえし、はては声のかぎりに号泣するのであった。

「小吉よう、おお、うう、小吉」

「この婆をおいて死んじまったのかい、小吉よう」

人目を憚らぬ取り乱し方は、あまりにも昔の育ちを丸出しにした、はしたなさはあったが、それだけに赤裸々な愛情に溢れていて、人の心をゆさぶった。

ひとしきり泣きぬいてから、やっとおともは涙を拭いて、呟くように言った。

「ふしあわせなやつよなあ、小吉」

それから、傍らに黙って坐っているおごうをじろりと見た。

「せっかく迎えた嫁は薄情者。そなたが死んでも、涙ひとつ出しよらんわ」

一座は息を呑んだ。

たしかに、そのとき、おごうは涙ひとつこぼしていなかった。ぐちを言い、鼻水をたらし、号泣しつづけるおともとくらべて、まさに対照的な姿である。

そんなおごうをじろりと見て、なおも、おともは続けた。

「そうよ。この嫁は、小吉が出かけるときもとめなんだ。行かないでくれと言ったのは、この婆だけだった」

それから、ふたたび激しくしゃくりあげた。

「小吉よう。あわれよなあ。たった二十四までの短い生命《いのち》だったと知ったら、もっと情の深い嫁をもらうんだったなあ」

こうなっては嫌がらせである。侍女たちの同情が老いたおともに集まることを、ちゃんと計算に入れているのだ。こんなとき、おともは、持って生れた農民特有の狡猾さと図々しさを最大限に発揮させるのである。

——まあ、なんてひどい。

おちかは唇を嚙むよりほかはない。

——まあ考えてもごらんなさいな。姫さまが、秀勝さまのところへお輿入れになったのは、去年のことじゃありませんか。それも何も望んで来たわけじゃなし……

愛情が生れるか生れないかのうちに出かけていってしまった秀勝のために泣け、といっても無理ではないか。

——第一、あんたは毎晩二人の寝所をのぞいていた。あれじゃ、夫婦の愛情が生れる暇もないじゃないの。

それに、おともは、おごうの性格を知らないのだ。もともと、うれしいといって飛びあがり、悲しいといって泣きわめくというたちではないのである。それを、ただうわべだけを見て情が薄いの何のと、好き勝手なことを言うのはひどすぎる。

しかし、おごうもおごうである。もう小娘ではないのだから、もう少し何とかできぬものか。

ひとりいらいらしている間に、姑どのは言うだけのことを言うと、

「あたしゃ疲れたからね」

どんどん座を起って自分の居間に行ってしまった。侍女たちがぞろぞろとその後を追う。名護屋からの使も家臣たちも、気まずそうな顔をして、一人減り二人減りして、とうとうおごうとおちかだけになってしまった。

「姫さまっ」

こらえていたものを吐き出すように、おちかが突っ伏したのはこのときである。

「あんまりでございます。いくら殿さまの母御とは申しながら、あまりにも人もなげなお言葉……あれでは姫さまお一人が冷たいお方のようではございませぬか。けれども、もとはと申せば、あのお方が、夜ごとに――」

言いかけたとき、

「おちか」

おごうが眼顔でさしまねいた。

「もう誰もいなくなりました、さ、こっちへ」

おちかがにじり寄ると、

「姑上《はは》にもお気の毒をしました」

ぽつりとおごうが言った。

「まあ、姫さま」

人がよいのもほどがある、と、呆れてその顔をみつめた。今の今まで自分を罵ってい た人間になんで同情する必要があるのか。と、おごうは、ゆっくりうなずいた。

「そうです。あんなふうにおっしゃったけれど、姑上はきっととてもお淋しいのです よ」

「……」

「今までが、おしあわせすぎるくらいおしあわせでしたからね、関白さまの御出世につ れて、御自分も子息たちも思いがけないしあわせに恵まれて……。多分御自分が望んだ 以上のものを、すらすらとお手に入れていらっしゃったのだと思います」

「……」

「それが私と御運のちがうところです」

ぽつりとおごうは言った。

「私には、生れてこのかた、そのようなことはなかった、とは思いませぬか、そなた」

おちかはぎょっとして、おごうの頬を見守った。

まさしく、そのとおりかもしれない。

このおごうにとって、自分の思いどおりになった歳月は、たしかにどれだけあったろ うか。この冷酷きわまる事実を、しかし、おごうは、静かな声音でさりげなく言った。

「私の側にいた方、私をいとしんでくださった方は、みないっておしまいになります」

そして、半ば歌うようにくりかえした。

「そうです、みな、いっておしまいになるのです……」

だから、すでに秀勝との別れを予感していたというのか……。この岐阜城に来ても、いつかは変る運命であることを覚悟していたというのか……

おちかは、紗の向うにいるおごうが、今は一段と遠ざかってしまったように思われた。奇矯な振舞をする老女と無口な嫁と――。どうやら岐阜城にいたのは、ただそれだけの組合せではなかったようだ。物事を望み、望めば必ず実現することを信じて疑わない女と、全くそのことを信じていない女と――いわば乱世を生きる人間の両極端が、同じく岐阜御前として同居していたのである。そして、そのことによって、この城は、まさしく戦国の縮図そのものであったのではないだろうか。

二人は長いこと向いあっていた。とそのうちおごうの頰に淋しげな微笑が揺れた。

「でもね。よもや、今度の御出発が、そのまま永のお別れになるとは思いませんでした」

「ほ、ほんとに……」

「ですから、私、じつは秀勝どのに申しわけないことをしてしまったのです」

「それはまた、何でございます」

おごうは、ふとためらいを見せた。

「あの……でも、それはよくわからなかったからなのです」

「え？」

おごうは、ゆっくり口を動かした。

「私、どうやら、みごもったらしいのです」

「えっ」

今度は、おちかの飛びあがる番であった。

「姫さま、そ、それはほんとうでございますかっ」

「今となっては、まちがいないと思います」

——殿さまがお城へお戻りになったのは、六月下旬……。とすれば。

と胸の中で指を繰りながら、おごうの顔を見守った。

——なんとふしぎな……。いっこうに、つわりの御様子もなかったのに。

それに答えるように、おごうは恥じらいを含んで笑ってみせた。

「つわりとやらもなかったので、自分でもよくわからなかったの」

「まあ」

「でも、今となれば、早く秀勝どのに申しあげればようございました」

自分の子が生れるとも知らずに死んでしまったとは、よくよく不運な秀勝である。

が、それにしても——。と、おちかは奇妙な思いに捉われざるを得ない。

——あのしつこい姑どのの監視の中でみごもられるなんて……

人間という存在は、まことに奇妙なものだ。

ともあれともに喜んでくれるはずの夫がこの世にいないということを考えれば、子供を抱えたおごうの前途は容易ではない。彼女には、この先いったいどのような運命が待ちうけているのか。

（下巻につづく）

本書は一九七九年八月に文春文庫から刊行された『乱紋』の新装版です。

表記、改行などは『永井路子歴史小説全集』第十六巻（中央公論社刊）所収「乱紋」を元に改めました。

文春文庫

乱《らん》紋《もん》 上

定価はカバーに
表示してあります

2010年8月10日　新装版第1刷

著　者　永《なが》井《い》路《みち》子《こ》
発行者　村上和宏
発行所　株式会社 文藝春秋

東京都千代田区紀尾井町3-23　〒102-8008
TEL 03・3265・1211
文藝春秋ホームページ　http://www.bunshun.co.jp

落丁、乱丁本は、お手数ですが小社製作部宛お送り下さい。送料小社負担でお取替致します。

印刷・凸版印刷　製本・加藤製本　Printed in Japan
ISBN978-4-16-720046-6

（　）内は解説者。品切の節はご容赦下さい。

永井路子
炎環
辺境であった東国にひとつの灯がともった。源頼朝の挙兵、それはまたたくまに関東の野をおおい、鎌倉幕府が成立した。武士たちの情熱と野望。直木賞受賞の記念碑的名作。（進藤純孝）
な-2-3

永井路子
美貌の女帝
その身を犠牲にしてまで元正女帝を政治につき動かしたものは何か。壬申の乱から平城京へと都が遷る激動の時代、皇位を巡る骨肉の争いにかくされた謎に挑む長篇。（磯貝勝太郎）
な-2-17

永井路子
北条政子
伊豆の豪族北条時政の娘に生まれ、流人源頼朝に遅い恋をした政子。やがて夫は平家への反旗を翻す。歴史の激流にもまれつつ乱世を生きた女の人生の哀歓。歴史長篇の名作。（清原康正）
な-2-21

永井路子
歴史をさわがせた女たち　日本篇
男尊女卑の日本ではあるが、必ずしも弱い女性ばかりではない。紫式部、淀君、細川ガラシヤ夫人ら日本史上のスーパーレディ三十余人の猛烈ぶりをユーモラスに描いた痛快な読物。

な-2-40

永井路子
歴史をさわがせた女たち　外国篇
クレオパトラ、ジャンヌ・ダルク、楊貴妃、マリー・アントアネット、ローザ・ルクセンブルクなど、世界史に名をとどめた女性の素顔と、そのとことん生き抜いた雄姿をスケッチする。

な-2-41

永井路子
朱なる十字架
細川ガラシヤ――父は逆賊の明智光秀。夫は冷やかに父を見捨てた細川忠興。純粋な心と美貌を持った彼女に課せられた運命は苛酷で、禁制のキリスト教に救いを求めたが……感動長篇。
な-2-42

永井路子
流星　お市の方　（上下）
生き抜くためには親子兄弟でさえ争わねばならなかった戦国の世。天下を狙う兄・信長と最愛の夫・浅井長政との日々加速する抗争のはざまに立ち、お市の方は激しく厳しい運命を生きた。

な-2-43

（　）内は解説者。品切の節はご容赦下さい。

泡坂妻夫
写楽百面相
寛政の改革下の江戸の人々を衝撃的な役者絵が魅了した。謎の絵師・写楽の正体を追う主人公は、やがて幕府と禁裏を揺るがす妖しの大事件に巻き込まれ——傑作時代長篇推理。（縄田一男）
あ-13-12

泡坂妻夫
鳥居の赤兵衛　宝引の辰 捕者帳
大盗賊が活躍する読本「鳥居の赤兵衛」が、貸本屋の急死と同時に紛失。続きが読みたい清元の師匠・閑太夫《かんだゆう》は読本の行方を追うが……。お馴染み辰親分の胸のすく名推理。（末國善己）
あ-13-13

安能 務
韓非子（上下）
国家とは、権力とは何か。君主はいかにあるべきか。紀元前三世紀に「現代政治学」に通じる法治主義を説き、鋭い人間洞察を多数の逸話で綴った不朽の古典が、鮮やかな現代語で蘇る。
あ-33-2

浅田次郎
壬生義士伝《みぶぎしでん》（上下）
「死にたぐねえから、人を斬るのす」——生活苦から南部藩を脱藩し、壬生《みぶ》浪と呼ばれた新選組の中にあって人の道を見失わなかった吉村貫一郎。その生涯と妻子の数奇な運命。（久世光彦）
あ-39-2

浅田次郎
輪違屋糸里《わちがいやいとさと》（上下）
土方歳三を慕う京都・島原の芸妓・糸里は、芹沢鴨暗殺という、新選組の内部抗争に巻き込まれていく。大ベストセラー『壬生義士伝』に続き、女の〝義〟を描いた傑作長篇。（末國善己）
あ-39-6

浅田次郎・文藝春秋 編
浅田次郎　新選組読本
『壬生義士伝』『輪違屋糸里』で新選組に新しい光を当て、国民的共感を勝ち得た著者によるエッセイ、取材時のエピソード、対談など、新選組とその時代の魅力をあまさず伝える。
あ-39-8

秋山香乃《かの》
歳三 往きてまた
鳥羽・伏見の戦いで新式装備の薩長軍になす術もなく敗れた歳三は、その後も東北各地で戦い続け、とうとう最果ての地・箱館にたどり着く。旧幕府軍最後の戦いに臨んだ歳三が見たものは。
あ-44-1

（　）内は解説者。品切の節はご容赦下さい。

秋山香乃
新選組藤堂平助
江戸の道場仲間と共に京へ上り、新選組八番隊長でありながら、新選組を離脱、御陵衛士として、その新選組に油小路で惨殺された北辰一刀流の遣い手・藤堂平助の短い半生を赤裸々に描く。

あ-44-2

秋山香乃
総司　炎《ほむら》の如く
新撰組最強の剣士といわれた沖田総司。芹沢鴨暗殺、池田屋事変など、幕末の京の町を疾走した、その短くも激しく燃焼し尽くした生涯を丹念な筆致で描いた新撰組三部作完結篇。

あ-44-3

荒山　徹
サラン・故郷忘じたく候
雑誌発表時に「中島敦を彷彿《ほうふつ》させつつ、より野太い才能の出現を私は思った」（関川夏央）と絶賛された「故郷忘じたく候」他、日本と朝鮮半島の関わりを斬新な切り口で描く短篇集。（末國善己）
あ-49-1

井上　靖
おろしや国酔夢譚
鎖国日本に大ロシア帝国の存在を知らせようと一途に帰国を願う漂民大黒屋光太夫は女帝に謁し、十年後故国に帰った。しかし幕府はこれに終身幽閉で酬いた。長篇歴史小説。（江藤　淳）
い-2-1

井上ひさし
手鎖心中
材木問屋の若旦那、栄次郎は、絵草紙の人気作者になりたいと願うあまり馬鹿馬鹿しい騒ぎを起こし……歌舞伎化もされた直木賞受賞作。表題作ほか「江戸の夕立ち」を収録。（中村勘三郎）
い-3-28

池波正太郎
おれの足音
大石内蔵助（上下）
吉良邸討入りの戦いの合間に、妻の肉づいた下腹を想う内蔵助。剣術はまるで下手、女の尻ばかり追っていた〝昼あんどん〟の青年時代からの人間的側面を描いた長篇。（佐藤隆介）
い-4-7

池波正太郎
鬼平犯科帳　一
「唖の十蔵」「本所・桜屋敷」「血頭の丹兵衛」「浅草・御厩河岸」「老盗の夢」「暗剣白梅香」「座頭と猿」「むかしの女」の八篇を収録。火付盗賊改方長官長谷川平蔵の登場。（植草甚一）
い-4-52

（　）内は解説者。品切の節はご容赦下さい。

池波正太郎
乳房
不作の生大根みたいだと罵られ、逆上して男を殺した女が辿る数奇な運命。それと並行して平蔵の活躍を描く鬼平シリーズの番外篇。乳房が女を強くすると平蔵はいうが……。（常盤新平）
い-4-86

池波正太郎
忍者群像
陰謀と裏切りの戦国時代。情報作戦で暗躍する、無名の忍者たち。やがて世は平和な江戸へ――。世情と共に移り変わる彼らの葛藤と悲哀を、乾いた筆致で描き出した七篇。（ペリー荻野）
い-4-88

池宮彰一郎
受城異聞記
幕命により厳寒の北アルプスを越えて高山陣屋と城の接収に向かった加賀大聖寺藩士たちの運命は？　表題作ほか、「絶塵の将」「けだもの」など絶品の時代小説全五篇収録。（菊池　仁）
い-42-1

岩井三四二《みよじ》
月ノ浦惣庄公事置書《つきのうらそうしょうくじのおきがき》
室町時代の末、近江の湖北地方。隣村との土地をめぐる争いに公事（裁判）で決着をつけるべく京に上った月ノ浦の村民たち。その争いの行方は……。第十回松本清張賞受賞作。（縄田一男）
い-61-1

岩井三四二
十楽《じゅうらく》の夢
戦国時代末期、一向宗を信じ、独自に自治を貫いてきた地・伊勢長島は、尾張で急速に勢力を伸ばしてきた織田信長の猛烈な脅威に晒される。果たしてこの地を守り抜くことが出来るのか。
い-61-2

岩井三四二
大明国へ、参りまする
腕は立つが少し頼りない男が、遣明船のリーダーに大抜擢。その裏では、日本の根幹を揺るがす陰謀が進行していた。室町の遣明船を史実に基づいて描く壮大な歴史小説。（細谷正充）
い-61-3

宇江佐真理
さらば深川
髪結い伊三次捕物余話
伊三次と縒りを戻したお文に執着する伊勢屋忠兵衛。袖にされた意趣返しが事件を招き、お文の家は炎上した――。断ち切れぬしがらみ、名のりあえない母娘の切なさ……急展開の第三弾。
う-11-3

（　）内は解説者。品切の節はご容赦下さい。

海老沢泰久
青い空
幕末期を生きたキリシタン類族の青年の、あまりにも数奇な運命。数多くの研究書・史料を駆使し、「日本はなぜ神のいない国になったのか」を問いかける傑作時代小説。（髙山文彦）
え-4-12

逢坂　剛
道連れ彦輔
幕末キリシタン類族伝（上下）
なりは素浪人だが、歴とした御家人の三男坊・鹿角彦輔。彦輔に道連れの仕事を見つけてくる藤八、蹴鞠上手のけちな金貸し・鞠婆など、個性豊かな面々が大活躍の傑作時代小説。（井家上隆幸）
お-13-13

乙川優三郎
椿山
城下の子弟が集う私塾で知った身分の不条理、恋と友情の軋み。下級武士の子・才次郎は、ある決意を固める。生きることの切なさを清冽に描く表題作など、珠玉の全四篇を収録。（縄田一男）
お-27-1

乙川優三郎
生きる
亡き藩主への忠誠を示す「追腹」を禁じられ、白眼視されながら生き続ける初老の武士。懊悩の果てに得る人間の強さを格調高く描いた感動の直木賞受賞作など、全三篇を収録。（縄田一男）
お-27-2

乙川優三郎
冬の標《しるべ》
維新前夜。封建の世のあらゆるしがらみを乗り越えて、南画の世界に打ち込んだ一人の武家の女性。真の自由を求めて葛藤し成長する姿を描ききった感動の長篇時代小説。（川本三郎）
お-27-3

海音寺潮五郎
剣と笛
歴史小説傑作集
著者が世を去って四半世紀。残された幾多の短篇小説の中から、選りすぐった傑作を再編集。加賀・前田家二代目利長と家臣たちの姿を描く「大聖寺伽羅」「老狐物語」など珠玉の歴史短篇集。
か-2-40

海音寺潮五郎
戦国風流武士　前田慶次郎
戦国一の傾き者、前田慶次郎。前田利家の甥として幾多の合戦で武功を挙げる一方、本阿弥光悦と茶の湯や伊勢物語を語る風流人でもあった。そんな快男児の生涯を活写。（磯貝勝太郎）
か-2-42